LA PLANÈTE AUX VENTS DE FOLIE

ŒUVRES DE MARION ZIMMER BRADLEY
DANS PRESSES POCKET

ROMANCE DE TÉNÉBREUSE

L'ÉPÉE ENCHANTÉE
LA TOUR INTERDITE

SCIENCE-FICTION

Collection dirigée par Jacques Goimard

MARION ZIMMER BRADLEY

LA ROMANCE DE TÉNÉBREUSE

LA PLANÈTE AUX VENTS DE FOLIE

PRESSES POCKET

Édition originale :
DARKOVER LANDFALL
Daw Books, Donald A. Wollheim, Publisher, New York, N.Y.

Traduit de l'américain par
Annette VINCENT

ISBN 2-266-02985-1

A Lester Del Rey
avec amitié, respect et admiration.

Chapitre premier

Le système d'atterrissage était à peu près le moindre de leurs soucis, mais il posait un sérieux problème pour entrer et sortir. Le grand astronef s'était posé de travers, selon un angle de quarante-cinq degrés. Les échelles et les toboggans de sortie étaient loin d'aboutir à proximité du sol et les portes s'ouvraient sur le vide. On n'avait pas encore évalué tous les dégâts – il s'en fallait de beaucoup – mais on estimait que la moitié environ des locaux affectés à l'équipage, ainsi que les trois quarts des sections réservées aux passagers, étaient inhabitables.

On avait déjà construit en toute hâte cinq ou six petits abris rudimentaires et un hôpital de campagne semblable à une tente, dans la vaste clairière. On les avait édifiés à l'aide de panneaux de plastique et de rondins d'arbres résineux débités sur place avec des tronçonneuses et des outils de bûcheron provenant du matériel réservé aux colons. Ces opérations avaient été exécutées en dépit de sérieuses protestations du capitaine Leicester qui ne s'était incliné que devant des considérations techniques. Ses ordres étaient sans appel lorsque l'astronef se trouvait dans l'espace, mais sur une planète, le Corps expéditionnaire des Colonies prenait le commandement.

Le fait qu'il ne s'agissait pas de la BONNE planète était un détail que personne ne s'était senti capable d'aborder... pour le moment.

C'était une belle planète, se dit Rafael MacAran, posté sur la petite hauteur qui dominait l'astronef écrasé au sol.

Ce qu'ils pouvaient en voir, du moins, et ce n'était pas grand-chose. La pesanteur était légèrement inférieure à celle de la Terre, la teneur en oxygène un peu plus élevée. Cela suffisait à provoquer une sensation de bien-être et d'euphorie chez quiconque était né ou avait grandi sur la Terre. Aucun individu élevé sur Terre au vingt-et-unième siècle, comme Rafael MacAran, n'avait jamais humé un air aussi doux, chargé d'une telle odeur de résineux, et n'avait jamais eu la vision de collines lointaines par une matinée aussi dégagée et lumineuse.

Au loin, des collines et des montagnes s'élevaient autour d'eux et leurs replis de terrain se succédaient en un panorama qui semblait infini. Elles étaient de moins en moins colorées à mesure que la distance augmentait : c'était d'abord un vert sourd, puis un bleu plus sourd et pour finir, les nuances les plus sourdes de violet et de mauve. Le grand soleil était d'un rouge profond, couleur du sang versé. Et ce matin-là, ils avaient vu les quatre lunes, tels de grands joyaux multicolores, suspendues au-dessus des cimes des montagnes lointaines.

MacAran posa son sac à dos sur le sol, en sortit le théodolite et entreprit d'installer son trépied. Il se pencha pour régler l'instrument en essuyant son front en sueur. Seigneur! Comme il faisait chaud après le froid glacial qui s'était abattu la nuit précédente, suivi brusquement par des rafales de neige venues des chaînes de montagnes. Cela avait été si rapide qu'ils avaient eu à peine le temps de s'abriter! Et maintenant, cette neige fondue formait des ruisseaux tandis qu'il enlevait son anorak en nylon et s'épongeait le front.

Il se redressa et regarda autour de lui en quête d'horizons pratiques. Il savait déjà, grâce au nouveau modèle d'altimètre capable de corriger des degrés différents de pesanteur, qu'ils se trouvaient à trois cents mètres environ au-dessus du niveau de la mer – ou de ce qui pouvait en tenir lieu. S'il y avait des mers sur cette planète. Mais ils ne pouvaient encore avoir aucune certitude à ce sujet.

Dans la tension et les dangers de l'atterrissage en catastrophe, une seule personne avait pu observer clairement la planète depuis l'espace : le second lieutenant, une femme, et elle était morte vingt minutes après la collision, alors qu'on retirait encore des corps des débris du poste de commandement.

Ils connaissaient l'existence de trois planètes dans ce système : un géant de méthane gelé aux proportions supérieures à la moyenne, un petit roc stérile, plus proche d'une lune que d'une planète s'il n'y avait eu son orbite solitaire, et cette planète-ci. C'était, ils le savaient, ce que le Corps expéditionnaire terrien appelait une planète de classe M – c'est-à-dire analogue à la Terre et probablement habitable. Et maintenant, ils savaient aussi qu'ils se trouvaient dessus. Cela résumait à peu près leurs connaissances à son sujet, hormis les découvertes faites au cours des dernières soixante-douze heures. Le soleil rouge, les quatre lunes, les écarts extrêmes de température, les montagnes, tout avait été découvert entre les périodes d'activité forcenée : exhumation des morts pour les identifier, mise sur pied hâtive d'un service sanitaire et réquisition de toutes les personnes valides pour soigner les blessés, enterrer les morts et dresser en toute hâte des abris, pendant que l'astronef était encore habitable.

Rafael MacAran commença à sortir ses instruments topographiques du havresac, mais il ne s'en préoccupa pas. Il avait eu besoin de ce bref moment de solitude, plus qu'il ne l'aurait cru. Un peu de temps pour se remettre des chocs terribles et répétés subis au cours des dernières heures – l'atterrissage brutal et une commotion qui, sur la Terre surpeuplée et obsédée par la médecine, l'aurait envoyé à l'hôpital. Mais ici, le médecin-chef, tourmenté par des cas plus graves, avait examiné brièvement ses réflexes, lui avait tendu quelques pilules contre la migraine et était retourné au chevet des grands blessés et des mourants. Rafael avait encore l'impression de souffrir d'une épouvantable rage de dents, bien que ses troubles visuels se fussent estompés après la première nuit de sommeil. Le lendemain, on l'avait désigné, avec tous les hommes valides qui ne faisaient partie ni du service de santé ni des équipes techniques travaillant dans l'astronef, pour creuser les fosses communes des morts. C'est alors qu'il avait subi le choc bouleversant de découvrir Jenny parmi eux.

Jenny. Il l'avait imaginée saine et sauve, trop prise par son travail pour venir le retrouver afin de le rassurer. Puis il y avait eu l'éclat argenté des cheveux aisément reconnaissables de sa sœur au milieu des corps mutilés. Il n'y avait même pas eu de temps pour les pleurs. Les morts étaient trop nombreux. Il fit donc la seule chose qu'il pouvait faire. Il signala à Camilla Del Rey, qui remplaçait le capitaine Leicester pour les problèmes d'état-civil, qu'il fallait transférer le nom de Jenny MacAran des listes de disparus à la liste des morts formellement identifiés.

Le seul commentaire, calme et concis, de Camilla avait été : « Merci, MacAran ». Le temps manquait pour les démonstrations de sympathie, le deuil ou toute autre expression humaine d'affection. Jenny, pourtant, avait été l'amie intime de Camilla. Elle avait vraiment aimé cette maudite Del Rey comme une sœur. Rafael n'avait jamais su pourquoi, au juste, mais Jenny avait aimé Camilla et il avait bien dû y avoir une raison. Il se rendit compte au fond de lui-même qu'il avait espéré voir Camilla verser pour Jenny les larmes que lui-même ne pouvait se permettre. Quelqu'un devait pleurer Jenny et lui ne le pouvait pas. Pas encore.

Il reporta son regard sur ses instruments. S'ils avaient su à quelle latitude exacte ils se trouvaient sur la planète, cela aurait été plus facile, mais la hauteur du soleil au-dessus de l'horizon leur en donnerait une idée approximative.

Devant lui, en contrebas, l'astronef échoué gisait dans une grande cuvette d'environ huit kilomètres de diamètre, remplie de petits fourrés et d'arbres rabougris. Rafael, en le considérant de loin, ressentit une étrange oppression. Le capitaine Leicester était censé travailler avec l'équipage afin d'évaluer les dégâts et de calculer le temps nécessaire pour faire les réparations. Rafael ignorait tout du fonctionnement des astronefs – son domaine à lui, c'était la géologie. Mais il ne lui semblait pas que l'astronef pût jamais repartir nulle part.

Il rejeta alors cette pensée. C'était aux ingénieurs de le dire. Ils savaient, eux. Pas lui. La technique, il l'avait vu, accomplissait presque des miracles, à présent. Il allait falloir, au pire, subir un contretemps de quelques jours ou d'une ou deux semaines. Puis on se mettrait en route et une nouvelle planète habitable serait portée, pour être colonisée, sur les cartes célestes du Corps expéditionnaire. Cette planète, en dépit du froid brutal qui régnait la nuit, avait l'air extrêmement hospitalière. Peut-être allaient-ils même partager une partie des primes de découverte. Cela contribuerait à l'amélioration de la Colonie Coronis où ils se trouveraient à ce moment-là.

Ils auraient tous, en outre, un sujet de conversation, dans cinquante ou soixante ans, à Coronis, quand ils seraient de Vieux Immigrants.

Mais si l'astronef ne redécollait vraiment jamais...

Impossible. Cette planète n'était pas homologuée, jugée propre à la colonisation et déjà ouverte. A Coronis, la colonie – Phi Coronis Delta – était déjà le site d'une florissante installation minière. Un astroport y fonctionnait et depuis dix ans une équipe d'ingénieurs et de techniciens préparait la planète à la colonisation et étudiait son écologie. On ne pouvait pas débarquer sur un monde complètement inconnu sans expérience et sans l'aide d'aucune technologie. Impossible.

De toute façon, ce n'était pas son boulot. Il ferait mieux de faire le sien, maintenant. Il fit toutes les observations qu'il put, les nota dans son carnet et rangea le trépied, avant de redescendre la colline. Il progressa aisément sur la pente jonchée de rochers à travers les sous-bois et les arbres touffus, portant sans effort son havresac dans l'atmosphère légère. C'était une promenade plus saine et plus facile que sur Terre et il coula un regard empli de convoitise sur les lointaines montagnes. Si leur séjour se prolongeait au-delà de quelques jours, peut-être qu'on l'autoriserait à aller y faire une courte ascension. Des échantillons de roches et quelques notes géologiques devraient avoir un certain intérêt pour le Corps expéditionnaire terrien et ce serait bien préférable à une expédition d'escalade sur la Terre où tous les Parcs Nationaux de Yellowstone [1] à l'Himalaya, étaient encombrés de touristes venus en jet, trois cents jours par an.

Il estimait qu'il n'était que juste de donner à chacun une chance de connaître la montagne. Nul doute que les trottoirs roulants et les ascenseurs installés jusqu'au sommet du Mont Rainier [2], de l'Everest et du Mont Whitney [3] avaient permis aux femmes âgées et aux enfants d'y accéder plus facilement et d'observer le panorama. Mais quand même, songeait MacAran avec envie, escalader une vraie montagne sauvage — sans trottoir roulant, pas même un seul télésiège! Il avait fait de l'alpinisme sur Terre. Mais quand on escaladait avec peine une paroi rocheuse, on se sentait ridicule lorsque des adolescents vous dépassaient en planant dans des télésièges et s'élevaient sans peine vers le sommet en se gaussant de l'individu vieux jeu qui choisissait la difficulté!

Certains versants étaient noircis par les cicatrices d'anciens incendies de forêt. Rafael estima que l'un d'eux avait dû éclater quelques années auparavant, donnant naissance à la clairière où gisait l'astronef, où la végétation repoussait. Il était heureux que les systèmes de

1. Yellowstone : parc de 8 500 km² au nord-ouest du Wyoming. *(N. d. T.)*

2. Mont Rainier : 4 391 m dans l'État de Washington. *(N. d. T.)*

3. Mont Whitney : 4 418 m point culminant des États-Unis, dans la Sierra Nevada, en Californie. *(N. d. T.)*

prévention eussent évité le moindre incendie au moment où l'astronef s'était écrasé – sinon, pour les rescapés, cela aurait équivalu, littéralement, à sauter d'une poêle à frire dans un feu d'enfer. Il allait falloir se montrer prudents. Les Terriens avaient perdu leurs vieilles habitudes d'hommes des bois. Peut-être n'auraient-ils pas conscience de ce que des feux de forêt pouvaient faire comme dégâts. Il en prit note mentalement pour son rapport.

Lorsqu'il réintégra la zone de la catastrophe, sa brève euphorie s'évanouit. A travers le plastique à demi transparent utilisé pour les abris, il distinguait, à l'intérieur de l'hôpital, des rangées et des rangées de corps inconscients ou à demi conscients. Un groupe d'hommes émondait des troncs d'arbres, tandis que d'autres érigeaient un dôme, reposant sur des entretoisements triangulaires, que l'on pouvait construire en une demi-journée. Rafael commença à s'interroger sur la teneur du rapport de l'équipe technique. Il pouvait voir une équipe de mécaniciens se traîner ici et là sur les entretoises broyées de l'astronef, mais il n'y avait pas grand-chose d'accompli, apparemment. En fait, l'espoir d'un départ imminent semblait bien mince.

Comme MacAran passait devant l'hôpital, un jeune homme vêtu d'un uniforme de médecin taché et froissé en sortit et l'appela :

« Rafe! Le second a demandé que tu ailles faire un rapport au premier dôme dès ton retour... Il y a une réunion là-bas et ils veulent te voir. Je m'y rends moi-même pour faire un rapport médical. Je suis le plus qualifié des hommes dont on peut se passer à l'hôpital. »

Il avança lentement aux côtés de MacAran. Petit, svelte, les cheveux châtain clair, une petite barbe brune et bouclée, il avait l'air fatigué, comme s'il n'avait pas dormi.

« Comment ça se passe, à l'hôpital? demanda MacAran, hésitant.

— Bah, il n'y a pas eu de décès depuis minuit et nous avons encore sorti d'affaire quatre personnes. Il n'y avait, évidemment, pas de fuite dans les moteurs atomiques, après tout. Les examens de la fille des Communications n'ont révélé aucune brûlure par radiation. Les vomissements n'étaient dus, de toute évidence, qu'à un coup violent dans le plexus solaire. Dieu soit loué pour ces petites faveurs... Si une fuite s'était produite dans les moteurs, nous serions tous morts, probablement, et une nouvelle planète serait contaminée.

— Ouais, les moteurs A-AM ont sauvé un tas de vies humaines, dit MacAran. Tu as l'air rudement fatigué, Ewen. Tu as pu dormir un peu? »

Ewen Ross secoua la tête.

« Non, mais le « vieux » a été généreux avec ceux qui veillaient et je cours encore sur ma lancée. Vers le milieu de la journée, il est probable que je vais m'effondrer et que je ne me réveillerai qu'au bout de trois jours. Mais en attendant, je tiens bon. » Il hésita et jeta un regard embarrassé à son ami. « Je suis au courant pour Jenny, Rafe. C'est un sale coup. Il y a eu tellement de filles à l'arrière, dans ce coin-là, qui s'en sont sorties. J'étais certain qu'elle allait bien.

— Moi aussi. » MacAran respira profondément et sentit l'air pur peser lourdement sur sa poitrine. « Je n'ai pas vu Heather... est-ce qu'elle est...

— Heather va bien. Ils l'ont désignée comme infirmière. Elle s'en est tirée sans une égratignure. J'ai cru comprendre qu'après cette réunion, on allait afficher les listes complètes des morts, des blessés et des survivants. Mais qu'est-ce que tu fabriquais? Del Rey m'a dit qu'on t'avait envoyé à l'extérieur. Seulement, je n'ai pas su dans quel but.

— Une inspection préliminaire, dit MacAran. Nous n'avons pas la moindre idée ni de notre latitude, ni de la grandeur ou du volume de cette planète, ni du climat, des saisons ou de je ne sais quoi encore. Mais j'ai constaté qu'on ne doit pas être trop loin de l'équateur et... bah, je ferai mon rapport à l'intérieur. On y va tout de suite?

– Oui, dans le PREMIER DÔME. »

Ewen avait à demi consciemment prononcé ces mots en lettres majuscules et MacAran songea combien il était caractéristique des humains de s'installer et de s'orienter immédiatement. Ils n'étaient là que depuis trois jours et déjà, le premier abri s'appelait le premier dôme. Quant à l'abri de fortune pour les blessés, c'était l'hôpital.

Il n'y avait pas de sièges à l'intérieur du dôme en plastique, mais quelques bâches de camping, quelques caisses de fournitures vides avaient été disposées en cercle et quelqu'un avait descendu une chaise pliante pour le capitaine Leicester. Près de lui, Camilla Del Rey était assise sur une caisse avec une écritoire et un bloc-notes sur les genoux. C'était une grande fille mince et brune dont la joue était barrée par une longue estafilade irrégulière, recousue avec des agrafes de plastique. Elle était emmitouflée dans le chaud treillis des membres de l'équipage, mais elle avait ôté l'espèce de lourd anorak qui formait le haut, et ne portait en dessous qu'une fine chemise de coton moulante. MacAran détourna son regard de la jeune femme, vivement... *(Bon sang, à quoi pensait-elle en s'asseyant pour ainsi dire en sous-vêtement, face à la moitié de l'équipage? A un moment comme celui-là, c'était indécent...)* Mais par la suite, à la vue du visage altéré et blessé de la jeune femme, il l'excusa. Elle avait chaud – il faisait vraiment chaud dans le dôme maintenant. Après tout, elle était de service et avait le droit de se mettre à l'aise.

(Si quelqu'un se tient mal, c'est bien moi. Lorgner une fille de cette façon à un pareil moment...)

De la tension. Rien de plus. Il y a bien trop de choses auxquelles il n'est pas prudent de songer ou qu'il ne fait pas bon se rappeler...

Le capitaine Leicester releva sa tête grisonnante. *(Il*

a l'air mort de fatigue, se dit MacAran. *Il n'a probablement pas dormi depuis la catastrophe, lui non plus.)*

« Tout le monde est là? demanda le Capitaine à Camilla Del Rey.

– Je crois.

– Mesdames, messieurs, dit le Capitaine. Nous n'allons pas perdre de temps en formalités et pendant toute la durée de cette situation critique, protocole et étiquette seront suspendus. Comme mon officier chargé du recensement se trouve à l'hôpital, l'officier Del Rey a gentiment accepté de consigner par écrit les communications qui seront faites au cours de cette réunion. Premièrement : Vous représentez chacun un groupe différent. Je vous ai convoqués pour que vous puissiez parler à bon escient à vos équipes de ce qui se passe, afin de réduire au minimum les rumeurs et les racontars grandissants et dénués de fondement qui circulent à propos de notre situation. Si mes souvenirs du temps de Pensacola [1] sont bons, ils surgissent partout où plus de vingt-cinq personnes sont réunies. Alors, nous allons nous informer ici même et ne pas nous fier à ce que quelqu'un a dit au meilleur ami de quelqu'un d'autre, il y a quelques heures, ni à ce qu'on a entendu dire au « mess »... D'accord? Commençons par les mécaniciens. Où en est-on avec les moteurs? »

L'officier-mécanicien en chef se leva. Il s'appelait Patrick, mais MacAran ne le connaissait pas personnellement. C'était un homme dégingandé et maigre qui ressemblait à Lincoln, le héros légendaire.

« Ça va mal, dit-il, laconique. Je ne dis pas qu'on ne peut pas les réparer, mais toute la salle des moteurs est dévastée. Donnez-nous une semaine pour la remettre en ordre et nous pourrons évaluer le temps nécessaire pour réparer les moteurs. Une fois le gâchis déblayé, je dirais... de trois semaines à un mois. Mais je n'aimerais pas que

1. Pensacola : base d'aviation navale, en Floride. *(N. d. T.)*

mon salaire de l'année dépende de la justesse de mon estimation.

— Mais PEUT-ON vraiment les réparer? demanda Leicester. Ne sont-ils pas irrémédiablement détruits?

— Je ne le pense pas, fit Patrick. Bon Dieu, il vaudrait mieux pas! On aura peut-être besoin de se procurer des combustibles, mais avec le gros convertisseur, cela ne pose pas de problème. N'importe quelle sorte d'hydrocarbure fera l'affaire... Même la cellulose. Ça, c'est pour la conversion d'énergie dans le système d'entretien des besoins vitaux, bien entendu. Les moteurs, eux, fonctionnent par implosions d'antimatière. »

Il devint plus technique, mais Leicester l'interrompit avant que MacAran eût perdu définitivement le fil :

« Je vous remercie. L'important, c'est que, d'après vous, CE SOIT RÉPARABLE dans un délai évalué approximativement entre trois et six semaines. Officier Del Rey, où en est-on au poste de commandement?

— Les mécaniciens s'y trouvent en ce moment. Ils utilisent des chalumeaux oxycoupeurs pour enlever le métal broyé. Le pupitre de contrôle de l'ordinateur est très endommagé, mais les principales unités sont intactes, de même que le système de mémoires.

— Quel a été le pire dégât, là-bas?

— Il va nous falloir de nouveaux sièges et de nouvelles sangles d'un bout à l'autre du poste de commandement. Les mécaniciens peuvent s'en charger. Et bien entendu, il nous faudra reprogrammer notre destination à partir de notre nouvelle position. Mais une fois que nous aurons établi avec exactitude à quel endroit nous sommes, ce devrait être assez simple à partir des systèmes de navigation.

— Alors, il n'y a rien d'irrémédiable, là-bas non plus?

— En toute sincérité, il est trop tôt pour le dire, Capitaine, mais je ne crois pas. Je prends peut-être mes désirs pour des réalités, mais je n'ai pas encore renoncé.

— Eh bien, pour le moment, la situation semble on

ne peut plus fâcheuse. Je suppose que nous avons tous tendance à considérer l'aspect négatif des choses. Peut-être est-ce un bien : n'importe quel fait un peu positif constituera une agréable surprise. Où se trouve le Dr Di Asturien? Le médecin? »

Ewen Ross se leva :

« Le médecin-chef n'a pas estimé possible de s'absenter, Monsieur. Il a chargé une équipe de sauver tout ce qui reste comme fournitures médicales. Il m'a envoyé ici. Il n'y a pas eu de nouveaux décès et tous les morts sont enterrés. Jusqu'à présent, nous n'avons décelé aucun signe de maladie insolite, d'origine inconnue, mais nous vérifions encore des échantillons du sol et de l'air et nous continuerons à le faire, afin de classer les bactéries connues et inconnues. En outre...

– Continuez.

– Le médecin-chef désire qu'on donne l'ordre de n'utiliser comme latrines que les endroits affectés à cet usage, Capitaine. Il a fait observer que nos corps sont porteurs de toutes sortes de bactéries susceptibles de porter atteinte à la flore et à la faune locales. Nous pouvons nous arranger pour désinfecter suffisamment à fond les emplacements des latrines... Mais nous devrions veiller à ne pas infecter le voisinage.

– C'est un point intéressant, dit Leicester. Demandez à quelqu'un de faire afficher l'ordre en question, Del Rey. Et désignez un agent de la sécurité pour s'assurer que tout le monde sait où se trouvent les latrines et les utilise. Pas question de pisser dans les bois pour l'unique raison qu'on se trouve là et qu'il n'y a pas de lois interdisant d'y déposer des ordures.

– Une suggestion, Capitaine, fit Camilla Del Rey. Demandez aux cuisiniers d'en faire autant avec les ordures ménagères. Pendant un certain temps, en tout cas.

– Les désinfecter? Bonne idée. Lovat, où en est-on avec le synthétiseur alimentaire?

– On y a accès et il fonctionne, Monsieur. Du moins, provisoirement. Ce ne serait peut-être pas une mauvaise idée, pourtant, de contrôler les ressources alimentaires locales et de s'assurer que nous *pouvons* réellement manger les fruits et les racines de ce pays, s'il le faut. Si le synthétiseur se détraque – il n'a jamais été destiné à fonctionner dans des pesanteurs planétaires pendant de longues périodes – il sera trop tard *alors*, pour commencer à analyser la végétation locale. » Judith Lovat, petite et robuste, approchait de la quarantaine et portait sur sa blouse l'insigne vert des Systèmes d'Entretien des Besoins Vitaux. Elle jeta un coup d'œil en direction de la porte du dôme. « La planète semble couverte de vastes forêts. On devrait y trouver de quoi manger avec la combinaison oxygène-azote de l'atmosphère. La chlorophylle et la photosynthèse paraissent à peu près identiques sur toutes les planètes de type M et aboutissent généralement à une forme d'hydrate de carbone avec des acides aminés.

– Je vais tout de suite confier cela à un botaniste, dit le capitaine Leicester. Cela m'amène à vous, MacAran. Avez-vous trouvé la moindre information utile du haut de la colline? »

MacAran se leva.

« J'en aurais obtenu davantage si nous avions atterri dans les plaines – en supposant qu'il y en ait sur cette planète – mais j'ai effectivement découvert plusieurs choses. Tout d'abord, nous nous trouvons ici à environ trois cents mètres au-dessus du niveau de la mer et dans l'hémisphère Nord, sans aucun doute. Mais nous ne sommes qu'à quelques degrés de latitude de l'Équateur si nous considérons la hauteur à laquelle le soleil se déplace dans le ciel. Nous sommes apparemment dans les contreforts d'une énorme chaîne de montagnes, assez vieilles pour être boisées... C'est-à-dire qu'on n'aperçoit aucun volcan en activité et qu'aucune montagne ne semble résulter d'une activité volcanique postérieure à quelques millénaires. Cette planète n'est pas jeune.

– Aucun signe de vie? demanda Leicester.

– Une profusion d'oiseaux. Des petits animaux, des mammifères peut-être, mais je n'en suis pas sûr. Et bien plus d'espèces d'arbres que je ne saurais en identifier. Bon nombre étaient des sortes de conifères, mais il m'a semblé qu'il y avait aussi des arbres feuillus d'une certaine espèce, ainsi que quelques arbustes porteurs de graines variées. Un botaniste pourrait vous en dire bien davantage. Aucune trace du moindre objet façonné par la main de l'homme, toutefois. Aucun indice de culture ou d'activité humaines. Autant que je sache, aucune main, humaine ou autre, n'a touché cette planète. Cependant, nous pouvons naturellement nous trouver au milieu d'un pays comparable aux steppes de Sibérie ou au désert de Gobi... très, très loin des sentiers battus. (Il s'arrêta, puis reprit.) A une trentaine de kilomètres d'ici, droit vers l'est, se trouve un important sommet montagneux, impossible de le manquer, à partir duquel on pourrait faire des observations et obtenir quelques estimations grossières de la masse de la planète, même sans utiliser d'instruments compliqués. On pourrait également rechercher des rivières, des plaines, des sources d'eau courante ou des traces de civilisation.

– De l'espace, on n'a remarqué aucun signe de vie, dit Camilla Del Rey.

– Vous voulez dire qu'il n'y a aucune trace de civilisation technologique? », intervint calmement Moray, un homme lourd, au teint basané, qui était le représentant officiel du Corps expéditionnaire terrien et le responsable des colons. « Souvenez-vous, il y a à peine quatre siècles de cela, un astronef approchant de la Terre n'aurait pas pu y déceler le moindre signe de vie, non plus.

– Même s'il existe une forme de civilisation pré-technologique, cela équivaut à la négation de toute civilisation, jeta le capitaine Leicester d'un ton péremptoire. Quelle que soit la forme de vie qui peut exister ici, savante ou non, elle ne revêt aucune importance pour notre projet. Ces êtres ne pourraient nous être d'aucune aide pour la réparation de notre vaisseau spatial, et moyennant quelques précautions pour ne pas contaminer leurs systèmes écologiques, il n'y a aucune raison d'entrer en communication avec eux et de provoquer un choc culturel.

— Je suis d'accord avec votre dernière déclaration, dit lentement Moray, mais j'aimerais soulever une question dont vous n'avez pas encore parlé, Capitaine. Vous permettez?

— La première chose que j'ai dite, grommela Leicester, c'était que nous suspendions tout protocole pendant la durée... Allez-y.

— Que fait-on pour connaître l'habitabilité de cette planète, dans le cas où les moteurs ne POURRAIENT PAS être réparés et où nous serions coincés ici? »

Sur le moment, MacAran ressentit un choc qui le figea sur place, puis un léger soulagement. Quelqu'un l'avait dit. Quelqu'un d'autre y pensait. Il n'avait pas été obligé de poser la question lui-même.

Mais le visage du capitaine Leicester trahissait encore le choc subi. Il s'était figé et durci en une expression de froide colère.

« Voilà qui est très peu probable. »

Moray se leva péniblement.

« Oui. J'ai entendu ce que disait votre équipe, mais je ne suis pas entièrement convaincu. Je pense que nous devrions nous atteler sans attendre à l'inventaire de ce que nous avons et de ce qu'on trouve ici, pour le cas où nous resterions échoués ici définitivement.

— Impossible, rétorqua brusquement le capitaine Leicester. Est-ce que vous prétendez en savoir plus long que mon équipage sur l'état de l'astronef, monsieur Moray?

— Non. Je ne sais absolument rien des astronefs, malgré le vif désir que j'en ai. Mais je sais reconnaître une catastrophe quand j'en vois une. Je sais qu'un bon tiers des membres de votre équipage sont morts, y compris quelques techniciens importants. J'ai entendu l'officier Del Rey dire qu'elle croyait – CROYAIT seulement – que l'ordinateur de navigation pouvait être remis en état et je sais parfaitement que personne ne peut piloter un astronef à propulsion M-AM dans l'espace intersidéral sans l'aide d'un ordinateur. Nous devons tenir compte du fait que cet astronef peut fort bien ne pouvoir aller NULLE PART. Auquel cas, nous n'irons nulle part, nous non plus. A moins d'avoir parmi nous un jeune génie capable de construire un satellite de communications interstellaires dans les cinq années à venir avec les matières premières de ce pays et la poignée de gens que nous avons ici, puis d'envoyer un message à la Terre ou aux colonies d'Alpha du Centaure et de Coronis, leur demandant de venir chercher leurs petites brebis égarées.

– Qu'est-ce que vous essayez de faire, exactement, monsieur Moray? demanda Camilla Del Rey à voix basse. Nous démoraliser davantage? Nous effrayer?

– Non. J'essaye d'être réaliste.

– Je pense que vous êtes détraqué, monsieur Moray, dit Leicester en contenant, au prix d'un effort impressionnant, la fureur qui lui empourprait le visage. Notre tâche la plus urgente consiste à remettre l'astronef en état et à cet effet, il va peut-être falloir réquisitionner tous les hommes, *y compris* les passagers de votre groupe de colons. On ne peut pas se priver d'un nombre d'hommes important pour de vagues éventualités, ajouta-t-il d'un ton catégorique. S'il s'agissait là d'une requête, considérez-la comme nulle et non avenue. Y a-t-il autre chose? »

Moray resta debout.

« Que se passera-t-il alors si, dans six semaines, nous découvrons que vous ne POUVEZ absolument pas réparer votre astronef? Ou dans six mois? »

Leicester respira profondément. MacAran put voir la terrible lassitude de son visage et l'effort qu'il faisait pour ne pas la trahir.

« Je suggère que nous attaquions cet obstacle quand nous l'apercevrons au loin, monsieur Moray. A chaque jour suffit sa peine, dit un vieux proverbe. Je ne crois pas qu'un retard de six semaines fasse une telle différence si nous devons nous résigner à la désespérance et à la mort. En ce qui me concerne, j'ai l'intention de vivre et de ramener cet astronef à bon port et tous ceux qui commenceront à tenir des propos défaitistes devront compter avec moi. Est-ce que je me fais bien comprendre? »

Moray n'était manifestement pas satisfait. Mais quelque chose — peut-être était-ce seulement la volonté du Capitaine — le fit taire. Il se rassit lentement, toujours aussi renfrogné.

Leicester attira l'écritoire de Camilla vers lui.

« Y a-t-il autre chose? Très bien. Je pense que ce sera tout, mesdames et messieurs. Des listes des survivants et des blessés avec l'état de santé de chacun seront affichées ce soir. Oui, père Valentin?

— Monsieur, on m'a demandé de dire une messe de requiem pour les morts sur l'emplacement des fosses communes. Comme l'aumônier protestant a été tué dans la catastrophe, j'aimerais offrir mes services à tous ceux, de toute croyance, auxquels ils peuvent être utiles. »

L'expression du capitaine Leicester s'adoucit lorsqu'il considéra le jeune prêtre qui avait un bras en écharpe et un côté du visage couvert de pansements.

« Célébrez votre office, je vous en prie, mon père. Je propose la matinée de demain, au point du jour. Trouvez une personne capable d'ériger un monument commémoratif convenable ici. Un jour, dans quelques centaines d'années, qui sait, cette planète sera peut-être colonisée et les gens devront savoir. Nous en aurons le temps, j'imagine.

— Merci, Capitaine. Excusez-moi, je vous prie. Je dois retourner à l'hôpital.

— Oui, mon père. Allez-y. Tous ceux qui désirent repartir sont excusés... à moins qu'il n'y ait des questions?... Très bien. » Leicester se renversa sur son siège et ferma brièvement les yeux. « MacAran et vous, Dr Lovat, voulez-vous rester un instant, s'il vous plaît? »

MacAran s'avança lentement, surpris au-delà de toute expression. Il n'avait encore jamais adressé la parole au capitaine et ne s'était pas rendu compte que ce dernier le connaissait, fût-ce de vue. Que pouvait-il bien vouloir? Les autres quittaient le dôme, un par un. Ewen lui effleura l'épaule.

« Nous assisterons à la messe des Morts, Heather et moi, Rafe. Je dois partir. Passer à l'hôpital pour que je puisse examiner cette commotion. La paix soit avec toi, Rafe. A bientôt », murmura-t-il avant de s'éclipser.

Le capitaine Leicester s'était effondré sur sa chaise. Il avait l'air vieilli et épuisé. Mais il se redressa légèrement lorsque Judith Lovat et MacAran s'approchèrent de lui.

« MacAran, votre dossier dit que vous avez une certaine expérience de la montagne. Quelle est votre spécialité professionnelle?

— La géologie. C'est exact, j'ai passé pas mal de temps dans les montagnes.

— Alors, je vous charge d'une courte expédition de reconnaissance. Allez escalader cette montagne, si vous le pouvez. Ensuite, faites vos observations à partir du sommet. Évaluez la masse de la planète et ainsi de suite. Y a-t-il un météorologiste ou un spécialiste des prévisions du temps dans le groupe des colons?

— Je suppose que oui, monsieur. M. Moray doit certainement le savoir.

— Oui, probablement. Il serait peut-être judicieux de ma part de ne pas manquer de le lui demander », dit Leicester. Il était si las qu'il mangeait presque ses mots. « Si nous pouvons évaluer le temps probable au cours des quelques semaines à venir, nous pourrons déterminer la meilleure façon d'abriter les gens et ainsi de suite. En outre, toute information sur la période de rotation et des choses semblables pourrait s'avérer utile pour le

Corps expéditionnaire terrien. Quant à vous, Dr Lovat, trouvez un zoologiste et un botaniste, chez les colons de préférence, et envoyez-les avec MacAran. Juste au cas où les synthétiseurs alimentaires tomberaient en panne. Ils pourront faire des analyses et prélever des échantillons.

— Puis-je suggérer la présence d'un bactériologiste, également, s'il y en a un disponible? demanda Judith.

— Bonne idée. Arrangez-vous pour ne priver de rien les équipes de réparation, mais prenez ce qu'il vous faut, MacAran. Désirez-vous emmener quelqu'un d'autre avec vous?

— Un médecin ou du moins une infirmière, fit MacAran, au cas où quelqu'un tomberait dans une crevasse ou se ferait mettre en pièces par l'équivalent local du Tyranosaure.

— Ou ramasserait quelque épouvantable insecte local, ajouta Judith. J'aurais dû y penser.

— Entendu, alors, si le médecin-chef peut se passer de quelqu'un, approuva Leicester. Une chose encore. L'officier en premier Del Rey vous accompagne.

— Puis-je demander à quelle fin? s'enquit MacAran légèrement alarmé. Non qu'elle ne soit la bienvenue, même si cette expédition risque d'être assez dure pour une femme. Mais nous ne sommes pas sur la Terre et ces montagnes, là-bas, n'ont pas de télésièges! »

Camilla prit la parole, d'une voix grave et légèrement voilée. MacAran se demanda si cela était dû au chagrin ou au choc, ou si ce timbre de voix lui était naturel.

« Capitaine, MacAran ne connaît pas, évidemment, le pire. Alors, dites-moi, que savez-vous exactement de la catastrophe et de sa cause?

— Les rumeurs et les racontars habituels. » MacAran haussa les épaules. « Tout ce que je sais, c'est que les sonneries d'alarme ont commencé à retentir et que je me suis rendu dans une zone de sécurité... ou prétendue telle, ajouta-t-il avec amertume en se souvenant du corps mutilé de Jenny. La première chose que je me rappelle, ensuite, c'est d'avoir été traîné hors de la cabine et porté en bas d'une échelle. Un point, c'est tout.

— Bon. Alors, voilà. Nous ne savons pas où nous sommes. Ni quel est ce soleil. Nous ne savons même pas de façon approximative dans quel amas d'étoiles nous nous trouvons. Nous avons été projetés en dehors de notre trajectoire par un orage gravitationnel. C'est le terme profane, je ne vais pas me fatiguer à expliquer ce qui le provoque. Nous avons perdu notre système d'orientation au premier choc; il nous a fallu localiser le système stellaire le plus proche comportant une planète virtuellement habitable et nous poser en catastrophe. Je suis donc obligée de faire quelques observations astronomiques, si je le peux, afin de repérer quelques étoiles connues. Je peux y arriver par des visées spectroscopiques. De là-bas, je pourrai peut-être trianguler notre position dans le Bras Galactique et réaliser une partie au moins de la reprogrammation de l'ordinateur, à partir de la surface de la planète. Il est plus facile de faire des observations astronomiques à une altitude où l'air est raréfié. Même si je n'arrive pas au sommet de la montagne, chaque centaine de mètres d'altitude supplémentaire m'offrira une meilleure chance de faire des visées précises. » La jeune femme avait un air sérieux, solennel. MacAran comprit qu'elle luttait contre sa peur en adoptant ce comportement délibérément didactique et professionnel. « Bref, si vous pouvez m'emmener dans votre expédition, je suis robuste, en bonne santé et une marche longue et pénible ne me fait pas peur. J'enverrais bien mon assistant, mais il a le corps brûlé au tiers. Même s'il se rétablit — et ce n'est pas certain — il n'ira nulle part pendant très, très longtemps. A part lui, personne n'en sait autant que moi sur la navigation et la géographie galactiques, j'en ai peur. Aussi ai-je plus confiance en mes propres observations qu'en celles de toute autre personne. »

MacAran haussa les épaules. Il ne faisait pas de chauvinisme mâle et si la jeune femme s'estimait capable d'exécuter les longues marches de l'expédition, elle y arriverait probablement.

« D'accord, fit-il, c'est votre affaire. Nous aurons besoin de quatre jours de ration au minimum et si votre matériel est lourd, il vaudrait mieux vous arranger pour le faire porter par quelqu'un d'autre. Chacun aura son propre attirail scientifique. » Il considéra la fine chemise humide qui lui moulait le haut du corps. « Et habillez-vous assez chaudement, bon sang, ajouta-t-il avec une certaine brusquerie, sinon vous attraperez une pneumonie. »

Elle parut surprise, confuse, puis subitement irritée. Elle lui lança un regard hargneux, mais MacAran l'avait déjà oubliée.

« Quand voulez-vous que nous nous mettions en route? demanda-t-il au Capitaine. Demain?

– Non, trop de gens, parmi nous, n'ont pas eu assez de sommeil, fit Leicester en s'arrachant à une sorte de somnolence pénible. Regardez-moi, qui vous parle... et la moitié de mon équipage se trouve dans le même état. Je vais donner l'ordre à tout le monde de dormir cette nuit, sauf une dizaine d'hommes de garde. Demain, nous donnerons congé à tous, sauf aux équipes affectées à une tâche essentielle, pour assister aux services religieux célébrés en souvenir des morts. Il y a, en outre, beaucoup d'inventaires et de récupération de matériel à faire. Vous partirez... oh, dans deux ou trois jours. Il n'y a pas un médecin que vous aimeriez emmener de préférence?

– Puis-je avoir Ewen Ross, si le médecin-chef peut se passer de lui?

– C'est d'accord, pour moi », dit Leicester.

Il s'effondra à nouveau sur son siège et sombra manifestement dans le sommeil pendant un dixième de seconde.

« Merci, monsieur », dit doucement MacAran avant de se détourner.

Camilla Del Rey lui posa sur le bras une main légère comme une plume.

« N'ayez pas l'audace de le juger, fit-elle d'une voix basse et furieuse. Depuis les deux jours qui ont précédé la catastrophe, il est debout, il prend des produits contre le sommeil et il est trop vieux pour cela! Je vais veiller à ce qu'il dorme vingt-quatre heures d'affilée, même si je dois boucler tout le camp! »

Leicester se ressaisit à nouveau.

« ... dormais pas, dit-il d'un ton ferme. Rien d'autre, MacAran, Lovat?

– Non, monsieur », répondit respectueusement MacAran.

Il s'éloigna à pas feutrés, laissant le Capitaine à son repos avec son officier en premier penché sur lui... comme une tigresse férocement maternelle couvant son petit... ou le vieux lion? Rafe fut frappé par l'image qui s'imposa à son esprit. Que lui importait, après tout?

Chapitre II

Une trop grande partie du compartiment des passagers était soit inondée par la mousse carbonique, soit couverte d'huile et dangereuse. Aussi le capitaine Leicester avait-il donné l'ordre de distribuer à tous les membres de l'expédition vers la montagne l'uniforme de surface, ces vêtements chauds et imperméables destinés à être portés par le personnel de l'astronef lorsqu'il visitait la surface d'une planète étrangère. On leur avait demandé de se tenir prêts juste après le lever du soleil. Ils l'étaient et chargeaient sur leurs épaules les sacs de montagne bourrés de rations alimentaires, d'appareils scientifiques et de matériel de camping de fortune. MacAran resta à attendre Camilla Del Rey qui donnait ses dernières instructions à un homme d'équipage à partir du poste de commandement.

« Les heures que nous avons obtenues pour le lever et le coucher du soleil sont aussi exactes que possible et vous avez des lectures azimutales précises pour la direction du soleil levant. Nous devrons peut-être calculer le plan méridien. Mais chaque nuit, au coucher du soleil, braquez le projecteur le plus puissant de l'astronef dans cette direction et laissez-le allumé pendant exactement dix minutes. De cette façon, nous pourrons tracer un axe d'orientation jusqu'à notre destination et définir avec précision l'est et l'ouest. Vous savez déjà comment on fait le point à midi.

Elle se tourna et vit MacAran debout derrière elle.

« Est-ce que je vous fais attendre? demanda-t-elle avec

calme. Je suis désolée, mais vous devez comprendre la nécessité de connaître notre position précise.

— Je suis on ne peut plus d'accord, dit MacAran. Mais pourquoi me le demander? Vous êtes le plus haut en grade de tous les membres de notre détachement, n'est-il pas vrai, madame? »

Elle le considéra en haussant ses fins sourcils.

« Oh, c'est CELA qui vous tracasse? Eh bien non, justement. Ce n'est vrai qu'au poste de commandement. Mais c'est sous vos ordres que le capitaine Leicester a placé le détachement et, croyez-moi, j'en suis bien contente. Je suis probablement aussi peu calée... sinon encore moins... en alpinisme que vous en navigation céleste. J'ai grandi dans la Colonie Alpha et vous savez comment sont les déserts, là-bas. »

MacAran ressentit un profond soulagement... et, paradoxalement, de la contrariété. Cette jeune femme était par trop perspicace! Oh, bien sûr, cela réduirait les tensions s'il n'était pas obligé de lui demander d'approuver, en sa qualité d'officier d'un rang supérieur, les moindres ordres — ou suggestions — concernant le voyage. Mais il n'en était pas moins vrai qu'elle était arrivée à lui donner le sentiment de faire du zèle, d'être gaffeur et parfaitement ridicule!...

« Eh bien, nous n'attendons que vous, dit-il. Nous avons un bon bout de chemin à faire et sur un terrain passablement accidenté. Alors, mettons-nous en route. »

Il s'éloigna vers l'endroit où le reste du groupe était rassemblé, tout en prenant mentalement des notes. Ewen Ross portait une bonne partie du matériel d'astronomie de Camilla Del Rey, car, de son propre aveu, sa trousse médicale n'était pas lourde. Heather Stuart, engoncée comme les autres dans son uniforme de surface, lui parlait à voix basse. MacAran se dit, non sans malice, que lorsque votre petite amie se levait à une heure aussi indue pour assister à votre départ, c'était vraiment de l'amour. Le

Dr Judith Lovat, petite et robuste, portait sur l'épaule tout un assortiment de petites boîtes à échantillons, attachées les unes aux autres. MacAran ne connaissait pas les deux autres personnes en uniforme qui attendaient. Aussi contourna-t-il le groupe pour leur faire face avant de prendre le départ.

« Nous nous sommes vus dans les salles de détente, mais je ne crois pas vous connaître. Vous êtes...

— Marco Zabal », dit le premier homme. Agé d'environ trente-cinq ans, il était grand, avec un nez en bec d'aigle et le teint basané. « Xenobotaniste[1]. Je viens sur la demande du Dr Lovat. J'ai l'habitude de la montagne. J'ai grandi au Pays Basque et participé à des expéditions dans l'Himalaya.

— Content de vous avoir parmi nous. »

MacAran lui serra la main. La compagnie d'une autre personne connaissant la montagne serait d'un grand secours.

« Et vous?

— Lewis MacLeod. Zoologiste, vétérinaire spécialiste.

— Membre de l'équipage ou colon?

— Colon. » MacLeod esquissa un bref sourire. Il était petit, corpulent et avait le teint clair. « Et avant que vous ne me le demandiez, non, aucune expérience véritable d'alpinisme... Mais j'ai grandi dans les montagnes des Highlands d'Écosse. Même à l'heure actuelle, il faut encore faire un sacré bout de chemin à pied pour aller n'importe où et le paysage a plus de verticales que d'horizontales.

— Eh bien, cela nous sera bien utile, dit MacAran. Et maintenant que nous sommes tous réunis... Ewen, embrasse ta petite amie, dis-lui au revoir et mettons-nous en route. »

Heather rit doucement, se retourna et rabattit la

1. Xénobotaniste : spécialiste de la botanique extra-terrestre. *(N. d. T.)*

capuche de son uniforme. C'était une jeune fille menue, svelte et fine, qui paraissait encore plus petite dans l'uniforme taillé pour une femme plus forte.

« Laisse tomber, Rafe. Je viens avec vous. Je suis diplômée en microbiologie et je viens pour recueillir des échantillons à l'intention du médecin-chef.

– Mais... » MacAran fronça les sourcils, dérouté. Il pouvait comprendre la raison qui obligeait Camilla à venir – elle était plus qualifiée qu'aucun homme dans sa spécialité. Quant au Dr Lovat, on admettait qu'elle pût se sentir concernée. « J'ai demandé des hommes pour ce voyage, dit-il. Le terrain va être rudement accidenté. »

Il lança un regard à Ewen, en quête d'un appui, mais le jeune homme se contenta de rire.

« Dois-je te lire la Déclaration des Droits du Terrien? “*Aucune loi ne sera promulguée ou formulée, restreignant les droits de tout être humain à un travail égal, sans considération de race, d'origine, de religion ou de sexe...* ”

– Oh, bon sang, tu ne vas pas me ressasser l'article 4, grommela MacAran. Si Heather a envie d'user la semelle de ses chaussures et si tu veux la laisser faire, qui suis-je pour en discuter? »

Il soupçonnait encore Ewen d'avoir manigancé cela. Fichue façon de commencer un voyage! Voilà qu'en dépit du but sérieux de cette mission, il s'était emballé à l'idée d'avoir une chance réelle d'escalader une montagne inexplorée... tout cela pour découvrir qu'il devait trimbaler derrière lui non seulement une femme, membre de l'équipage, qui du moins, paraissait aguerrie et bien entraînée, mais aussi le Dr Lovat qui, sans être âgée, n'était certainement pas aussi jeune et robuste qu'il aurait pu le souhaiter, et Heather, d'apparence délicate.

« Bon. Allons-y », fit-il, espérant que sa voix ne trahissait pas son humeur morose.

Il forma une colonne et ouvrit la marche. Il plaça le Dr Lovat et Heather juste derrière lui avec Ewen pour savoir si elles pouvaient soutenir son allure. Camilla venait ensuite avec MacLeod et Zabal, alpiniste aguerri, fermait la marche. Comme ils s'éloignaient de l'astronef et traversaient le petit groupe de constructions et d'abris rudimentaires, le grand soleil rouge commença à s'élever au-dessus de la ligne des lointaines collines, tel un œil énorme, injecté de sang et enflammé. Le brouillard s'étendait, épais, dans la cuvette où gisait l'astronef, mais à mesure qu'ils se hissaient hors de la vallée, il s'éclaircit et s'effilocha. Malgré lui, MacAran se rasséréna. Ce n'était pas, après tout, une mince affaire que de conduire un groupe d'exploration, le seul peut-être avant des centaines d'années, sur une planète entièrement inconnue.

Ils marchèrent en silence. Il y avait beaucoup de choses à voir. Comme ils atteignaient le bord de la vallée, MacAran s'arrêta et attendit que les autres l'aient rejoint.

« J'ai très peu d'expérience, en ce qui concerne les planètes étrangères, dit-il. Mais ne pénétrez pas à l'aveuglette dans des broussailles bizarres, regardez où vous mettez les pieds et j'espère qu'il est inutile de vous recommander de ne pas boire d'eau et de ne rien manger avant que le Dr Lovat l'ait personnellement approuvé. Vous êtes tous deux des spécialistes, dit il en s'adressant à Zabal et MacLeod, rien à ajouter à cela?

– De la prudence, en général, c'est tout, fit MacLeod. Cette planète pourrait grouiller de serpents et d'autres reptiles venimeux, pour ce qu'on en sait, mais nos uniformes de surface nous protégeront contre la plupart des dangers que nous ne pourrons pas voir. Je dispose d'un pistolet à n'utiliser qu'en cas de nécessité extrême... dans l'hypothèse, par exemple, où un dinosaure ou quelque énorme carnassier surgirait et se jetterait sur nous... En règle générale, cependant, il serait préférable de se sauver plutôt que de tirer. Souvenez-vous qu'il s'agit d'une observation préliminaire et ne vous laissez pas entraîner par les classifications et les prélèvements d'échantillons... L'équipe qui viendra ici après nous pourra le faire.

— S'il y en a une », murmura Camilla.

Elle avait parlé très bas, mais Rafael MacAran l'entendit et lui lança un regard perçant.

« Que tout le monde prenne un cap sur sa boussole dans la direction du sommet, dit-il seulement, et ne manquez pas de noter chaque fois que nous nous écarterons de cette direction à cause des accidents du terrain. D'ici, nous pouvons voir le sommet mais une fois que nous aurons pénétré plus avant dans les contreforts, nous ne pourrons peut-être plus voir autre chose que la hauteur la plus proche ou les arbres. »

Au début, ce fut une promenade facile, agréable. Ils gravirent des pentes douces entre de grands troncs de conifères profondément enracinés, d'un diamètre étonnamment petit pour leur hauteur et dont les branches étroites étaient hérissées de longues aiguilles d'un vert bleuté. Mise à part la faible luminosité du soleil rouge, ils auraient pu se croire dans une forêt domaniale, sur Terre. De loin en loin, Marco Zabal quittait les rangs un bref instant pour inspecter un arbre, une feuille ou un type de racine. A un moment, un petit animal détala dans les bois. Lewis MacLeod l'observa avec regret.

« Et d'un... il y a des mammifères à fourrure ici, dit-il au Dr Lovat. Des marsupiaux, probablement, mais je n'en suis pas sûr.

— Je croyais que vous deviez prendre des spécimens?

— Oui, mais au retour. Je n'ai aucun moyen de garder des animaux vivants en cours de route. Comment saurais-je la façon dont il faut les nourrir? Mais si c'est le ravitaillement qui vous tourmente, je dirais que jusqu'à présent, tous les mammifères de n'importe quelle planète, sans exception, se sont avérés comestibles et sains. Certains ne sont pas très savoureux, mais les animaux sécrétant du lait sont tous analogues, évidemment, du point de vue de la chimie biologique. »

Judith Lovat remarqua que le petit zoologiste corpulent soufflait avec peine, mais elle ne dit rien. Elle pouvait parfaitement comprendre la fascination d'être le premier à voir et à classer la nature sauvage d'une planète tout à fait étrangère. C'était une tâche que l'on confiait, généralement, aux équipes hautement spécialisées de Premier Débarquement et elle supposait que MacAran n'aurait pas accepté MacLeod pour ce voyage, à moins qu'il n'en fût physiquement capable.

Ewen Ross agitait la même pensée en marchant aux côtés d'Heather, sans que ni l'un ni l'autre ne gaspillât son souffle à discuter. Il se disait que Rafe n'imposait pas une allure très rapide. Mais il n'était pas trop sûr, tout de même, de la façon dont les femmes tiendraient le coup. Lorsque MacAran fit halte, un peu plus d'une heure après leur départ, Ewen laissa Heather et alla le rejoindre.

« Dis-moi, Rafe, ce sommet culmine à combien?

— Pas moyen de le savoir, à la distance où je l'ai vu, mais je dirais entre cinq mille cinq cents et six mille mètres.

— Tu crois que les femmes peuvent y arriver?

— Camilla y sera bien obligée. Elle doit faire des observations astronomiques. Nous pourrons l'aider, Zabal et moi, s'il le faut. Vous autres, si vous n'y arrivez pas, vous pourrez rester plus bas, sur les versants.

— Je peux y arriver, dit Ewen. N'oublie pas que la teneur en oxygène de l'air est plus élevée que sur Terre. L'anoxie ne se fera pas sentir à aussi basse altitude. »

Il regarda autour de lui le groupe d'hommes et de femmes qui se reposaient, assis, à l'exception d'Heather Stuart. Cette dernière creusait le sol pour prélever un échantillon de terre et l'introduisit dans un de ses tubes. Lewis MacLeod s'était laissé tomber par terre de tout son long et respirait fort, les yeux fermés. Ewen le considéra avec une certaine inquiétude. Son regard exercé décela ce que Judith Lovat elle-même n'avait pas vu, mais il ne dit rien. Il ne pouvait pas ordonner le renvoi de cet homme à une telle distance... pas seul, en tout cas.

Le jeune médecin eut l'impression que MacAran suivait

le cours de ses pensées quand celui-ci dit brusquement :

« Cela ne te semble pas presque trop facile, trop bien? Il y a sûrement un traquenard sur cette planète, *quelque part*. Cela ressemble trop à un pique-nique dans une forêt domaniale. »

(Drôle de pique-nique, pensa Ewen, *avec le crash de l'astronef qui a fait cinquante et quelques morts et plus d'une centaine de blessés.)* Mais se souvenant que Rafe avait perdu sa sœur, il ne le dit pas.

« Pourquoi pas, Rafe? Y a-t-il une loi stipulant qu'une planète inexplorée est nécessairement dangereuse? Peut-être est-ce seulement parce que nous sommes si tributaires de la vie dénuée de tous risques que nous menons sur Terre que nous redoutons de faire le moindre pas hors du confort et de la sécurité de notre technologie. » Il sourit. « Ne t'ai-je pas entendu ronchonner parce que sur Terre, disais-tu, toutes les montagnes et même les pistes de ski étaient si aplanies que l'on n'avait plus aucun sens de conquête personnelle? Non que j'en sache quelque chose — je n'ai jamais été attiré par les sports dangereux.

— Il y a peut-être du vrai dans ce que tu dis, fit MacAran dont le visage parut cependant encore plus soucieux. Mais s'il en est ainsi, pourquoi fait-on tant de bruit autour des équipes de Premier Débarquement lorsqu'on les envoie dans une nouvelle planète?

— Je l'ignore. Il se peut, toutefois, que sur une planète où la race humaine ne s'est jamais développée, ses ennemis naturels ne se soient jamais développés non plus. »

Au lieu d'en être réconforté, MacAran fut saisi d'un frisson glacé. Si l'homme n'avait pas *sa place* ici, pourrait-il y *survivre?* Mais il se tut.

« Il vaut mieux se remettre en route. Nous avons beaucoup de chemin à faire et j'aimerais parvenir sur les versants avant la tombée de la nuit. »

Il s'arrêta près de MacLeod qui se relevait avec peine. « Ça va, Dr MacLeod?

— Mac, corrigea l'homme avec un pâle sourire. Nous ne sommes plus soumis à la discipline de l'astronef, maintenant. Oui, cela va très bien.

— Vous êtes le spécialiste des animaux. Vous n'avez pas une idée de la raison pour laquelle on n'a rien vu de plus gros qu'un écureuil?

— J'en ai deux, fit MacLeod en souriant franchement. La première, bien entendu, c'est qu'il n'y en a pas. La seconde, celle que je soutiens personnellement, c'est qu'avec le fracas que nous faisons tous les six, non, tous les sept, en passant à travers les broussailles, tout animal doté d'une cervelle un peu plus grosse que celle d'un écureuil se tient à une distance très respectueuse! »

MacAran rit sous cape tandis que son opinion sur le petit homme corpulent se haussait de quelques bons crans.

« Faut-il essayer de faire moins de bruit?

— Je ne vois pas comment on pourrait y arriver. Cette nuit constituera un meilleur test. Les grands carnassiers sortiront à ce moment-là — si cette planète présente la moindre analogie avec la Terre — dans l'espoir de surprendre leur proie naturelle dans son sommeil.

— Alors, nous ferions bien de nous arranger pour qu'on ne nous dévore pas par erreur », dit MacAran.

Mais il réfléchit en silence, tout en regardant les autres endosser leur havresac et se mettre en colonne, que ce problème lui avait échappé. C'était vrai. L'attention écrasante accordée sur Terre à la sécurité avait pratiquement éliminé tous les dangers qui n'étaient pas causés par l'homme. Les safaris dans la jungle, eux-mêmes, étaient entrepris dans des camions aux parois vitrées et il ne lui serait jamais venu à l'esprit que la nuit pût être ainsi dangereuse.

Ils avaient encore marché pendant quarante minutes à travers des arbres de plus en plus serrés et des broussailles un peu plus touffues dont il fallait écarter les branches, lorsque Judith s'arrêta en se frottant les yeux avec douleur. A peu près au même moment, Heather leva les mains et fixa sur elles un regard horrifié. Ewen, qui se trouvait à côté d'elle, fut aussitôt alerté.

« Qu'est-ce que tu as?

— Mes mains... »

Heather les leva, blême.

« Rafe, arrête-toi une minute! » cria Ewen.

La petite colonne en désordre fit halte. Ewen saisit avec précaution les doigts fuselés d'Heather entre les siens et examina attentivement l'éruption de petites taches verdâtres.

« Judy! s'écria Camilla derrière lui. Oh, mon Dieu, regardez son visage! »

Ewen se tourna brusquement vers le Dr Lovat. Elle avait les joues et les paupières couvertes de petites taches verdâtres qui semblaient se propager, s'élargir et enfler pendant qu'il les observait. Judy pressa ses paupières l'une contre l'autre. Camilla lui prit les mains avec douceur au moment où elle les levait jusqu'à son visage.

« Ne touchez pas votre visage, Judy... Dr Ross, qu'est-ce que c'est?

— Comment voulez-vous que je le sache? »

Ewen jeta un coup d'œil circulaire tandis que les autres se rassemblaient autour d'eux.

« Aucun autre cas de verdissement? Parfait, alors, ajouta-t-il. C'est pour ça que je suis ici. Que tout le monde, à part nous, se tienne à distance jusqu'à ce que nous sachions exactement ce que nous avons attrapé. Heather! » Il la secoua brusquement par l'épaule. « Arrête! Tu ne vas pas tomber raide morte. Tu ne présentes, autant que je sache, aucun signe grave. »

La jeune fille fit un effort pour se contrôler.

« Désolée.

— Bon. Que ressens-tu exactement? Est-ce que ces petites taches font mal?

— Non, sacristi, mais ça démange! »

Heather avait le visage brûlant et rouge. Ses cheveux cuivrés flottaient librement sur ses épaules. Elle leva une main pour les rejeter en arrière, mais Ewen lui saisit le poignet en ayant soin de ne toucher que la manche de son uniforme.

« Non, ne touche pas ton visage, dit-il. C'est ce que le Dr Lovat a fait. Comment vous sentez-vous, Dr Lovat?

— Pas très bien, dit Judy avec un certain effort. J'ai le visage en feu et mes yeux... bah, vous pouvez le voir.

— En effet. »

Ewen se rendit compte que les paupières de Judy gonflaient et prenaient une teinte verdâtre, la rendant grotesque.

Il se demanda en secret s'il trahissait la frayeur dont il était la proie. Il avait eu, comme tout le monde, une enfance bercée d'histoires sur les terribles maladies exotiques que l'on attrapait sur les planètes étrangères. Mais il était médecin et il s'agissait de son métier.

« Très bien, dit-il d'une voix aussi ferme que possible. Que tous les autres restent en arrière, mais pas d'affolement. S'il s'agissait d'une infection qui se propageait dans l'air, nous l'aurions tous attrapée et la nuit même où nous nous sommes écrasés ici, probablement. Dr Lovat, pas d'autres symptômes?

— Aucun... sauf une peur pleue, fit Judy en s'efforçant de sourire.

— Laissons cela de côté... pour le moment », dit Ewen. Il sortit des gants de caoutchouc d'un sachet stérile à l'intérieur de sa trousse et prit rapidement le pouls de Judy. Pas de tachycardie, pas de respiration affaiblie. Et toi, Heather?

— Je vais bien, à part cette maudite démangeaison. »

Ewen soumit la petite éruption à un examen minutieux. Au début, les papules avaient la taille d'une tête d'épingle, mais chacune gonflait rapidement pour former une vésicule.

« Bon, procédons par élimination. Qu'avez-vous fait, toi et le Dr Lovat, que personne d'autre n'a fait?

– J'ai prélevé des échantillons de terre, répondit Heather, à la recherche de diatomées et de bactéries du sol.

– J'ai observé quelques feuilles, dit Judy, pour voir si elles avaient une teneur en chlorophylle convenable. »

Marco Zabal retroussa les poignets de son uniforme.

« Je vais jouer à Sherlock Holmes, dit-il. Voilà votre réponse. » Il tendit ses poignets, révélant une ou deux minuscules taches vertes. « Mademoiselle Stuart, avez-vous dû écarter quelques feuilles pour prélever vos échantillons?

– Ma foi oui, quelques feuilles plates et rougeâtres », dit-elle.

Zabal hocha la tête.

« Voilà votre réponse. Comme tous les xénobotanistes, je manipule la moindre plante avec des gants jusqu'à ce que je sois certain de ce qu'elle contient ou de ce qui se trouve sur le dessus. J'ai bien remarqué l'huile volatile sur le moment, mais je l'ai considérée comme une chose normale. Il s'agit probablement d'une parente lointaine du *rhus toxicodendron* ou sumac vénéneux, comme vous l'appelez. Et si l'éruption est aussi rapide, il ne s'agit, à mon avis, que d'une simple dermite par contact, n'entraînant pas de symptômes secondaires sérieux. » Son visage long et étroit se fendit en un large sourire narquois. « Essayez une pommade antihistaminique si vous en avez une ou faites une injection au Dr Lovat, car ses yeux sont tellement gonflés qu'elle va avoir du mal à voir où elle va. Et n'allez plus désormais admirer de jolies feuilles avant que je ne les aie examinées, d'accord? »

Ewen suivit les instructions de Zabal avec un soulagement si intense qu'il en était presque douloureux. Il se sentait tout à fait incapable de faire face aux moindres infections étrangères. Une massive injection hypodermique antihistaminique résorba rapidement l'enflure des yeux de Judith Lovat, qui redevinrent normaux tout en conservant leur couleur verte. Le grand Basque leur montra à tous un échantillon de feuille enfermé dans un étui en plastique transparent.

« Voilà la menace rouge qui vous rend vert, dit-il, pince-sans-rire. Apprenez à vous tenir si possible à l'écart des plantes inconnues.

— Si tout le monde va bien, en route », dit MacAran.

Mais comme ils rassemblaient leur matériel, Rafe éprouva une sorte de malaise dû au soulagement et à la peur renouvelée. Quels autres dangers pouvaient bien se dissimuler dans un arbre ou une fleur apparemment innocents?

« Je savais que cet endroit était trop beau pour être vrai », dit-il à mi-voix à Ewen.

Zabal l'entendit et se mit à rire doucement.

« Mon frère faisait partie de l'équipe de Premier Débarquement qui est allée sur la colonie Coronis. C'est une des raisons pour lesquelles je me rendais là-bas. Et c'est l'unique raison pour laquelle je suis au courant de tout cela. Le Corps expéditionnaire n'a pas envie de révéler au public à quel point les planètes peuvent être traîtresses, car personne n'oserait quitter le confort et la sécurité de notre Terre pour s'y rendre. Bien entendu, lorsque les principaux groupes de colonisation y parviennent enfin, comme nous, les équipes technologiques ont éliminé les dangers manifestes et quelque peu aplani les choses, dirons-nous.

— Allons-y », ordonna MacAran sans répondre.

Cette planète était sauvage, mais que pouvait-il y faire? Il avait dit qu'il désirait prendre des risques. Et maintenant, on lui donnait sa chance.

Ils poursuivirent cependant leur route sans incident. Ils firent halte à midi pour manger le repas qui se trouvait dans leur sac et permettre à Camilla Del Rey de vérifier son chronomètre et de se rapprocher de l'heure exacte de midi. Comme elle observait une petite perche qu'elle avait fichée dans le sol, MacAran s'approcha d'elle.

« De quoi s'agit-il?

— L'instant où l'ombre est la plus courte correspond à l'heure exacte de midi. J'ai donc noté la longueur de l'ombre toutes les deux minutes et quand elle recommencera à s'allonger, l'heure de midi — c'est-à-dire le moment où le soleil passe juste au méridien — se situera dans cette période de deux minutes. C'est assez proche de la véritable heure de midi locale pour nos mesures. » Elle se tourna vers lui. « Est-ce que Judy et Heather vont vraiment bien? demanda-t-elle à voix basse.

— Oh! oui. Ewen les a examinées à chacune de nos haltes. On ignore combien de temps il faudra attendre pour que la couleur disparaisse, mais elles se portent très bien.

— J'ai failli céder à la panique, murmura-t-elle. Judy Lovat me rend honteuse. Elle était si calme. »

Il remarqua qu'imperceptiblement, les « Lieutenant Del Rey », « Dr Lovat » et « Dr MacLeod » de l'astronef à bord duquel, après tout, on ne voyait guère que quelques intimes sauf occasion officielle, faisaient place graduellement à Camilla, Judy et Mac. Il l'approuvait. Ils risquaient de rester ici un bon moment. Il émit une réflexion analogue, puis demanda brusquement :

« Avez-vous une idée du temps que nous allons passer sur cette planète pour les réparations?

— Aucune, dit-elle, mais selon le capitaine Leicester, il faudra... six semaines... si l'on peut réparer l'astronef.

— Si?

— On pourra le réparer, bien entendu », jeta-t-elle soudain d'un ton cassant avant de lui tourner le dos. « Il le faut. On ne peut pas rester ici. »

Rafe se demanda s'il s'agissait d'une vérité ou d'une preuve d'optimisme, mais ne posa pas la question. Lorsqu'il prit la parole, un peu plus tard, ce fut pour émettre une remarque banale sur la qualité des rations alimentaires qu'ils transportaient, en espérant que Judy allait trouver quelques produits frais et comestibles sur place.

Tandis que le soleil oblique s'abaissait lentement au-dessus des lointaines chaînes montagneuses, le froid se fit à nouveau sentir et un vent âpre se leva. Camilla jeta un regard chargé d'appréhension sur les nuages qui s'amoncelaient.

« Terminé pour les observations astronomiques, murmura-t-elle. Est-ce qu'il pleut invariablement toutes les nuits sur cette détestable planète?

— On le dirait, répondit MacAran, laconique. Cela dépend peut-être de la saison. Mais jusqu'à présent, il a plu chaque nuit. Cela vaut pour cette saison, du moins... Il fait chaud à midi, puis le temps fraîchit brusquement, on a des nuages l'après-midi, de la pluie le soir, de la neige aux environs de minuit. Et du brouillard le matin.

— D'après les changements de temps, dit-elle en fronçant les sourcils, — non que cinq jours puissent nous révéler grand-chose — je suppose que nous sommes au printemps. En tout cas, les jours s'allongent de trois minutes environ toutes les vingt-quatre heures. Et la planète semble avoir une inclinaison un peu plus forte que la Terre, ce qui expliquerait de violents changements de temps. Mais quand la neige aura disparu, peut-être le ciel s'éclaircira-t-il un peu avant que le brouillard ne se lève... »

Elle se tut, pensive. MacAran ne la dérangea pas, mais lorsqu'une bruine fine et légère commença à tomber, il se mit en quête d'un endroit pour camper. Ils feraient mieux de se mettre sous la tente avant que cela ne se transforme en déluge.

Ils se trouvaient sur une déclivité. Une large vallée, presque dépourvue d'arbres, s'étendait en contrebas. Elle ne se trouvait pas directement sur leur chemin, mais elle était agréable, verte, et s'étirait au sud sur trois ou quatre kilomètres. MacAran y plongea le regard, évaluant les deux ou trois kilomètres perdus en regard des problèmes posés par le campement sous les arbres. Les contreforts étaient évidemment émaillés de petites vallées analogues. Celle-ci était traversée par une sorte d'étroit cours d'eau... une rivière? Un ruisseau? Allaient-ils pouvoir l'utiliser pour renouveler leurs réserves d'eau? Il souleva la question.

« Analysez l'eau, bien sûr, dit MacLeod. Mais il sera plus sûr pour nous de camper ici, au milieu de la forêt.

— Pourquoi? »

Pour toute réponse, MacLeod tendit le doigt et MacAran distingua quelque chose qui ressemblait à un troupeau. Il était difficile de voir les détails, mais les bêtes avaient à peu près la taille de petits poneys.

« Voilà pourquoi, fit MacLeod. Ils sont peut-être paisibles, autant qu'on le sache, ou même apprivoisés. Et s'ils paissent, ils ne sont pas carnivores. Mais j'aurais horreur de me trouver sur leur chemin, s'il leur prend l'envie de fuir à la débandade dans la nuit. Dans les arbres, on entend venir les choses. »

Judy les rejoignit.

« Ils sont peut-être bons à manger. On pourrait même les domestiquer, si jamais cette planète est colonisée un jour... cela épargnerait le souci d'amener des animaux à viande et des bêtes de somme depuis la Terre. »

C'était une tragédie, pensa MacAran, en observant le mouvement lent et gracieux du troupeau sur le gazon gris-vert, que l'homme ne pût considérer les animaux qu'en fonction de ses propres besoins. *(Mais j'aime un bon steak comme tout le monde, que diable! Quel genre de prêcheur suis-je donc?)* Qui sait? Peut-être seraient-ils partis dans quelques semaines et les animaux du troupeau, quels qu'ils fussent, pourraient continuer à vivre à jamais en paix.

Ils dressèrent un camp à flanc de colline dans le crachin et Zabal se mit en devoir d'allumer un feu.

« Il faut que j'aille en haut de la colline à la tombée

de la nuit pour tâcher de trouver une ligne de visée jusqu'à l'astronef, dit Camilla. Ils doivent allumer des projecteurs pour établir des points de mire.

– Vous ne pourriez rien voir sous cette pluie, jeta MacAran d'un ton acerbe. La visibilité ne dépasse pas sept ou huit cents mètres, maintenant. Impossible de distinguer une source lumineuse, même puissante. Rentrez dans le dôme, vous êtes trempée! »

Elle se retourna violemment contre lui.

« MONSIEUR MacAran, ai-je besoin de vous rappeler que je ne reçois pas d'ordres de vous? Vous avez la responsabilité du groupe d'exploration. Mais moi, je suis ici pour le compte de l'astronef et je dois m'acquitter de certaines tâches. »

Elle tourna le dos au petit dôme de plastique qui servait de tente et se lança à l'assaut de la pente. Pestant contre l'obstination de toutes les femmes officiers, MacAran s'élança à sa suite.

« Retournez en arrière, dit-elle d'une voix cassante. J'ai mes instruments, je peux me débrouiller.

– Vous venez de dire que j'étais responsable de ce groupe. Parfait. Alors, bon sang, j'ai ordonné, entre autres, que personne ne s'éloigne seul! PERSONNE... ni même l'officier en premier de l'astronef! »

Elle se détourna sans rien ajouter et se mit à escalader la pente à toute allure en serrant la capuche de son anorak autour de son visage pour se protéger de la pluie battante et glacée. Leur progression fut de plus en plus difficile à mesure qu'ils grimpaient et MacAran entendit Camilla glisser et trébucher dans les broussailles malgré la puissante lampe torche qu'elle tenait. Il la rattrapa et lui saisit le coude d'une main ferme. Elle fit un mouvement pour se dégager.

« Ne soyez pas stupide, Lieutenant! fit-il avec rudesse. Si vous vous fracturez une cheville, nous serons obligés de vous porter... ou de faire demi-tour! A deux, on peut trouver un équilibre, là où une seule personne ne le peut pas. Allez... prenez mon bras. » Camilla resta raidie. « Bon Dieu, si vous étiez un homme, je ne vous demanderais pas poliment de me permettre de vous aider, gronda-t-il, je vous l'ORDONNERAIS ! »

Elle éclata d'un rire bref.

« C'est bon », dit-elle.

Elle lui agrippa le bras et les faisceaux de leurs deux lampes torches jouèrent sur le sol à la recherche d'un sentier. MacAran entendit Camilla claquer des dents, mais elle ne prononça pas une seule plainte. La pente devint plus escarpée et MacAran dut grimper les derniers mètres à quatre pattes devant la jeune femme et lui tendre les mains pour la hisser. Elle regarda autour d'elle pour s'orienter et désigna du doigt l'endroit où un rayon lumineux très faible perçait la pluie aveuglante.

« C'est peut-être ça? fit-elle d'une voix mal assurée. La direction indiquée par la boussole semble à peu près bonne.

– S'ils utilisent un laser, oui, je suppose qu'on pourrait le voir d'aussi loin, même à travers la pluie. » La lumière s'évanouit, puis jeta une brève lueur avant de disparaître à nouveau. MacAran jura... « Cette pluie se transforme en neige fondue... venez, descendons à pied avant d'être obligés de le faire en glissant... sur de la glace! »

La pente était raide et verglacée. A un moment, Camilla perdit l'équilibre sur l'humus gelé. Elle glissa, tomba en tournoyant et finit par s'arrêter après s'être débattue contre un grand tronc d'arbre. Elle resta là, étendue, à moitié assommée, jusqu'à ce que MacAran l'aperçût dans le faisceau lumineux de sa lampe qu'il dirigeait de tous côtés. Elle suffoquait et sanglotait de froid, mais lorsqu'il lui tendit une main pour l'aider à se relever, elle secoua la tête et y parvint seule, non sans mal.

« Je peux y arriver. Mais je vous remercie », ajouta-t-elle à contrecœur.

Elle se sentait épuisée et totalement humiliée. On l'avait élevée dans l'idée qu'elle devait travailler d'égale à égal avec les hommes et dans l'univers familier qu'elle connaissait, un univers de boutons à presser et de machines à actionner, la force physique constituait un facteur dont elle n'avait jamais eu à tenir compte. Elle ne songea pas un seul instant au fait que sa vie durant, elle n'avait pas connu d'effort physique plus grand que la gymnastique dans la salle d'exercices de l'astronef ou d'une station spatiale. Elle eut le sentiment d'avoir été incapable en quelque sorte de se suffire à elle-même et d'avoir pour ainsi dire manqué à sa position élevée. Un officier de l'astronef était censé être plus compétent que N'IMPORTE QUEL civil! Elle poursuivit péniblement sa descente jusqu'au bas de la pente escarpée en posant les pieds avec une prudence résolue, et sentit des larmes d'épuisement et de nervosité geler sur ses joues froides.

MacAran la suivait lentement, inconscient de ses luttes intérieures, mais les épaules affaissées de la jeune femme trahissaient sa lassitude. Au bout d'un moment, il lui passa un bras autour de la taille.

« Comme je l'ai déjà dit, si vous retombez et vous blessez gravement, nous serons obligés de vous porter, dit-il avec douceur. Ne nous faites pas ça, Camilla. Vous auriez laissé Jenny vous aider, n'est-ce pas? » ajouta-t-il en hésitant.

Elle ne répondit pas, mais s'appuya sur lui. Il guida ses pas mal assurés vers la petite lueur rougeoyante qui filtrait à travers la tente. Au-dessus d'eux, dans les arbres serrés, le cri rauque d'un oiseau de nuit transperça le bruit de la pluie battante et glacée. Mais il n'y eut pas d'autre son. Leurs pas eux-mêmes rendaient un écho bizarre et étranger, ici.

Une fois à l'intérieur de la tente, MacAran s'effondra et prit avec reconnaissance la tasse en plastique pleine de thé bouillant que lui tendait MacLeod. Il se dirigea à pas mesurés jusqu'à l'endroit où l'on avait déroulé son sac de couchage à côté de celui d'Ewen. Il but le liquide bouillant à petites gorgées en essuyant ses paupières gelées et en écoutant les accents affectueux et apaisants d'Heather et de Judy à la vue du visage glacé de Camilla. Elles s'affairaient dans leur cantonnement exigu, lui apportant du thé chaud, une couverture sèche et l'aidant à enlever son anorak couvert de glace.

« Qu'est-ce qui tombe, dehors? demanda Ewen. Pluie? Grêle? Neige fondue?

– Un mélange des trois, je suppose. Il me semble que nous avons eu la " veine " de tomber en plein milieu d'une sorte de tempête d'équinoxe. Impossible qu'il fasse ce temps-là toute l'année.

– Vous avez pu faire vos visées? L'un de nous aurait dû y aller, ajouta Ewen en voyant MacAran opiner de la tête. Le Lieutenant n'est pas vraiment de force à faire ce genre d'escalade par un temps pareil. Je me demande ce qui l'a poussée à essayer? »

MacAran jeta un coup d'œil à Camilla, blottie sous une couverture, qui buvait le thé bouillant à petites gorgées tandis que Judy séchait ses cheveux mouillés et emmêlés.

« Noblesse oblige », dit-il, se surprenant lui-même.

Ewen hocha la tête.

« Je comprends ce que tu veux dire. Laisse-moi aller te chercher un peu de soupe. Judy a réalisé des prodiges avec les rations alimentaires. Il est bon d'avoir une diététicienne avec soi. »

Ils étaient tous épuisés et parlèrent peu de ce qu'ils avaient vu. Le hurlement du vent et la neige fondue qui tombait, au dehors, rendait toute conversation difficile, en tout cas. Moins d'une demi-heure plus tard, ils avaient avalé leur repas et s'étaient glissés dans leurs sacs de couchage. Heather se pelotonna contre Ewen, la tête sur son épaule, et MacAran, qui se trouvait juste à côté d'eux, considéra leurs corps unis avec une vague et sourde envie. Cela suggérait une intimité n'ayant que peu de chose à voir avec la sexualité. La façon dont chacun déplaçait son corps, presque inconsciemment, pour soulager l'autre et le réconforter, était éloquente. MacAran songea, malgré lui, au moment où Camilla s'était laissé aller contre lui et grimaça un sourire dans le noir. De toutes les femmes de l'astronef, Camilla était la moins susceptible de s'intéresser à lui et probablement celle qui lui était le moins sympathique. Mais, bon sang! il était bien obligé de l'admirer!

Pendant un moment, il resta étendu, éveillé, prêtant l'oreille au bruit du vent dans les arbres massifs, au craquement d'un arbre qui s'abattait, quelque part, dans la tempête *(Seigneur! Si l'un d'eux tombait sur la tente, nous serions tous tués...)* et à des bruits étranges... Des animaux en train de foncer à travers les fourrés? Au bout d'un certain temps, il dormit par à-coups. Mais il gardait une oreille tendue : MacLeod râla et gémit en dormant, et une fois, Camilla poussa un cri, un cri de cauchemar, avant de se rendormir, épuisée. Vers le matin, la tempête s'apaisa, la pluie cessa et MacAran sombra dans un sommeil profond comme la tombe que seuls, traversèrent les cris de bêtes et d'oiseaux étranges qui s'agitaient dans la forêt envahie par la nuit et sur les collines inconnues.

Chapitre III

Peu avant le lever du jour, il émergea de sa torpeur en entendant bouger Camilla et il la vit enfiler à grand-peine son uniforme, à l'autre bout de la tente obscure. Il se glissa sans bruit hors de son sac de couchage.

« Qu'y a-t-il? demanda-t-il doucement.

– La pluie s'est arrêtée et le ciel est clair. Je veux effectuer quelques visées astronomiques et quelques observations spectrographiques avant la venue du brouillard.

– Entendu. Vous avez besoin d'aide?

– Non. Marco peut m'aider à porter mes instruments. »

Il voulut protester, puis haussa les épaules et alla se glisser à nouveau dans son sac de couchage. Ce n'était pas entièrement son affaire. Camilla connaissait son métier et n'avait nul besoin de sa vigilante prudence. Elle l'avait fait très clairement comprendre.

Une vague appréhension l'empêcha cependant de se rendormir. Il resta couché, dormant d'un sommeil léger et agité, écoutant autour de lui les bruits de la forêt à son éveil. Des cris d'oiseaux résonnaient d'arbre en arbre, les uns discordants et rauques, les autres doux et gazouillants. Il perçut de petits croassements accompagnés de légers mouvements dans les fourrés et quelque part au loin, un son qui n'était pas sans rappeler l'aboiement d'un chien.

Puis le silence fut brisé par un hurlement horrible...

le cri déchirant d'un être humain à l'agonie, incontestablement. Un cri d'angoisse, aigu, qui résonna par deux fois et se termina par un abominable gargouillis gémissant. Puis ce fut le silence.

MacAran bondit hors de son sac de couchage et sortit de la tente, à demi vêtu, suivi à moins d'un pas par Ewen. Les autres se pressèrent tous à leur suite, endormis, hébétés, effrayés. Il se mit à grimper la pente en courant en direction du son, et entendit Camilla crier au secours.

Elle avait installé ses appareils dans une clairière proche du sommet, mais ceux-ci étaient renversés, à présent. Tout près de là, Marco Zabal, étendu par terre, se tordait et poussait des gémissements incohérents. Il était enflé et son visage congestionné offrait un aspect hideux. Camilla s'essuyait frénétiquement de ses mains gantées. Ewen se laissa tomber à côté de l'homme saisi de convulsions.

« Vite, interrogea-t-il d'un ton bref. Camilla, que s'est-il passé?

– Des choses... comme des insectes », fit-elle, tremblante, en tendant les mains.

Sur la paume de sa main gantée, Ewen vit une petite bête écrasée, mesurant moins de cinq centimètres. Pourvue d'une queue semblable à celle d'un scorpion et d'un dangereux crochet sur le devant, elle était d'un orange et d'un vert vifs.

« Il a marché sur ce monticule, là-bas, et je l'ai entendu hurler. Puis il est tombé... »

Ewen avait ouvert sa trousse médicale et passait rapidement les mains sur le cœur de Zabal. Il donna de brèves instructions à Heather qui s'était agenouillée à côté de lui, pour couper les vêtements de l'homme. Le visage congestionné du blessé virait au noir et son bras était considérablement enflé. Zabal, inconscient désormais, gémissait et délirait.

(Il s'agit d'un violent poison affectant les nerfs, se dit Ewen. *Son cœur bat au ralenti et sa respiration est*

oppressée.) Tout ce qu'il pouvait faire pour le moment, c'était administrer un puissant stimulant au blessé et se tenir à proximité au cas où il faudrait lui faire la respiration artificielle. Il n'osa même pas lui donner le moindre remède pour soulager son supplice... Presque tous les stupéfiants étaient des sédatifs respiratoires. Il attendit, en respirant à peine lui-même, le stéthoscope posé sur la poitrine de Zabal, tandis que les battements du cœur défaillant de ce dernier devenaient un peu plus réguliers. Il leva la tête pour jeter un bref coup d'œil au monticule, demander à Camilla si elle avait été piquée... Il n'en était rien, mais deux des hideux insectes avaient commencé à grimper le long de son bras... et pour demander, enfin, à tout le monde de se tenir à bonne distance du monticule, c'est-à-dire de la fourmilière ou de ce que cela pouvait bien être. *(Nous avons vraiment eu de la veine, dans le noir, de ne pas planter la tente juste au-dessus! MacAran et Camilla auraient pu trébucher en plein dedans... mais peut-être que ces insectes dorment dans la neige!)*

Le temps traîna en longueur. La respiration de Zabal devint plus régulière. Il poussa à nouveau quelques gémissements, mais ne reprit pas conscience. Le grand soleil rouge s'éleva lentement au-dessus des contreforts montagneux qui les entouraient, en faisant fondre le brouillard goutte à goutte.

Ewen renvoya Heather jusqu'à la tente pour y prendre le reste de ses instruments médicaux. Judy et MacLeod commencèrent à préparer un petit déjeuner. Camilla calculait stoïquement les quelques points astronomiques qu'elle avait pu relever avant l'attaque des fourmis-scorpions... MacLeod les avait ainsi baptisées, provisoirement, après avoir examiné l'insecte mort. MacAran vint se poster aux côtés de l'homme inconscient et du jeune docteur, agenouillé auprès de lui.

« Il va vivre?

— Je n'en sais rien. Probablement. Je n'ai jamais rien vu de semblable depuis que j'ai soigné mon seul et unique cas de morsure de crotale. Mais une chose est certaine... Il n'ira nulle part aujourd'hui, ni demain non plus, vraisemblablement.

— Est-ce qu'on ne devrait pas le transporter en bas, jusqu'à la tente? demanda MacAran. Il se pourrait que quelques-unes de ces bestioles grouillent encore dans les parages.

— J'aimerais mieux ne pas le déplacer, maintenant. Dans une heure ou deux, peut-être. »

MacAran se planta là, abaissant un regard consterné sur l'homme inconscient. Il ne fallait pas prendre de retard... et pourtant, l'importance de leur groupe avait été soigneusement calculée. On ne pouvait se passer d'aucun membre pour le renvoyer chercher de l'aide jusqu'à l'astronef...

« Nous devons poursuivre notre chemin, dit-il finalement. Supposons que nous ramenions Marco jusqu'à la tente quand cela ne comportera plus aucun risque et que tu restes pour le soigner. Les autres peuvent effectuer leurs travaux de recherche, contrôler des échantillons de sol, de plantes, ainsi que des spécimens d'animaux, ici aussi bien que n'importe où. Mais moi, je dois faire tous les relevés possibles à partir du sommet. Quant au lieutenant Del Rey, elle doit faire ses observations astronomiques du point le plus élevé possible. Nous allons donc continuer à avancer, aussi loin que nous le pourrons. S'il s'avère impossible d'atteindre le sommet, on n'essaiera pas, on se contentera de faire autant d'observations qu'on le pourra et on reviendra.

— Ne vaudrait-il pas mieux attendre de voir si nous pouvons aller avec vous? Nous ignorons quelles sortes de dangers recèlent les forêts, ici.

— C'est une question de temps, dit Camilla d'un ton pressant. Plus tôt nous saurons où nous sommes, plus tôt nous aurons une chance... »

Elle n'acheva pas sa phrase.

« On ne sait pas, dit MacAran. Il pourrait y avoir

encore moins de danger pour un tout petit détachement, et même pour une personne seule. Les chances sont égales, dans un sens comme dans l'autre. Je pense qu'il va nous falloir opérer de cette façon. »

Ils prirent ces dispositions. Comme Zabal, au bout de deux heures, ne paraissait pas reprendre connaissance, MacAran et les deux autres hommes le descendirent jusqu'à la tente sur une civière improvisée. La rupture du groupe souleva quelques protestations, mais personne ne la contesta sérieusement et MacAran réalisa qu'il était déjà devenu leur chef et que sa parole avait force de loi. Quand le soleil rouge se trouva juste au-dessus de leurs têtes, ils avaient déjà réparti les bagages et Rafe et Camilla étaient prêts à partir. Ils n'emportaient que la petite tente-abri de secours, de la nourriture pour quelques jours et le matériel de Camilla.

Ils restèrent debout dans la grande tente, abaissant leur regard sur Zabal à demi conscient. Ce dernier avait commencé à bouger et à gémir, mais il ne montrait, à part cela, aucun signe d'une reprise de conscience. MacAran se sentait terriblement inquiet à son sujet, mais tout ce qu'il pouvait faire, c'était le laisser entre les mains d'Ewen. Après tout, ce qui importait, dans le cas présent, c'était l'estimation préliminaire de cette planète... et les observations de Camilla sur leur position dans la galaxie.

Il était préoccupé. Avait-il oublié quelque chose? Tout à coup, Heather ôta son blouson d'uniforme et enleva le gilet de tricot fourré qu'elle portait en dessous.

« Il est plus chaud que le tien, Camilla, dit-elle à voix basse. Je t'en prie, porte-le. Il neige tellement ici. Et tu seras dehors avec la petite tente-abri, seulement. »

Camilla éclata de rire en secouant la tête.

« Il va faire froid ici aussi.

– Mais... » Le visage d'Heather était tendu et altéré. Elle se mordit la lèvre et supplia. « Je t'en prie, Camilla. Traite-moi de folle, si tu veux. Accuse-moi de superstition, mais, je t'en prie, prends-le!

— Vous aussi? demanda MacLeod avec une pointe d'ironie contenue. Il vaut mieux le prendre, Lieutenant. Je croyais être le seul doté d'une bizarre seconde vue. Je n'ai jamais pris les perceptions extra-sensorielles très au sérieux, mais qui sait, il se pourrait justement que sur une planète étrangère, cela soit une qualité de survie. De toute façon, que pouvez-vous perdre en prenant quelques vêtements chauds de plus? »

MacAran se rendit compte que ce qui lui tourmentait l'esprit *avait* un rapport quelconque avec le temps.

« Prenez-le, Camilla, si c'est très chaud. Je prendrai l'anorak de montagne de Zabal, moi aussi — il est plus lourd que le mien — et je lui laisserai le mien. On prendra également quelques pulls supplémentaires si vous en avez. Ne vous en démunissez pas, mais il est vrai que s'il neige, vous serez plus abrités que nous, et il fait parfois drôlement froid sur les hauteurs. »

Il considérait Heather et MacLeod avec curiosité. En règle générale, il n'ajoutait aucune foi aux propos tenus devant lui sur les perceptions extra-sensorielles, mais si deux membres du détachement les sentaient et si lui-même y était vaguement sensible... Bah, peut-être s'agissait-il seulement d'indications sensorielles inconscientes, d'éléments qu'ils étaient incapables de réunir consciemment. En tout cas, il n'était nullement besoin de perceptions extra-sensorielles pour prévoir du mauvais temps sur les hauteurs montagneuses d'une planète étrangère dotée d'un climat aux caprices néfastes!

« Prenez tous les vêtements chauds dont chacun peut se passer et une couverture supplémentaire, ordonna-t-il, on en a en réserve. Et puis mettons-nous en route. »

Tandis que les deux femmes préparaient le paquetage, il prit le temps de parler seul à seul avec Ewen.

« Attendez-nous ici pendant au moins huit jours, dit-il. Nous ferons des signaux tous les soirs, si nous le pouvons, à la tombée de la nuit. Si, passé ce délai, nous n'avons donné aucune nouvelle, ni fait aucun signal, retournez à l'astronef. Si nous pouvons revenir, à quoi bon inquiéter quelqu'un d'autre à ce sujet?... Mais s'il nous arrive quelque chose, prends la tête de l'expédition. »

Ewen éprouva de la répugnance à le laisser partir.

« Qu'est-ce que je fais si Zabal meurt?

– Enterre-le, fit MacAran avec une certaine dureté. Que veux-tu faire d'autre? » Il se détourna et fit signe à Camilla : « Allons-y, Lieutenant. »

Ils quittèrent la clairière à grands pas, sans un regard en arrière. MacAran marchait à une allure régulière, ni trop rapide, ni trop lente.

A mesure qu'ils grimpaient, le pays se modifiait : le sol qu'ils foulaient était de moins en moins herbeux et il y avait davantage de rochers nus et d'arbres clairsemés. La pente des contreforts n'était pas abrupte, mais quand ils approchèrent du faîte de la colline sur le versant de laquelle ils avaient campé, MacAran fit halte pour se reposer et avaler à la hâte quelques bouchées de leurs rations alimentaires. De l'endroit où ils se tenaient, ils apercevaient à travers les arbres touffus, le petit carré orange de la tente, telle une chiure de mouche, vue de cette hauteur.

« Quelle distance avons-nous parcourue, MacAran? demanda la jeune femme en rejetant la capuche doublée de fourrure de son blouson.

– Je n'ai aucun moyen de le savoir. Huit ou dix kilomètres, peut-être. Nous avons dû monter de six cents mètres environ. Mal à la tête?

– Un peu, seulement, mentit la jeune femme.

– C'est le changement de pression atmosphérique. Vous n'allez pas tarder à vous y habituer. C'est une bonne chose que le terrain monte de façon assez régulière.

– On a du mal à réaliser qu'on a vraiment dormi là, la nuit dernière... Si bas, dit Camilla d'une voix légèrement chevrotante.

– De l'autre côté de cette crête, la tente sera hors de vue. Si vous avez envie de laisser tomber, c'est votre dernière chance. Vous pourriez vous retrouver en bas d'ici une heure, peut-être deux. »

Elle haussa les épaules.

« Ne me tentez pas.

– Vous avez peur?

– Bien sûr. Je ne suis pas idiote. Mais je ne céderai pas à la panique, si c'est ce que vous voulez dire. »

MacAran se releva en avalant le reste de sa ration.

« Allons-y, alors. Faites attention... Il y a des rochers au-dessus de nous. »

A sa surprise, cependant, Camilla avança résolument sur l'amas de rochers proche de la crête et il n'eut pas besoin de l'aider, ni de rechercher un passage plus facile. En haut de la colline, ils jouirent du vaste panorama qui s'étendait sous eux et derrière eux. La vallée où ils avaient campé, avec sa longue plaine, l'autre vallée plus éloignée où reposait le vaisseau spatial... Bien que MacAran ne pût distinguer, même avec ses puissantes jumelles, qu'un minuscule trait sombre qui devait être le vaisseau. On discernait plus facilement la clairière rocailleuse où ils avaient coupé des arbres pour les abris.

« La première empreinte de l'homme sur un nouveau monde, dit-il en passant les jumelles à Camilla.

– Et la dernière, j'espère », fit-elle.

Il eut envie de lui demander si l'astronef était vraiment réparable, de lui poser la question sans tourner autour du pot. Mais ce n'était pas le moment de penser à cela.

« Il y a des torrents au milieu des rochers et cela fait plusieurs jours que Judy a analysé l'eau, dit MacAran. On pourra probablement trouver toute l'eau qu'il nous faudra pour remplir nos bidons, alors ne vous rationnez pas trop.

– J'ai la gorge terriblement sèche. Est-ce dû seulement à l'altitude?

– Probablement. Sur la Terre, on ne pourrait pas aller beaucoup plus haut que cela sans oxygène, mais cette planète-ci a une teneur en oxygène plus élevée. »

MacAran jeta un dernier regard à la tente orange qui se trouvait en contrebas. Il rangea ses jumelles et passa la courroie sur son épaule. « Bon, le prochain sommet sera plus élevé. Alors, en avant! » Camilla considérait de petites fleurs orange qui poussaient dans les fentes des rochers. « Il vaut mieux ne pas y toucher. Qui sait ce qui pourrait piquer, ici? »

Elle se retourna, une petite fleur orange entre les doigts.

« Trop tard, maintenant, dit-elle avec une moue ironique. Si je dois tomber raide morte en cueillant une fleur, mieux vaut en avoir le cœur net maintenant que plus tard. Je ne suis pas sûre de VOULOIR vraiment continuer à vivre si je ne peux RIEN TOUCHER sur cette planète. Nous devons prendre quelques risques, Rafe, ajouta-t-elle avec plus de sérieux... et même en ce cas, nous pourrions être tués par une chose à laquelle nous n'aurions jamais pensé. A mon avis, tout ce que nous pouvons faire, c'est prendre les précautions évidentes... puis tenter notre chance. »

C'était la première fois, depuis l'atterrissage en catastrophe de l'astronef, qu'elle l'avait appelé par son prénom et MacAran s'attendrit, à son corps défendant.

« Vous avez raison, bien sûr, dit-il. A moins de circuler en combinaison spatiale, nous n'avons aucune protection réelle, alors ce comportement paranoïde ne rime à rien. Si nous faisions partie d'une équipe de Premier Débarquement, nous connaîtrions les risques à ne pas courir, mais les choses étant ce qu'elles sont, tout ce que nous pouvons faire, c'est tenter notre chance. » Il faisait de plus en plus chaud et il ôta ses vêtements de dessus. « Je me demande quelle foi on peut ajouter aux pressentiments d'Heather sur le mauvais temps? »

Ils entamèrent la descente, de l'autre côté de la crête. A mi-pente, après avoir passé deux ou trois heures à chercher un sentier, ils découvrirent une petite source cristalline qui jaillissait d'une roche fissurée, et remplirent leurs bidons. L'eau avait une saveur douce et pure. Puis, adoptant la proposition de MacAran, ils suivirent le cours d'eau vers le bas de la pente; ce serait sûrement le plus court chemin.

A la nuit tombante, de lourds nuages commencèrent à galoper en travers du soleil déclinant. MacAran et Camilla se trouvaient dans une vallée, sans la moindre chance de pouvoir envoyer des signaux à l'astronef ou à l'autre camp de leur expédition. Tandis qu'ils dressaient la minuscule tente-abri et que MacAran allumait un feu pour faire chauffer leur ration, une petite pluie fine se mit à tomber. Rafe déplaça en jurant le petit feu sous l'auvent de la tente et s'efforça de le protéger un peu de la pluie. Il réussit à obtenir de l'eau tiède, avant que le feu fût éteint à nouveau par les rafales de neige fondue. Il renonça et jeta les aliments séchés dans l'eau tiède.

« Voilà. Pas fameux, mais mangeable... et nourrissant, je l'espère! »

Camilla fit la grimace en y goûtant, mais ne dit rien, au soulagement de MacAran. La neige fondue fouettait le sol autour d'eux. Ils pénétrèrent en rampant dans la tente et en fermèrent hermétiquement l'abattant. A l'intérieur, il y avait à peine assez de place pour que l'un d'entre eux pût s'étendre de tout son long, tandis que l'autre restait assis. Les tentes de secours n'étaient conçues, en réalité, que pour une seule personne. MacAran fut sur le point d'émettre quelques remarques désinvoltes sur le confort et la chaleur des cantonnements, puis considéra le visage altéré de la jeune femme et se tut.

« J'espère que vous ne souffrez pas de claustrophobie », dit-il seulement, tandis qu'il s'extirpait de son anorak, se débarrassait de son havresac et commençait à dérouler son sac de couchage.

« Je suis officier d'astronef depuis l'âge de dix-sept ans. Comment pourrais-je m'en tirer en souffrant de claustrophobie? » Dans le noir, MacAran imagina son sourire. « Au contraire. »

Ils n'eurent pas grand-chose à dire après cela, ni l'un, ni l'autre.

« Je me demande comment va Marco? » dit-elle dans l'obscurité.

Mais MacAran ne pouvait rien lui répondre et cela ne servait à rien de songer à quel point ce voyage aurait été facilité par la connaissance que Marco Zabal avait des hautes cimes de l'Himalaya.

« Est-ce que vous avez l'intention de vous lever avant l'aurore pour essayer de faire quelques visées astronomiques? demanda-t-il quand même, juste avant de s'endormir.

— Non. J'attendrai le sommet, je suppose. Si nous arrivons jusque-là. »

La respiration de Camilla s'apaisa, faisant place à de doux soupirs épuisés et MacAran sut qu'elle dormait. Il resta éveillé un moment en se demandant ce qui les attendait. Au dehors, la neige fondue cinglait les branches des arbres et il y eut un bruit de course précipitée : celle du vent ou celle d'un animal se ruant à travers les broussailles? MacAran dormit d'un somme léger, à l'affût de bruits imprévus. A deux ou trois reprises, Camilla cria dans son sommeil et il s'éveilla, sur le qui-vive, l'oreille tendue. Souffrait-elle d'un léger mal des montagnes? Teneur en oxygène ou pas, les sommets étaient assez élevés et chacun d'eux leur faisait atteindre une altitude de plus en plus haute. Bah, elle s'acclimaterait ou elle ne s'acclimaterait pas. Un bref instant, au bord du sommeil, MacAran se dit qu'il vivait un genre de situation prisé dans le monde du spectacle : un homme seul avec une belle fille sur une planète étrangère, pleine de dangers. Il avait conscience du désir qu'il éprouvait pour elle. Il était humain, que diable, et viril... mais dans leur situation présente, rien n'était plus loin de son esprit que le sexe. *(Peut-être suis-je trop civilisé, tout simplement.)*

Sur ces considérations, épuisé par la journée d'escalade, il s'endormit.

Les trois jours suivants ne furent que des répliques de cette journée-là, sauf la troisième nuit : en effet, ils atteignirent, au crépuscule, un col élevé sans qu'il se fût mis à pleuvoir comme chaque soir. Camilla installa son télescope et effectua quelques visées... Tandis qu'il dressait la tente-abri dans l'obscurité, MacAran ne put s'empêcher de l'interroger.

« La chance vous a souri? Où est-on, vous le savez?

— Je n'en suis pas sûre. Je savais déjà que ce soleil n'avait jamais été porté sur aucune carte. Et les seules constellations, que je puisse repérer à partir de coordonnées centrales, sont toutes déviées vers la gauche. J'ai dans l'idée que nous nous trouvons tout à fait hors du Bras spiralé de la Galaxie... Constatez le nombre restreint d'étoiles, comparé à celles que l'on voit de la Terre elle-même, sans parler de l'une ou l'autre des planètes-colonies situées au centre! Oh! nous sommes à une distance plus que respectable de l'endroit où nous devions aller! »

Sa voix trahissait un état de tension et d'abattement. MacAran s'approcha d'elle et vit dans l'obscurité des larmes couler sur ses joues. Il ressentit un besoin presque douloureux de la réconforter.

« Bah, au moins, une fois repartis, on aura découvert une nouvelle planète habitable. Et vous recevrez peut-être même une part de la prime de découverte.

— Mais c'est si loin... » Elle s'interrompit. « Est-ce qu'on peut faire des signaux à l'astronef?

— On peut essayer. Nous sommes au moins à deux mille cinq cents mètres au-dessus d'eux. Peut-être nous trouvons-nous dans une ligne de visée. Tenez, prenez les jumelles. Regardez si vous pouvez trouver la moindre trace d'un signal lumineux. Bien entendu, ils pourraient se trouver derrière un repli de colline. »

Il lui passa un bras autour du corps en immobilisant les jumelles. La jeune femme ne s'écarta pas.

« Avez-vous le relèvement de l'astronef? » s'informa-t-elle.

Il le lui indiqua. Elle déplaça légèrement les jumelles, la boussole à la main.

« Je vois une lumière... Non, je pense que c'est un éclair. Oh, qu'est-ce que cela peut faire? » Elle écarta impatiemment les jumelles. MacAran put sentir qu'elle tremblait. « Cela vous plaît vraiment, ces grands espaces libres, n'est-ce pas?

— Franchement oui, dit-il lentement. J'ai toujours aimé les montagnes. Pas vous? »

Elle secoua la tête dans l'obscurité. Au-dessus d'eux, la clarté mauve d'une des quatre lunes apportait une légère touche de couleur, timide dans la pénombre.

« Non, elles me font peur, avoua-t-elle timidement.

— Peur?

— J'ai toujours été à bord d'un satellite ou d'un astronef-école depuis que l'on m'a sélectionnée à l'âge de quinze ans pour l'espace... » Sa voix se troubla. « On devient assez... agoraphobe.

— Et vous vous êtes portée volontaire pour faire partie de cette expédition! » s'exclama MacAran.

Mais Camilla, se méprenant sur sa surprise et son admiration, crut à une critique.

« Qui d'autre y avait-il? » rétorqua-t-elle âprement.

Puis elle se détourna et pénétra dans la tente minuscule.

Une fois encore, lorsqu'ils eurent avalé leur repas... chaud, ce soir-là, car il n'y avait pas de pluie pour éteindre leur feu... MacAran resta éveillé longtemps après que la jeune femme se fut endormie. La nuit, en général, on n'entendait que la pluie qui faisait rage et les branches qui craquaient et fouettaient l'air. Mais ce soir-là, la forêt semblait pleine de sons et de bruits étranges comme si, au cours de cette rare nuit sans neige, toutes les espèces inconnues qui la peuplaient naissaient à la vie. Une fois, il perçut un hurlement lointain rappelant un enregistrement entendu jadis, sur la Terre : celui du loup gris d'Amérique du Nord, dont la race était éteinte. Une autre fois, ce fut un grondement presque félin, grave et rauque, suivi du cri de terreur d'un petit animal, puis le silence. Enfin, vers minuit, il y eut un hurlement aigu, à donner le frisson, un long cri plaintif qui sembla le glacer jusqu'à la moelle des os. Il ressemblait si étrangement au hurlement poussé par Marco quand il avait été attaqué par les fourmis-scorpions que MacAran, oscillant entre le rêve et la réalité, fut éveillé en sursaut et faillit se lever d'un bond. Alors, au moment où Camilla, réveillée par son mouvement, se dressait avec effroi sur son séant, le cri résonna à nouveau. MacAran se rendit compte qu'aucun humain n'aurait jamais pu émettre un tel son. C'était une plainte stridente, un ululement qui se prolongeait, de plus en plus aigu, jusqu'à atteindre, aurait-on dit, les ultra-sons. MacAran crut l'entendre longtemps après qu'il se fut éteint.

« Qu'est-ce que c'est? souffla Camilla, tremblante.

– Dieu seul le sait. Un oiseau ou un animal quelconque, je suppose. »

Ils écoutèrent encore en silence ce hurlement qui ébranlait le tympan. Camilla se rapprocha un peu de MacAran.

« On dirait un cri d'agonie, murmura-t-elle.

– Ne vous faites pas d'idées. Il s'agit peut-être d'une voix normale, pour ce que nous en savons.

– Rien ne peut avoir une voix normale comme celle-là, dit-elle fermement.

– Comment pouvons-nous le savoir?

– Comment pouvez-vous être si prosaïque? Ooh... », elle tressaillit lorsque la longue plainte stridente retentit à nouveau, « cela me glace jusqu'à la moelle.

– Cet animal utilise peut-être ce son pour paralyser sa proie. Moi aussi, cela m'effraye, nom d'un chien! Si j'étais sur la Terre... Heu, je suis d'origine irlandaise...

Je m'imaginerais que la fée porte-malheur [1] de l'île d'Aran vient m'emporter!

— Il faudra l'appeler « porte-malheur » quand on découvrira ce que c'est », dit Camilla. Elle ne riait pas. Le cri effroyable retentit à nouveau. « Assez! ASSEZ! » hurla-t-elle en pressant brusquement ses mains contre ses oreilles.

MacAran la gifla, pas très fort.

« Assez vous-même, bon sang! Cette bête, pour ce qu'on en sait, pourrait rôder au dehors en quête d'une proie et être assez grosse pour nous dévorer tous les deux et la tente avec! Restons tranquilles et faisons les morts jusqu'à ce qu'elle s'en aille!

— C'est plus facile à dire qu'à faire », murmura Camilla qui tressaillit lorsque le cri de goule, étrange et terrifiant, se fit entendre à nouveau. Elle se rapprocha encore un peu de MacAran en rampant dans l'espace restreint de la tente. « Vous voulez bien... me tenir la main? » demanda-t-elle d'une toute petite voix.

Il chercha la main de la jeune femme dans le noir. Ses doigts étaient froids et raides. Il se mit à les réchauffer en les frottant doucement entre les siens. Elle s'appuya contre lui. Rafe se pencha et l'embrassa doucement sur la tempe.

« N'ayez pas peur. La tente est en plastique et je doute que nous ayons une odeur de proie comestible. Espérons seulement que la bête, quelle qu'elle soit, la fée porte-malheur si vous voulez, puisse se procurer bientôt un bon repas et la boucler. »

L'épouvantable hurlement résonna une fois de plus, un peu plus loin cette fois et sans cette intonation sinistre qui vous glaçait jusqu'à la moelle des os. MacAran sentit Camilla s'affaisser contre son épaule et il l'aida à s'étendre,

1. En anglais *Banshee* désigne une fée qui, selon les croyances paysannes d'Irlande et d'une partie de l'Écosse, s'attache à une maison et prédit la mort en gémissant au dehors.

laissant la tête de la jeune femme reposer contre lui.

« Vous feriez mieux de dormir un peu, dit-il avec douceur.

— Merci, Rafe », dit-elle en un murmure presque inaudible.

Lorsqu'il sut, en écoutant sa respiration régulière, qu'elle s'était rendormie, il se pencha et l'embrassa tendrement. *(Le moment était bien mal venu pour se lancer dans une aventure de ce genre)*, se dit-il, mécontent de ses propres réactions. Ils avaient une tâche à accomplir et cette affaire n'avait rien de personnel; elle ne devrait pas, en tout cas. Cependant, il mit longtemps à s'endormir.

Le lendemain matin, en sortant de la tente, ils découvrirent un monde transformé. Le ciel était clair, pur de tout nuage ou de tout brouillard. Sous leurs pieds, l'herbe vivace et incolore s'était soudain couverte d'un tapis de fleurs colorées, promptes à éclore, qui se répandaient rapidement. MacAran, qui n'avait rien d'un biologiste, avait assisté à un phénomène analogue dans certains déserts et d'autres régions stériles. Il savait que les endroits dotés de climats violents engendraient souvent des formes de vie capables de profiter d'infimes changements favorables de température et d'humidité, si brefs qu'ils fussent. Camilla fut enchantée par les fleurs multicolores à courte tige et les sortes d'abeilles qui bourdonnaient parmi elles. Elle eut soin, cependant, de ne pas déranger ces dernières.

MacAran s'arrêta et promena ses regards sur le pays qui s'étendait devant eux. De l'autre côté d'une vallée étroite, encore une, traversée par un petit cours d'eau vive, se trouvaient les dernières pentes du sommet élevé qui était le but de leur expédition.

« Avec un peu de chance, nous devrions approcher du sommet ce soir, et demain, à midi juste, nous pourrons faire nos visées géodésiques. Vous connaissez la théorie : en faisant la triangulation de la distance entre le point où nous sommes et l'astronef, et en calculant l'angle de l'ombre, nous pourrons évaluer l'importance de cette planète. C'est Archimède ou quelqu'un dans ce genre-là qui l'a fait pour la Terre, des milliers d'années avant qu'on ait même inventé les mathématiques supérieures. Et s'il ne pleut pas ce soir, vous pourrez peut-être obtenir quelques visées plus nettes à partir des hauteurs. »

Camilla souriait. « N'est-ce pas merveilleux de voir l'effet qu'un simple petit changement de temps peut avoir? Est-ce que l'escalade sera dure?

— Je ne crois pas. Vu d'ici, il semble qu'on puisse marcher jusqu'en haut... Il est évident que la limite des forêts se situe à une altitude plus élevée sur cette planète que dans la plupart des autres mondes. Près du sommet, il n'y a pas trace d'arbres sur la roche nue, mais à quelque six cents mètres en dessous, on voit de la végétation. Nous n'avons pas encore atteint la limite des neiges éternelles. »

Sur les pentes plus élevées, MacAran retrouva, en dépit de tout, son vieil enthousiasme. C'était un monde étrange, peut-être, mais il y avait néanmoins une montagne sous leurs pas, et la gageure d'une ascension. Une ascension facile, c'était vrai, sans rochers ni cascades de glaciers, mais jouir du panorama montagneux et de l'air pur des hauteurs était une totale délivrance pour lui. Seule, la présence de Camilla et le fait de connaître sa peur des espaces découverts le maintenaient en contact avec la réalité. Il s'était attendu à ce que la nécessité d'aider une néophyte à franchir des passages faciles qu'il aurait pu escalader d'une jambe et d'un seul coup, et l'obligation d'attendre qu'elle ait trouvé des pistes pour ses pieds sur les passages escarpés d'éboulis rocheux, lui donnèrent du ressentiment. Tout au contraire, il s'aperçut qu'il participait singulièrement à la peur de Camilla et à sa lente conquête de chaque nouvelle hauteur. A quelques mètres du haut sommet, il s'arrêta.

« Voilà! On peut mener une ligne de visée parfaitement

correcte à partir d'ici et il y a un endroit plat pour installer vos appareils. On va attendre l'heure de midi ici. »

Il s'était attendu à voir Camilla manifester un certain soulagement. Elle le considéra au contraire, avec une certaine timidité.

« Je pensais que vous aimeriez escalader le sommet, Rafe. Allez-y si vous voulez. Cela m'est égal. »

Il fut sur le point de répliquer que cela n'aurait rien d'agréable avec une néophyte effrayée, puis réalisa que ce n'était plus vrai. Il se débarrassa de son havresac et sourit à Camilla en lui posant une main sur le bras.

« Cela peut attendre, dit-il doucement. Nous ne faisons pas un voyage d'agrément, Camilla. C'est l'endroit le plus adéquat pour ce que nous voulons faire. Avez-vous réglé votre chronomètre de façon qu'on puisse avoir l'heure exacte de midi? »

Ils restèrent côte à côte sur le versant montagneux, parcourant du regard le panorama de forêts et de collines qui s'étendait en dessous d'eux. *(Magnifique,* pensa MacAran, *c'est un monde digne d'amour, un monde où l'on peut vivre.)*

« Croyez-vous que la colonie Coronis soit aussi belle? demanda-t-il nonchalamment.

– Comment le saurais-je? Je n'y suis jamais allée. De toute façon, je ne sais pas grand-chose sur les planètes. Mais celle-ci est belle. Je n'ai jamais vu un soleil qui ait vraiment cette couleur et les ombres... »

Elle se tut et plongea un regard fixe sur le réseau de verts et d'ombres violet foncé dans les vallées.

« Il serait facile de s'habituer à un ciel ce cette couleur », fit MacAran qui se tut à nouveau.

Peu de temps après, les ombres de plus en plus courtes marquèrent l'approche du méridien. Après tous les préparatifs, ils eurent l'impression curieuse de passer du sublime au trivial en dépliant la tige d'aluminium de trente mètres de haut avant de mesurer avec précision les ombres, au millimètre près. Quand ce fut terminé, MacAran se mit à replier la tige.

« Soixante-cinq kilomètres à pied et cinq mille cinq cents mètres d'escalade pour cent vingt secondes de mesures », dit-il d'un ton sarcastique.

Camilla haussa les épaules.

« Et Dieu sait combien d'années-lumière pour venir ici. La science tout entière est ainsi faite, Rafe.

— Il ne nous reste plus maintenant qu'à attendre la nuit pour que vous puissiez faire vos observations. »

Rafe replia la tige et s'assit sur les rochers, jouissant de la chaleur inusitée du soleil. Pendant un petit moment, Camilla continua à aller et venir sur leur lieu de campement, puis revint se joindre à lui.

« Vous pensez vraiment pouvoir porter la position de cette planète sur une carte, Camilla?

— Je l'espère. Je vais tâcher d'observer quelques céphéides variables connues et de faire des observations pendant une certaine période. Si j'en trouve trois que je puisse identifier formellement, il me sera possible de calculer l'endroit où nous nous trouvons par rapport à la dérive centrale de la Galaxie.

— Prions pour qu'il y ait encore quelques nuits claires, alors », dit Rafe.

Puis il resta silencieux. Camilla le regarda examiner les rochers qui se trouvaient à moins de trente mètres au-dessus d'eux.

« Allez-y, Rafe, dit-elle au bout d'un moment. Vous avez envie d'y grimper, vous le savez. Allez-y, cela ne m'ennuie pas.

— Vraiment? Cela ne vous fera rien d'attendre ici?

— Qui a dit que j'attendrais ici? Je crois que je peux y arriver. Et... » léger sourire « ... je crois que je suis aussi curieuse que vous... de jeter un coup d'œil sur ce qui se trouve de l'autre côté! »

Il se leva avec empressement.

« On peut tout laisser ici, sauf les bidons. C'est une

escalade assez facile... ce n'en est pas une, en vérité. Juste une pente qu'il faut grimper à quatre pattes. »

Il éprouva de l'allégresse, de la joie à la voir soudain partager son état d'âme. Il alla en avant, scrutant le sol pour trouver le passage le plus facile tout en montrant à Camilla où poser les pieds. Le bon sens lui disait que cette ascension, motivée non par les besoins de leur mission, mais uniquement par la curiosité de voir ce qu'il y avait au-delà du sommet, était un peu téméraire... Pouvait-on courir le risque de se briser une cheville?... Mais il était incapable de se retenir. Ils gravirent enfin péniblement les derniers mètres et debout, regardèrent de l'autre côté. Camilla poussa un cri de surprise teintée d'effroi. Le contrefort montagneux sur lequel ils se tenaient avait masqué le véritable massif, qui se trouvait par-delà : une énorme chaîne montagneuse, apparemment infinie, qui s'étendait à la limite de leur champ visuel, enveloppée de neiges éternelles, colossale, déchiquetée, hérissée de crêtes et de sommets couverts de glaciers sous lesquels traînaient de pâles nuages, paresseux et lents.

Rafe siffla.

« Bonté divine! A côté de ça, les montagnes de l'Himalaya font figure de petites collines, marmonna-t-il.

— On dirait que cela n'a pas de fin! Je suppose qu'on n'a rien vu auparavant parce que l'air était moins transparent avec les nuages, le brouillard et la pluie, mais... » Camilla secoua la tête, saisie de stupeur « ... C'est comme une muraille autour du monde!

— Cela explique autre chose, dit lentement Rafe. Les caprices du temps. Pas étonnant qu'il y ait presque tout le temps de la pluie, du brouillard, de la neige... et je ne sais quoi encore, après une telle série de glaciers! Et s'ils sont aussi hauts qu'ils en ont l'air... j'ignore à quelle distance ils se trouvent, mais ils pourraient se situer aisément à cent cinquante kilomètres, par un temps aussi dégagé que celui-ci... cela expliquerait également l'inclinaison de ce monde sur son axe. Sur la Terre, on qualifie l'Himalaya de troisième pôle. Voici un VÉRITABLE troisième pôle! Une troisième calotte glaciaire, en tout cas.

– J'aime mieux regarder de l'autre côté, dit Camilla qui se retourna face aux plis et replis des vallées et des forêts vertes et violettes. Je préfère mes planètes plantées d'arbres et de fleurs... sous le soleil, même si le soleil a la couleur du sang.

– Espérons qu'on verra apparaître quelques étoiles, ce soir... et quelques lunes. »

Chapitre IV

« Je ne peux absolument pas croire à ce temps, dit Heather Stuart.

— Que dis-tu maintenant de tes alertes à propos d'une tourmente de neige? railla doucement Ewen, en allant jusqu'au seuil de la tente.

— Je suis contente de m'être trompée, dit fermement Heather. Rafe et Camilla en ont bien besoin dans la montagne. » Une expression de trouble passa sur son visage. « Je ne suis pas si sûre de m'être trompée, pourtant. Il y a quelque chose dans ce temps qui m'effraye un peu. Cela paraît, je ne sais pourquoi, tout à fait déplacé sur cette planète. »

Ewen fit entendre un rire étouffé.

« Tu fais toujours l'apologie de ta vieille grand-mère écossaise des Highlands et de sa seconde vue? »

Heather ne sourit pas.

« Je n'ai jamais cru à la seconde vue. Même pas dans les Highlands. Mais maintenant, je n'en suis plus si sûre. Comment va Marco?

— Pas grand changement, bien que Judy soit parvenue à lui faire avaler un peu de potage. Il a l'air d'aller un peu mieux, mais son pouls est toujours terriblement inégal. A propos, où est Judy?

— Elle est allée dans les bois avec MacLeod. Mais je lui ai fait promettre de ne pas trop s'écarter pour qu'on puisse continuer à la voir de la clairière. »

Un bruit provenant de la tente les attira tous deux de

nouveau à l'intérieur. Pour la première fois depuis trois jours, Zabal proférait autre chose que des gémissements inarticulés. Il bougeait et se démenait pour se redresser.

« *Que paso?* grommela-t-il, étonné, d'une voix rauque. *O Dio, mi duele... duele tanto...* [1] »

Ewen se pencha au-dessus de lui.

« Tout va bien, Marco, dit-il doucement. Vous êtes ici, nous sommes avec vous. Vous souffrez? »

Marco grommela quelque chose en espagnol. Ewen leva un regard déconcerté sur Heather qui secoua la tête.

« Je ne parle pas espagnol. Camilla le parle, mais moi, je ne connais que quelques mots.

– Si je souffre? grommela cependant Zabal avant qu'elle ait pu former une seule phrase. Vous pouvez le croire! Qu'est-ce que c'était que ces sales bêtes? Combien de temps... Où est Rafe? »

Ewen contrôla le rythme cardiaque de Zabal avant de parler.

« N'essayez pas de vous relever, dit-il. Je vais vous mettre un coussin sous la tête. Vous avez été très malade. On ne croyait pas que vous en réchapperiez. »

(Je n'en suis toujours pas si sûr, d'ailleurs), pensa Ewen, lugubre, tout en roulant son manteau de rechange en boule pour le placer sous la tête du blessé, tandis qu'Heather encourageait ce dernier à avaler un peu de soupe. *(Non, pitié, il y a eu trop de morts.)* Mais il savait que cette mort-ci ne changerait rien. Sur la Terre, seuls les gens âgés mouraient, en règle générale. Ici... eh bien, c'était différent. Rudement différent.

« Ne gaspillez pas votre souffle en parlant. Économisez vos forces et nous vous dirons tout », dit Ewen.

La nuit tomba, toujours aussi miraculeusement pure, sans brouillard et sans pluie. Sur les hauteurs elles-mêmes, aucun brouillard ne se formait et Rafe, en installant le télescope de Camilla et d'autres instruments

1. Que s'est-il passé? Ô Seigneur, j'ai mal... si mal...

sur la plate-forme où ils campaient, vit pour la première fois les étoiles se lever au-dessus des cimes, claires et brillantes, mais très lointaines. Il était incapable de distinguer une céphéide variable d'une constellation; une grande partie de ce que Camilla essayait de faire était incompréhensible pour lui. Il inscrivit cependant avec attention des colonnes de chiffres et de coordonnées à mesure que Camilla les lui donnait, à la lueur d'une lampe soigneusement filtrée pour ne pas éblouir les yeux de la jeune femme accommodés à l'obscurité. Après avoir travaillé des heures, apparemment, elle soupira et étira ses membres engourdis.

« C'est tout ce que je peux faire pour le moment. Je pourrai faire d'autres observations juste avant l'aurore. Toujours aucun signe de pluie?

— Pas le moindre, grâce au ciel. »

Autour d'eux, l'arôme des fleurs qui poussaient sur les pentes en contrebas était suave et capiteux, tandis que des arbustes à floraison rapide, vivifiés par deux jours de chaleur et de sécheresse, éclataient en bourgeons et s'épanouissaient alentour. Les senteurs insolites procuraient un léger vertige. Une grande lune rayonnante à la pâle lueur chatoyante, flottait au-dessus de la montagne. Elle fut suivie peu de temps après, par une autre lune qui avait un éclat mauve pâle, cette fois.

« Regardez la lune, chuchota Camilla.

— Laquelle? » Rafe sourit dans l'obscurité. « Les Terriens sont habitués à parler de LA lune. Je suppose qu'un jour, quelqu'un leur donnera des noms... »

Ils s'assirent sur l'herbe douce et sèche, observant le mouvement oscillant des lunes qui se dégageaient des montagnes avant de s'élever.

« " Si les étoiles ne brillaient qu'une seule nuit à chaque millénaire ", cita doucement Rafe, " quelle attention, quel émerveillement et quelle adoration elles susciteraient chez l'homme! " »

Camilla opina de la tête.

« Au bout de dix jours seulement, je m'aperçois qu'elles me manquent. »

Sa raison disait à Rafe que c'était une folie de s'asseoir là dans le noir. A défaut d'autre chose, des oiseaux ou animaux de proie – peut-être le « porte-malheur » qui hurlait sur les hauteurs la nuit précédente – pouvaient rôder dans l'obscurité. Il finit par le dire.

« Vous avez raison, dit Camilla qui tressaillit comme s'il avait rompu un charme. Je dois m'éveiller avant le lever du jour. »

Rafe éprouva une certaine répugnance à pénétrer dans la tente-abri obscure et privée d'air.

« Dans le temps, on avait coutume de croire qu'il était dangereux de dormir au clair de lune. C'est de là que vient le mot lunatique. Serait-ce quatre fois plus dangereux de dormir sous la clarté de quatre lunes, je me le demande.

– Non, mais ce serait... lunatique », dit Camilla en riant doucement.

MacAran s'arrêta, la prit par les épaules et les étreignit doucement. Pendant un moment, la jeune femme se mordit les lèvres pour retenir une réflexion acerbe et pensa, partagée entre la peur et l'expectative, qu'il allait se pencher pour l'embrasser. Mais alors, il se détourna.

« Qui a envie d'être sensé? demanda-t-il. Bonne nuit, Camilla Je vous retrouverai une heure avant le lever du jour. »

Puis il s'éloigna à grands pas, la laissant pénétrer avant lui dans l'abri.

La nuit était limpide au-dessus de la planète aux quatre lunes. Des « porte-malheur » rôdaient sur les hauteurs, figeaient leurs proies à sang chaud par leurs cris, et se dirigeaient vers elles à l'aveuglette, guidées par la chaleur même de leur sang. Mais jamais elles ne descendaient en dessous de la limite des neiges éternelles : la nuit, quand il n'y avait pas de neige, tout ce qui se trouvait sur les rochers ou sur l'herbe était à l'abri. Au-dessus des vallées, de grands oiseaux de proie tournaient. Des bêtes encore ignorées des Terriens erraient au cœur de la forêt profonde, vivaient et mouraient, et des arbres s'écrasaient au sol sans qu'on les entende. Sous la clarté des lunes, dans la chaleur et la sécheresse inaccoutumées d'un vent chaud soufflant loin des chaînes montagneuses couvertes de glaciers, des fleurs s'ouvraient et s'épanouissaient, répandant leur parfum et leur pollen. Une éclosion nocturne et bizarre, à la senteur profonde et enivrante...

Le soleil rouge se leva dans un ciel pur et sans nuages : une aurore éclatant avec le soleil, tel un rubis géant dans un ciel clair et grenat. Rafe et Camilla, rivés au télescope depuis deux heures, s'assirent et le contemplèrent avec cette douce fatigue née d'une tâche légère et achevée sans encombre pour un certain temps.

« Est-ce qu'on redescend? Ce temps est trop beau pour durer, dit Camilla, et j'ai beau m'être habituée à la montagne sous le soleil, je ne crois pas qu'il me plairait de la parcourir sur de la glace.

— Très juste. Rangez les instruments... Vous savez comment les caser. Moi, je vais préparer quelque chose à manger et plier la tente. On va commencer à descendre pendant que le temps se maintient. Il a l'air de vouloir faire un temps splendide, pourtant. S'il fait encore beau ce soir, nous pourrons nous arrêter sur le sommet d'une des collines pour y camper et vous pourrez faire encore quelques visées », dit MacAran.

Moins de quarante minutes plus tard, ils se lançaient dans la descente. Rafe jeta un regard empli d'un vague regret sur l'énorme chaîne de montagnes inconnues avant de lui tourner le dos. C'était sa chaîne de montagnes vierges à lui et il ne la reverrait probablement jamais.

(N'en sois pas si sûr), fit précisément observer une voix dans son for intérieur, mais il chassa cette pensée avec un haussement d'épaules. Il ne croyait pas aux prémonitions.

Il huma les parfums légers des fleurs, y prenant plaisir et tout à la fois troublé par leur douceur vaguement âcre. Les minuscules fleurs orange que Camilla avait cueillies la veille étaient celles que l'on remarquait le plus. Mais il y avait également une jolie fleur blanche étoilée, avec une corolle dorée et un calice semblable à une cloche d'un bleu profond, renfermant des étamines couvertes d'un pollen d'or chatoyant. Camilla se baissa, respirant la senteur épicée. Rafe songea à l'avertir au bout d'un moment.

« Vous rappelez-vous comment Heather et Judy sont devenues vertes? Vous ne l'aurez pas volé si cela vous arrive! »

Elle leva les yeux vers lui en riant. Son visage semblait vaguement doré par le pollen des fleurs.

« Si cela devait me faire du mal, ce serait déjà fait... L'air est imprégné du parfum, vous ne l'avez pas remarqué? Oh, c'est si beau, si beau, j'ai l'impression d'être une fleur moi-même, j'ai l'impression que je pourrais m'enivrer de fleurs... »

Elle se tint là, transportée, perdue dans la contemplation des belles fleurs semblables à des clochettes, et comme chatoyante sous le pollen doré. (*Ivre*, pensa Rafe, *ivre de fleurs.*) Il laissa son havresac glisser de ses épaules et rouler au sol, un peu plus loin.

« TU ES une fleur », dit-il d'une voix rauque.

Il la saisit et l'embrassa. Camilla lui tendit ses lèvres, timidement d'abord, puis avec une passion grandissante. Ils restèrent étroitement enlacés dans le champ des fleurs ondoyantes. Camilla fut la première à se dégager. Elle s'élança en riant vers le cours d'eau qui dévalait le versant montagneux et se baissa pour agiter les mains dans l'eau.

(Que nous est-il arrivé?) se demanda Rafe, surpris, mais cette pensée effleura son esprit et s'évanouit. La vision du corps svelte de Camilla parut vaciller, tantôt visible, puis brouillée. La jeune femme ôta ses chaus-

sures de montagne, ses grosses chaussettes et trempa ses pieds dans l'eau en jouant.

Rafe se pencha sur elle et la renversa dans les herbes.

Dans le camp, en bas, Heather Stuart s'éveilla lentement, en sentant la chaleur du soleil à travers la soie orange de la tente. Marco Zabal somnolait encore dans son coin, sa couverture ramenée par dessus sa tête. Mais quand elle porta ses regards sur lui, il commença à s'agiter et lui sourit.

« Alors, vous dormez encore, vous aussi?

— Je suppose que les autres sont sortis dans la clairière, dit Heather en remuant. Judy a dit qu'elle voulait analyser quelques-unes des noix que l'on trouve sur les arbres pour voir si elles contiennent des hydrates de carbone comestibles... Je remarque que son nécessaire d'analyse n'est pas ici. Comment vous sentez-vous, Marco?

— Mieux, dit-il en s'étirant. Je crois que je vais peut-être me lever un peu, aujourd'hui. Il y a quelque chose dans cet air et dans ce soleil qui me fait du bien.

— C'est délicieux », acquiesça-t-elle.

Elle était consciente, elle aussi d'une sensation particulière de bien-être et d'euphorie dans l'air odorant. *(Ce doit être la teneur plus élevée en oxygène.)*

Elle sortit dans l'air lumineux et s'étira comme un chat au soleil.

(Une image nette se présenta à son esprit, éclatante, indiscrète, étrangement excitante : Rafe attirant Camilla dans ses bras...)

« C'est charmant », dit-elle à haute voix.

Elle respira profondément, humant l'odeur suave, bizarre et comme dorée dont le vent léger et chaud semblait imprégné.

« Qu'est-ce qui est charmant? C'est TOI qui es charmante, dit Ewen qui contourna la tente en riant. Viens, allons nous promener dans la forêt...

– Marco...

– Marco va mieux. Est-ce que tu te rends compte qu'avec tous ces gens, je t'ai à peine parlé tête à tête depuis que l'astronef s'est écrasé au sol? »

Main dans la main, ils s'élancèrent vers les arbres. MacLeod surgit de la lisière de la forêt, les mains pleines de fruits d'un vert pâle, ronds et mûrs, et leur en offrit une poignée, les lèvres ruisselantes de leur jus.

« Tenez. Ils sont merveilleux... »

En riant, Heather mordit dans la boule ronde et satinée. Elle regorgeait d'un jus sucré et parfumé. Elle mangea le fruit tout entier, goulûment, et tendit la main pour en prendre un autre. Ewen essaya de le lui arracher.

« Heather, tu es folle! On ne les a pas encore contrôlés...

– Moi, je les ai contrôlés! ». MacLeod éclata de rire. « J'en ai mangé une dizaine pour le petit déjeuner et je me sens merveilleusement bien! Traitez-moi de médium, si vous voulez. Ils ne vous feront pas de mal et ils sont bourrés de toutes les vitamines que nous connaissons sur Terre plus une ou deux autres que nous ignorons! Je le SAIS, je vous assure! »

Son regard rencontra celui d'Ewen et le jeune médecin sentit une étrange perception grandir en lui.

« Oui, dit-il lentement. Oui, vous le SAVEZ, bien sûr, qu'ils sont bons. Tout comme ces champignons... » il désigna un champignon grisâtre qui poussait sur l'arbre « ...sont sains et bourrés de protéines, tandis que ces fruits-là... », il montra une noix dorée d'une couleur exquise « ...sont mortels : deux bouchées provoqueront d'épouvantables coliques et une demi-tasse vous tuera... Comment diable est-ce que je sais tout ça? »

Il se frotta le front, sans cesser d'éprouver cette singulière sensation, et prit un fruit que lui offrait Heather.

« Voilà. Comme ça, nous serons tous fous ensemble. Merveilleux! Meilleur que n'importe quelle ration... Où est Judy?

– Elle va bien, répondit MacLeod en riant. Je retourne chercher d'autres fruits! »

Marco Zabal resta étendu, seul, dans la tente-abri, les yeux fermés, rêvant à demi, paupières closes, au soleil sur les collines du Pays Basque de son enfance. Au loin, dans la forêt, il lui sembla entendre chanter. Un chant qui semblait se prolonger, encore et encore, haut, pur et mélodieux. Il se leva, sans prendre le temps de passer le moindre vêtement, sans tenir compte du martèlement inquiétant de son cœur. Une incroyable sensation de chaleur, de bien-être et de beauté parut se répandre à travers tout son être. Le soleil était éclatant sur la clairière en pente. Les arbres semblaient se pencher, porteurs d'ombre et protecteurs comme un toit accueillant. Les fleurs paraissaient chatoyer et resplendir d'un éclat doré, orange et bleu. Des couleurs comme il n'en avait encore jamais vu dansèrent et scintillèrent devant ses yeux.

L'écho d'un chant aux notes hautes, aiguës, incroyablement suaves, parvint des profondeurs de la forêt : la flûte de Pan, la lyre d'Orphée, l'appel des sirènes. Zabal sentit sa faiblesse se dissiper. Il retrouva sa jeunesse.

A l'autre bout de la clairière, il vit trois de ses compagnons qui riaient, couchés dans l'herbe. La jeune femme envoyait des fleurs en l'air avec ses pieds nus. Il s'attarda, en extase, à l'observer, pris un moment dans la trame de ses fantasmes... (*Je suis une femme faite de fleurs.* »... Mais le chant lointain l'entraîna en avant. Ses compagnons l'invitèrent d'un signe à se joindre à eux, mais il leur sourit, envoya un baiser du bout des doigts à la jeune femme et pénétra dans la forêt en bondissant comme un adolescent.

Loin devant lui, il vit un reflet blanc... Un oiseau? Un corps nu?... Il ne sut jamais jusqu'où il courut, sentant à peine le battement rapide de son cœur, plongé dans une éclatante euphorie par la délivrance de sa douleur. Il poursuivit le reflet blanc de la silhouette lointaine... ou de l'oiseau... en l'appelant à grands cris avec un mélange d'angoisse et de ravissement...

« Attendez! Attendez... »

Le chant devint plus aigu et parut lui envahir la tête et le cœur. Doucement, sans souffrir, il s'effondra dans les hautes herbes embaumées. Le chant se poursuivit, sans fin, et Marco vit le beau visage d'une femme se pencher sur lui : une longue chevelure pâle, ondoyante, autour de ses yeux, nimbée d'argent par le soleil qui dardait ses rayons obliques à travers les arbres, une voix trop douce, d'une suavité trop déchirante pour être humaine. Zabal s'enfonça avec bonheur, avec joie dans les ténèbres avec l'empreinte de ce visage de femme exquis et fou, gravée dans ses yeux mourants.

Rafe courait à travers la forêt, le cœur battant à grands coups, glissant et tombant sur le sentier escarpé.

« Camilla! Camilla! » appelait-il.

Qu'était-il arrivé? Elle reposait paisiblement entre ses bras... Puis une épouvante absolue avait envahi son visage. Elle avait hurlé, puis avait commencé à débiter des propos confus sur des visages dans les hauteurs, des visages dans les nuages, de vastes espaces prêts à tomber sur elle pour l'écraser... L'instant d'après, elle s'était arrachée à son étreinte et s'était enfuie follement parmi les arbres avec des cris frénétiques.

Les arbres semblaient vaciller et basculer sous ses yeux, puis tendre de longues pattes noires et griffues de sorcières pour entraver sa course, le faire trébucher et tomber de tout son long dans des ronces. Il eut tout le côté du bras couvert d'égratignures terriblement cuisantes. Un éclair étincela, couleur de la douleur de son bras. Rafe fut saisi d'une folle et subite terreur quand un animal inconnu se fraya un passage avec fracas dans la forêt : une débandade, des sabots qui le piétinaient, le piétinaient, l'écrasaient... Il étreignit éperdument un tronc d'arbre et s'y cramponna, toute pensée abolie par les battements sourds et rapides de son cœur. L'écorce de l'arbre était douce et lisse, comme la fourrure d'un animal. Il y pressa son visage brûlant. Des visages l'observaient du haut des arbres, des visages, des visages...

« Camilla », murmura-t-il, hébété, avant de glisser jusqu'à terre. Il y resta étendu, sans connaissance.

Sur les hauteurs, des nuages s'amoncelèrent. Le brouillard commença à se lever. Le vent tomba et il se mit à tomber une petite pluie fine qui se transforma petit à petit en neige fondue. Sur les collines, tout d'abord, puis dans la vallée. Les fleurs refermèrent leur calice. Abeilles et insectes regagnèrent leurs trous dans les troncs d'arbres et les broussailles. Et le pollen tomba, son œuvre accomplie, sur le sol...

Camilla s'éveilla, étourdie, dans une nuit opaque. Elle ne se souvenait de rien après avoir couru en hurlant, remplie de panique par l'immensité... semblable à celle de l'espace interstellaire... Rien entre elle et les étoiles disséminées... non. Elle avait eu le délire. S'était-il agi du délire, vraiment, pour TOUT? Elle entama une lente exploration dans l'obscurité et fut récompensée par un trait de lumière : l'ouverture d'une grotte. Elle se traîna jusqu'à l'entrée et frissonna sous l'effet d'un froid subit et glacial. Elle ne portait qu'une fine chemise de coton et un pantalon déchiré et en désordre... non... Dieu merci, elle avait son anorak attaché autour du cou par les manches. Rafe l'avait noué pendant qu'ils étaient étendus ensemble près de la rive du cours d'eau.

Rafe. Où était-il? Au fait, où se trouvait-elle, elle-même? Quelle était la part de réalité dans ces rêves fous et désordonnés, quelle était celle des caprices d'une imagination délirante? Elle avait sans aucun doute attrapé une fièvre quelconque, une maladie qui traînait à l'affût... Quelle horrible planète! Quel endroit horrible! Combien de temps s'était-il écoulé? Pourquoi était-elle seule ici? Où se trouvaient ses instruments scientifiques, son havresac? Où — c'était la question harcelante — où était Rafe?

Elle enfila péniblement son anorak, remonta la fermeture Éclair et sentit le plus fort de ses frissons s'apaiser. Mais elle avait froid, elle avait faim, elle avait mal au cœur. Son corps, couvert d'égratignures et de contusions, était endolori et parcouru d'élancements. Rafe l'avait-il laissée à l'abri dans la grotte tandis qu'il allait chercher du secours? Était-elle restée étendue longtemps, en proie à la fièvre et au délire? Non, Rafe lui aurait laissé un message pour le cas où elle reprendrait connaissance.

Elle regarda à travers la neige qui tombait, essayant de se faire une idée de l'endroit où elle pouvait bien se trouver. Un sombre versant montagneux s'élevait au-dessus d'elle. Elle avait dû se précipiter à l'intérieur de la grotte, saisie d'une folle épouvante à la vue des espaces libres qui l'entouraient, en quête de la moindre parcelle d'obscurité et du moindre abri pour lutter contre la peur qui pesait sur elle. Peut-être MacAran était-il à sa recherche, au-dehors, par ce temps épouvantable. Ils risquaient d'errer pendant des heures dans le noir, en se manquant de quelques mètres dans la tempête de neige.

La logique lui commandait de s'asseoir et de procéder à un examen attentif de sa situation. Elle était chaudement vêtue, maintenant, et pouvait rester à l'abri dans la grotte jusqu'au point du jour. Mais si MacAran, lui aussi, était perdu à flanc de montagne? *(Avaient-ils été tous deux victimes de cette peur soudaine, cette panique? Et d'où étaient venus cette allégresse, cet abandon?... Non, cela, c'était pour plus tard. Elle ne pouvait pas y réfléchir pour le moment.)*

Où MacAran la chercherait-il? Mieux valait grimper vers le sommet. Oui. C'était là qu'ils avaient laissé leurs havresacs. Et c'était le seul endroit à partir duquel ils pourraient s'orienter quand le soleil se lèverait et que la neige cesserait de tomber. Elle allait grimper et courir la chance de voir la logique inciter MacAran à en faire autant. Dans le cas contraire, si elle se retrouvait seule quand l'aube poindrait, elle pourrait toujours retourner jusqu'au camp où les autres pourraient l'aider... ou jusqu'à l'astronef.

Elle grimpa dans l'obscurité et la neige battante, cherchant à chaque pas le chemin qui menait directement en haut. Au bout d'un moment, elle commença à croire qu'elle se trouvait sur le sentier qu'ils avaient pris pour grimper.

(Oui. C'est bien cela.) Elle fut envahie par une certitude telle qu'elle se mit à avancer rapidement dans le noir. Ce fut sans surprise qu'elle vit, au bout d'un certain temps, une petite lumière dansante projeter des étincelles orange sur les flocons de neige. Puis MacAran se dirigea tout droit vers elle et lui prit les mains dans les siennes.

« Comment as-tu su où me chercher? demanda-t-elle.

— Un pressentiment... ou quelque chose de ce genre-là », dit-il. Dans le mince faisceau lumineux de la lampe de poche, elle pouvait tout juste voir la neige qui collait aux cils et aux sourcils de Rafe. « Je le savais, tout simplement. Camilla... ne perdons pas de temps en paroles inutiles pour essayer d'éclaircir tout cela maintenant. Il y a encore un bon bout de chemin à grimper pour arriver à l'endroit où nous avons laissé nos havresacs et nos instruments.

— Tu crois qu'ils sont encore là où nous les avons laissés? » demanda-t-elle avec une grimace pleine d'amertume en se rappelant comment elle s'était débarrassée de son havresac en le jetant loin d'elle.

La main de MacAran se serra sur la sienne.

« Ne t'inquiète pas de ça. Viens, ajouta-t-il tendrement, tu as besoin de repos. On pourra en reparler une autre fois. »

Elle se détendit et se laissa guider par lui dans la nuit. Tandis qu'il avançait à côté d'elle, MacAran sondait cette certitude nouvelle et se demandait d'où elle provenait.

Jamais il n'avait douté un seul instant qu'il se dirigeait tout droit vers Camilla dans l'obscurité. Il pouvait la *sentir* devant lui, mais il n'y avait pas moyen d'affirmer cela sans paraître tout à fait insensé.

Ils trouvèrent la petite tente dressée dans les rochers à l'abri du vent. Camilla s'y faufila avec gratitude, heureuse que MacAran lui ait évité de se débattre dans le noir. Rafe, lui, éprouva un certain désarroi. Quand avaient-ils monté la tente? Ils l'avaient certainement démontée et rangée dans leurs havresacs, avant de descendre, le matin. Était-ce avant ou après s'être étendus près du cours d'eau? Cette pensée le tourmenta, mais il la chassa... *(Nous avions tous deux passablement perdu la tête, on aurait pu faire* N'IMPORTE QUOI *sans en avoir eu à peine conscience.)* Il éprouva un soulagement considérable quand il s'aperçut que leurs havresacs étaient soigneusement empilés à l'intérieur... *(Seigneur, nous avons eu de la chance, nous aurions pu perdre tous nos calculs...)*

« Veux-tu que je prépare quelque chose à manger avant de dormir? »

Camilla fit non de la tête.

« Je ne pourrais pas manger. J'ai l'impression d'avoir vécu dans des rêves! Que nous est-il arrivé, Rafe?

— Je me le demande. » Il éprouvait à l'égard de la jeune femme une incompréhensible timidité. « Tu as mangé quelque chose dans la forêt... un fruit, ou je ne sais quoi?

— Non. Je me souviens en avoir eu envie, cela avait l'air si bon, mais au dernier moment... J'ai bu de l'eau, cependant.

— N'y pense plus. Ce n'est que de l'eau et Judy l'a analysée, alors ça ne compte pas.

— Enfin quoi, il a bien dû y avoir *quelque chose*, dit-elle.

— Je ne peux pas le nier. Mais pas ce soir, je t'en prie. On pourrait ressasser la question pendant des heures sans approcher pour autant d'une solution. » Il éteignit la lumière. « Essaye de dormir. Nous avons déjà perdu une journée.

— Espérons qu'Heather se trompait à propos de la tempête de neige, alors », dit Camilla dans le noir.

MacAran ne lui répondit pas. Il se demanda si Heather avait parlé de « tempête de neige » ou seulement du « temps ». Se pouvait-il que les caprices du temps aient eu un rapport avec ce qui était arrivé? Il éprouva à nouveau le sentiment étrange et inquiétant d'être sur le point de trouver une réponse à cette question, sans pouvoir tout à fait la saisir. Mais il était à bout de fatigue et la réponse lui échappait; toujours cherchant, il s'endormit.

Chapitre V

Après avoir cherché et appelé en vain dans les bois pendant une heure, ils trouvèrent Marco Zabal, gisant à terre, calme, droit et déjà raide, au pied du tronc grisâtre d'un arbre inconnu. La neige légère l'avait enveloppé d'un linceul d'un demi-centimètre d'épaisseur. Judith Lovat était agenouillée à ses côtés, si pâle, si immobile sous les flocons de neige qui voltigeaient qu'au premier abord, atterrés, ils la crurent morte, elle aussi.

Puis elle bougea et leva sur eux un regard hébété. Heather s'agenouilla près d'elle, lui enveloppa les épaules d'une couverture et s'efforça de détourner son attention en lui parlant doucement. Mais Judy ne prononça pas un mot durant tout le temps que MacLeod et Ewen mirent à ramener Marco jusqu'à la tente, et Heather dut la guider comme si elle était droguée ou somnambule.

Tandis que la lugubre petite procession serpentait dans la tourmente de neige, Heather eut l'impression ou s'imagina qu'elle pouvait encore sentir leurs pensées tourbillonner dans son propre cerveau. Le sombre désespoir d'Ewen : *(Quel genre de médecin suis-je donc, pour batifoler dans l'herbe pendant que mon patient, devenu fou furieux, court jusqu'à l'épuisement et meurt)*... La confusion étrange de MacLeod se mêlait intimement à son propre phantasme, un vieux conte de fées qu'elle avait entendu dans son enfance : *(Le héros ne devait jamais avoir de femme ou d'épouse de chair et de sang, ou issue du peuple des fées, aussi lui façonna-t-on une femme toute en fleurs... J'étais cette femme toute en fleurs...)*

A l'intérieur de la tente, Ewen s'effondra en regardant fixement droit devant lui et ne bougea plus. Mais Heather, que l'hébétude prolongée de Judy plongeait dans une angoisse extrême, vint le secouer.

« Ewen! Marco est mort. Tu ne peux plus rien faire pour lui. Mais Judy est vivante, elle. Viens voir si tu peux la faire sortir de son apathie! »

Il se traîna avec lassitude. *(Ses pensées forment comme un nuage noir autour de lui)*, pensa Heather qui se ressaisit. Ewen se pencha sur Judith Lovat, tâta son pouls, vérifia ses pulsations cardiaques, puis alluma une petite lampe dont il dirigea le faisceau lumineux dans ses yeux.

« Judy, dit-il calmement, est-ce toi qui as couché le corps de Marco dans la position où nous l'avons trouvé?

— Non, chuchota-t-elle, pas moi. C'est la belle qui l'a fait, la belle. J'ai cru, au début, que c'était une femme, elle chantait comme un oiseau et les yeux de Marco, ses yeux... »

Ewen se détourna, au désespoir.

« Elle délire encore, dit-il avec brusquerie. Prépare-lui quelque chose à manger, Heather, et tâche de le lui faire avaler. Nous avons tous besoin de nous alimenter... de façon copieuse. C'est une faible teneur en sucre dans le sang qui est à moitié responsable de notre malaise présent, je suppose. »

MacLeod grimaça un sourire.

« J'ai pris une bonne dose d'alcool de contrebande, une fois, dit-il, et j'ai éprouvé à peu près la même sensation. Que nous est-il arrivé, enfin, Ewen? Toi qui es médecin, dis-le-nous.

— Je n'en sais rien, Dieu m'en est témoin, répondit Ewen. J'ai pensé, au début, que c'était les fruits, mais nous n'avons commencé à en manger qu'*après!* Et nous avons tous bu de l'eau, il y a trois jours, sans attraper le moindre mal. De toute façon, ni Judy ni Marco n'ont touché aux fruits. »

Heather lui mit un bol de soupe chaude entre les mains. Elle alla ensuite s'agenouiller près de Judy, lui introduisant des cuillerées de soupe entre les lèvres, et essayant de manger la sienne, tour à tour.

« Je n'ai aucune idée de ce qui s'est produit, au début, dit MacLeod. Il m'a semblé... je n'en suis pas sûr... tout à coup, on aurait dit qu'un souffle de vent glacé me pénétrait jusqu'aux os, me secouait... et je ne sais comment, M'OUVRAIT l'esprit d'un coup. C'est alors que j'ai su que les fruits étaient bons à manger et que j'en ai goûté un...

— Quelle imprudence! » jeta Ewen.

Mais MacLeod qui n'avait rien perdu de cette ouverture d'esprit, sut que le jeune médecin fulminait seulement contre sa propre négligence.

« Pourquoi? dit-il. Les fruits ÉTAIENT effectivement bons, sinon nous serions malades, à présent.

— Je ne peux pas m'empêcher d'avoir l'impression que cela avait un rapport avec le temps, intervint Heather en hésitant. Un changement quelconque.

— Un vent psychédélique, railla Ewen, un vent surnaturel qui nous a tous fait perdre momentanément la tête!

— Il s'est produit des choses plus insolites », dit Heather avant d'introduire habilement une autre pleine cuillerée de soupe dans la bouche molle de Judy. Celle-ci battit des paupières d'un air hébété.

« Heather? fit-elle. Comment suis-je arrivée ici?

— On t'a ramenée, chérie. Tu vas bien, maintenant.

— Marco... J'ai vu Marco...

— Il est mort, dit doucement Ewen, il s'est mis à courir dans les bois quand nous avons tous été pris de folie. Je ne l'ai absolument pas vu. Il a dû se forcer le cœur... Je l'avais prévenu : il ne devait même pas se redresser pour s'asseoir.

— C'était son cœur, alors? Tu es sûr?

— Aussi sûr que je peux l'être sans autopsie, oui », répondit Ewen. Il avala le reste de sa soupe. Il avait les idées plus claires, mais un sentiment de culpabilité pesait encore sur lui. Il savait qu'il n'en serait jamais totalement délivré. « Écoutez, il faut que nous comparions nos souvenirs pendant que les événements sont encore frais dans notre esprit. Il doit y avoir un facteur commun, quelque chose que nous avons tous fait. Nous avons dû manger ou boire quelque chose...

— Ou respiré, dit Heather. Cela se trouvait forcément dans l'air, Ewen. Nous avons été les seuls, tous trois, à manger des fruits. Tu n'as rien mangé, n'est-ce pas, Judy?

— Si, une substance grisâtre sur le pourtour d'un arbre...

— Mais nous n'avons pas touché à cela, nous, dit Ewen. Il n'y a que MacLeod qui l'ait fait. On a mangé des fruits, tous les trois, mais ni Marco ni Judy n'y ont goûté. MacLeod a mangé quelques champignons gris, mais aucun d'entre nous ne l'a fait. Judy sentait les fleurs et MacLeod les touchait, mais ni Heather ni moi ne les avons approchées. Plus tard, seulement. Nous étions couchés tous les trois dans l'herbe... » Il vit le visage d'Heather rosir, mais continua à parler d'un ton ferme. « ... MacLeod et moi faisions l'amour avec Heather et nous avions tous les trois des hallucinations. Si Marco s'est levé et s'est élancé dans les bois, je peux seulement supposer qu'il a eu des hallucinations, lui aussi. Comment est-ce que cela a commencé avec toi, Judy? »

Elle se contenta de secouer la tête.

« Je ne sais pas, dit-elle, je sais seulement... que les fleurs étaient plus éblouissantes, le ciel avait l'air... avait l'air d'éclater comme en arcs-en-ciel. Des arcs-en-ciel et des prismes. Ensuite, j'ai entendu chanter... ce devait être des oiseaux, mais je n'en suis pas sûre. Je me suis dirigée vers les ombres, elles étaient toutes violettes, mauves et bleues. C'est alors qu'il est venu, lui...

— Marco? »

Elle fit signe que non.

« Non. Il était très grand, avec des cheveux d'argent...

– Judy, tu avais des hallucinations, dit Ewen avec compassion. Moi, je croyais bien qu'Heather était faite de fleurs.

– Les quatre lunes... Je pouvais les voir, malgré la luminosité du ciel, dit Judy. Il n'a rien dit. Mais je pouvais ENTENDRE SES PENSÉES.

– Il semble que nous ayons tous eu cette illusion. S'il s'agit bien d'une illusion, intervint MacLeod.

– C'en est sûrement une, dit Ewen. Nous n'avons pas trouvé trace de la moindre forme de vie intelligente, ici. Oublie cela, Judy, ajouta-t-il, dors. Quand nous reviendrons tous à l'astronef... eh bien, il faudra ouvrir une sorte d'enquête. »

(Négligence, manquement au devoir, c'est le moins que cela puisse être. Est-ce que je pourrai plaider une crise de folie passagère?)

Il regarda Heather installer Judy dans son sac de couchage.

« Nous devrons enterrer Marco, dit-il d'un ton las lorsque la malade finit par s'endormir. Je déteste le faire sans pratiquer d'autopsie, mais l'unique solution est de le ramener jusqu'à l'astronef.

– On va avoir l'air affreusement ridicules si on revient en soutenant qu'on a tous été pris de folie en même temps, fit MacLeod. Je me sens horriblement grotesque... la sexualité de groupe n'a jamais été mon fort...

– Nous devons tous nous pardonner les uns les autres et oublier, dit fermement Heather. C'est arrivé, c'est tout. Et cela leur est peut-être arrivé à eux aussi, pour autant qu'on sache... » Elle s'interrompit, frappée par une pensée horrifiante. « ... Imaginez ce genre d'expérience arrivant à *deux cents* personnes...

– Il vaut mieux ne pas y penser », dit MacLeod avec un frisson.

Ewen déclara que la démence collective n'avait rien de nouveau.

« Des villages entiers. La danse de Saint-Guy, au Moyen Age. Et les crises du mal des ardents, provoquées par du pain fait avec du seigle avarié.

– Je ne crois pas que le phénomène, quel qu'il soit, se soit propagé suffisamment loin, au bas de la montagne, dit Heather.

– Une autre de tes intuitions, je suppose, dit Ewen, non sans tendresse. J'ai dans l'idée que pour le moment, nous en sommes tous encore trop près. Arrêtons d'échafauder des théories sans disposer d'aucun fait et attendons d'en avoir quelques-uns.

– Est-ce que cela peut passer pour un fait? » dit Judy en se redressant brusquement. Ils l'avaient crue endormie. Elle fouilla dans le décolleté déchiré de sa blouse et en sortit un objet enveloppé dans des feuilles. « Cela... ou plutôt ces choses. » Elle tendit une petite pierre bleue à Ewen, semblable à un saphir étoilé.

« Très beau, dit-il lentement, mais vous l'avez trouvé dans les bois...

– C'est exact, dit-elle. J'y ai trouvé cela aussi. »

Elle lui tendit l'objet et pendant un moment, serrés les uns contre les autres, ses compagnons ne purent, littéralement, en croire leurs yeux.

L'objet mesurait moins de quinze centimètres de long. Le manche était fait d'une matière semblable à de l'os taillé, délicat, mais presque sans ornementation. Pour le reste, il n'y avait aucun doute à avoir sur la nature de l'objet.

C'était un petit couteau en silex.

Chapitre VI

Pendant les dix jours que le groupe d'exploration avait passés loin de l'astronef dans la clairière, celle-ci semblait s'être agrandie. Deux ou trois autres petites constructions avaient poussé autour du vaisseau spatial. De plus, à une extrémité, on avait labouré un bout de terrain entouré d'une clôture, et un petit écriteau proclamait : ZONE D'AGRICULTURE EXPÉRIMENTALE.

« Voilà qui devrait améliorer notre ordinaire », fit MacLeod.

Mais Judy ne répondit pas et Ewen lui lança un regard pénétrant. Elle s'était montrée curieusement apathique depuis le Fameux Jour... C'est ainsi qu'ils faisaient tous allusion à cette journée... et Ewen était terriblement inquiet à son sujet. La psychologie n'était pas son domaine, mais il savait qu'elle avait quelque chose de grave. *(Bon sang, je n'ai commis que des bévues. J'ai laissé mourir Marco et je n'ai pas été capable de ramener Judy à la réalité.)*

Ils pénétrèrent pratiquement inaperçus dans le camp et pendant un moment, MacAran fut traversé par une appréhension aiguë. Où étaient-ils tous? Avaient-ils tous sombré dans une crise de folie furieuse, le Fameux Jour? La démence s'était-elle emparée d'eux tous, ici aussi? En arrivant, Camilla et lui, au camp situé en contrebas, ils avaient trouvé Heather, Ewen et MacLeod enroués à force de discuter pour tâcher de trouver une explication quelconque. Ils avaient passé un mauvais moment. Si la folie rôdait sur cette planète, prête à s'emparer d'eux tous, comment pourraient-ils survivre? Quels autres maux plus graves encore pouvaient les guetter?

Comme il parcourait du regard la clairière vide, MacAran fut à nouveau assailli par une crainte aiguë. Il vit alors un petit groupe de gens portant la tenue du service médical sortir de la tente de l'hôpital et plus loin, une équipe monter dans l'astronef. Il se détendit. Tout PARAISSAIT normal...

(Et alors, nous aussi...)

« Par où commencer? demanda-t-il. Est-ce qu'on va faire notre rapport directement au Capitaine?

– Moi, du moins, je devrais le faire », dit Camilla.

Elle paraissait amaigrie, presque hagarde. MacAran eut envie de lui prendre la main et de la réconforter, sans savoir au juste pour quelle raison. Depuis qu'ils avaient couché dans les bras l'un de l'autre sur le flanc de la montagne, il ressentait pour elle une faim profonde et dévorante, un besoin de protection presque brutal. Elle se détournait pourtant de lui à tout propos et se repliait dans sa vieille attitude indépendante et irascible. MacAran se sentait blessé, plein de ressentiment et comme désemparé. Il n'osait pas la toucher et cela le rendait irritable.

« Je suppose qu'il va vouloir nous voir tous, dit-il. Nous devons rendre compte de la mort de Marco et de l'endroit où nous l'avons enterré. En outre, nous avons un tas de renseignements pour lui. Sans parler du couteau en silex.

– Oui. Si la planète est habitée, cela soulève un autre problème », dit MacLeod, sans entrer cependant dans les détails.

Le capitaine Leicester se trouvait avec l'équipage à l'intérieur de l'astronef. Mais un officier posté au dehors leur dit qu'il avait donné l'ordre qu'on l'avertisse dès leur retour et l'envoya chercher. Ils attendirent dans le petit dôme ne sachant, ni les uns ni les autres, ce qu'ils allaient dire.

Le capitaine Leicester pénétra dans le dôme. Il paraissait avoir vieilli, le visage creusé de nouvelles rides. Camilla se leva quand il entra, mais il invita d'un geste la jeune femme à se rasseoir.

« Oubliez le protocole, Lieutenant, dit-il avec bienveillance. Vous avez tous l'air fatigué. Cette expédition a été difficile? Je vois que le Dr Zabal n'est pas avec vous.

— Il est mort, monsieur, dit calmement Ewen. Il a succombé à des piqûres d'insectes venimeux. Je ferai un rapport complet plus tard.

— Faites-le au médecin-chef, dit le Capitaine. Je ne suis pas qualifié pour le comprendre, de toute façon. Le reste du groupe pourra présenter ses rapports lors de la prochaine assemblée... ce soir, je suppose. Monsieur MacAran, êtes-vous parvenu à effectuer les calculs que vous désiriez? »

MacAran opina du bonnet.

« Oui. Pour autant qu'on puisse le calculer, cette planète est légèrement plus grosse que la Terre, ce qui signifie, compte tenu de sa pesanteur plus légère, que sa masse doit être légèrement inférieure. Monsieur, je peux débattre tout cela plus tard. Pour l'instant, je dois vous poser une question. S'est-il produit quoi que ce soit d'insolite ici, pendant notre absence? »

Le visage marqué du Capitaine se plissa, contrarié.

« Qu'entendez-vous par insolite? Cette planète tout entière est insolite et rien de ce qui se produit ici ne peut être qualifié d'ordinaire.

— Je veux parler d'une sorte de maladie ou de folie collective, monsieur », dit Ewen.

Leicester fronça les sourcils.

« Je ne vois pas du tout de quoi vous me parlez, dit-il. Non, aucun rapport émanant du service médical n'a signalé la moindre maladie.

— Ce que veut dire le Dr Ross, c'est que nous avons

tous été victimes d'une sorte de délire subit, expliqua MacAran. Cela s'est passé le lendemain de la deuxième nuit sans pluie. Et cela s'est propagé suffisamment pour nous frapper, Camilla... le lieutenant Del Rey... et moi-même, sur les sommets, tout en atteignant l'autre groupe qui se trouvait à près de mille huit cents mètres de là, en contrebas. Nous avons tous eu un comportement, heu, irresponsable, monsieur.

— Irresponsable? »

Le Capitaine se renfrogna et les fusilla du regard.

« Irresponsable », répéta Ewen, qui regarda le Capitaine en face, les poings serrés. « Le Dr Zabal était convalescent. Nous nous sommes élancés dans les bois et l'avons laissé seul, de sorte qu'il s'est levé en plein délire. Il s'est enfui de son côté et a forcé son cœur. Ce qui a provoqué sa mort. Notre jugement était faussé : nous avons mangé des fruits et des champignons qui n'avaient pas été analysés. Il y a eu... différents phénomènes hallucinatoires.

— Ils n'étaient pas tous hallucinatoires », dit fermement Judith Lovat.

Ewen la considéra et hocha la tête.

« Je ne crois pas que le Dr Lovat soit en état de juger, monsieur. Nous semblons tous avoir eu l'illusion de lire les pensées des autres, en tout cas. »

Le Capitaine respira profondément, péniblement.

« Il faudra soumettre cela aux médecins. Non, nous n'avons rien eu de la sorte, ici. Je suggère que vous alliez tous faire vos rapports auprès des différents responsables, ou que vous les rédigiez pour les présenter à la réunion de ce soir. Lieutenant Del Rey, je veux entendre votre rapport moi-même. Je verrai les autres membres du groupe plus tard.

— Une chose encore, monsieur, dit MacAran. Cette planète est habitée. »

Il sortit le couteau en silex de son havresac et le tendit au Capitaine. Mais ce dernier y jeta à peine un coup d'œil.

« Portez-le au commandant Frazer. C'est l'anthropologue de l'état-major. Dites-lui que je désire avoir un rapport ce soir. Maintenant, si vous voulez bien nous excuser... »

MacAran éprouva la curieuse impression de retomber dans le train-train banal lorsqu'ils laissèrent le Capitaine en compagnie de Camilla. Tout en traversant le camp à la recherche de l'anthropologue Frazer, il découvrit lentement la nature de sa propre sensation : de la jalousie. Comment pouvait-il aller sur les brisées du capitaine Leicester? Oh, c'était absurde, le Capitaine était assez vieux pour être le père de Camilla. Croyait-il sincèrement que Camilla était amoureuse du Capitaine?

(Non. Mais elle lui est totalement attachée sur le plan émotionnel et c'est pire.)

Si le manque de réaction du Capitaine vis-à-vis du couteau en silex l'avait déçu, celle du commandant Frazer ne laissa rien à désirer.

« Je n'ai pas cessé d'affirmer depuis l'atterrissage que ce monde était habitable, dit-il en retournant le couteau dans ses mains, et voilà la preuve qu'il est habité... par une espèce intelligente, à tout le moins.

– Des humanoïdes? » demanda MacAran.

Frazer haussa les épaules.

« Comment pourrait-on le savoir? On a signalé des formes de vie intelligentes sur trois ou quatre autres planètes. Jusqu'à présent, on a signalé des simiens, des félins et trois espèces inclassifiables. La xénobiologie n'est pas ma spécialité. Un seul objet façonné ne nous révèle rien... Combien de formes un couteau pourrait-il adopter? Mais celui-ci correspond assez bien à une main humaine, bien qu'il soit un peu petit. »

Les repas de l'équipage et des passagers étaient servis dans une vaste salle. En allant prendre son repas de midi, MacAran espérait voir Camilla. Mais elle arriva tard et se dirigea tout droit vers un groupe d'autres membres de l'équipage. MacAran ne put attirer son regard et sentit distinctement qu'elle l'évitait. Tandis qu'il mangeait d'un air morose son assiettée de rations, Ewen vint vers lui.

« Rafe, ils veulent nous voir tous à une réunion médicale, si tu n'as rien d'autre à faire. Ils essayent d'analyser ce qui nous est arrivé.

– Crois-tu sincèrement que cela servira à quelque chose, Ewen? On en a tous discuté...

– Ce n'est pas à moi de te répondre là-dessus, dit Ewen en haussant les épaules. Tu ne dépends pas du service médical, bien entendu, mais malgré tout...

– Se sont-ils montrés très durs avec toi au sujet de la mort de Zabal? s'enquit MacAran.

– Non, pas vraiment. Heather et Judy ont témoigné toutes les deux que nous avions tous perdu contact avec la réalité. Mais ils veulent entendre ton rapport et tout ce que tu pourras leur dire au sujet de Camilla. »

MacAran haussa les épaules et l'accompagna.

La réunion du service médical se tenait à une extrémité de la tente de l'hôpital, désormais à moitié vide. Les blessés les plus graves étaient morts, et les autres avaient été renvoyés, une fois rétablis, à leurs occupations. Il y avait quatre docteurs, une dizaine d'infirmières et différents spécialistes scientifiques pour écouter les rapports du groupe d'exploration.

Après les avoir entendus chacun à tour de rôle, le médecin-chef, un homme aux cheveux blancs, plein de dignité qui s'appelait Di Asturien, prit lentement la parole.

« Il s'agit apparemment d'une forme d'infection propagée dans l'air. Peut-être bien d'un virus.

– Mais on n'a rien découvert de semblable dans nos échantillons d'air, argua MacLeod, et l'effet subi ressemblait davantage à celui d'une drogue.

– Une drogue portée par l'air? Cela semble peu probable, dit le D^r^ Di Asturien, bien que l'effet aphrodisiaque semble avoir été considérable, également. Ai-je raison de présumer que vous avez tous ressenti une excitation sexuelle?

— J'ai déjà mentionné ce fait, monsieur, dit Ewen. Il semble que cela nous ait affectés tous trois... Mademoiselle Stuart, le Dr MacLeod et moi-même. Il n'y a pas eu d'effet analogue sur le Dr Zabal, à ma connaissance, mais il était moribond.

— Monsieur MacAran? »

Sans pouvoir l'expliquer, Rafe éprouva un certain embarras.

« Oui, monsieur, reconnut-il cependant sous le regard calme de clinicien de Di Asturien. Vous pouvez le vérifier auprès du lieutenant Del Rey, si vous voulez.

— Hum... Dr Ross, on m'a laissé entendre que vous êtes présentement très lié avec mademoiselle Stuart, de toute façon. Peut-être pouvons-nous, par conséquent, ne pas tenir compte de votre cas. Mais vous et le Lieutenant, monsieur MacAran...

— Je m'intéresse à elle, dit Rafe d'un ton posé, mais elle n'éprouve qu'indifférence à mon égard, autant que je sache. Et même de l'hostilité. Sauf lorsqu'elle s'est trouvée sous l'influence de... de ce qui nous est arrivé, quelle qu'en soit la nature. »

Il affronta alors la vérité. Camilla ne s'était pas tournée vers lui comme une femme vers l'homme qu'elle aime. Elle avait simplement été affectée par le virus ou la drogue, ou par le phénomène bizarre qui les avait tous rendus fous. Ce qui pour lui avait été de l'amour, avait été pour elle de l'égarement. Et maintenant, elle en était irritée.

Il éprouva un soulagement intense lorsque le médecin-chef abandonna le sujet.

« Dr Lovat? »

Judith ne leva pas les yeux.

« Je ne peux rien affirmer, dit-elle doucement. Je ne me souviens pas. Ce que je crois me rappeler peut fort bien n'être qu'une illusion.

— J'aimerais que vous nous aidiez, Dr Lovat, fit Di Asturien.

— Je n'y tiens pas. »

Judy continua à tripoter quelque chose dans le creux de sa jupe et personne ne put l'amener par la persuasion à en dire davantage...

« Dans une semaine environ alors, ajouta Di Asturien, nous devrons vous examiner toutes les trois pour déceler une éventuelle grossesse.

— Comment cela peut-il être nécessaire? demanda Heather. En ce qui me concerne, du moins, je prends régulièrement des piqûres contraceptives. Je ne suis pas certaine que Camilla en fasse autant, mais j'ai dans l'idée que les règlements de l'équipage l'exigent pour toutes les femmes âgées de vingt à quarante-cinq ans. »

Di Asturien eut l'air troublé.

« C'est exact, dit-il, mais nous avons découvert un fait tout à fait singulier hier, au cours d'une réunion du service médical. Dites-leur, infirmière Raimondi.

— Je suis chargée de la tenue du registre et de la distribution des contraceptifs et des garnitures périodiques pour toutes les femmes nubiles, parmi l'équipage et les passagers. Vous connaissez le processus. Toutes les deux semaines, à l'époque de la menstruation et au milieu du cycle, chaque femme se présente pour se faire faire une seule piqûre d'hormone ou recevoir, dans certains cas, une bande adhésive destinée à introduire de petites doses d'hormones dans le sang, ce qui supprime l'ovulation. Il y a en tout, parmi les survivantes, cent dix-neuf femmes dans le bon groupe d'âge. Cela signifie, si l'on considère un cycle moyen et arbitraire de trente jours, qu'environ quatre femmes devraient se présenter chaque jour pour des garnitures périodiques ou pour recevoir soit la piqûre, soit la bande adhésive que l'on donne quatre jours après le début de la menstruation. Or, il y a dix jours que nous nous sommes écrasés ici. Cela veut dire qu'un tiers des femmes, à peu près, aurait dû se présenter devant moi pour une raison ou pour l'autre. Disons quarante.

– Et elles ne l'ont pas fait, intervint le Dr Di Asturien. Combien de femmes se sont-elles présentées depuis la catastrophe?

– Neuf, répondit l'infirmière Raimondi d'un air lugubre. NEUF. Cela signifie que les deux tiers des femmes concernées ont eu leur cycle biologique bouleversé sur cette planète... à cause du changement de pesanteur ou à cause d'une perturbation hormonale. Et comme le contraceptif normal que nous utilisons est entièrement accordé au cycle intérieur, nous n'avons aucun moyen de dire s'il est efficace ou non. »

MacAran n'eut pas besoin qu'on lui dise à quel point c'était grave. Une vague de grossesses risquait en effet de provoquer de violents chocs émotionnels. Il serait impossible pour des nourrissons ou même de jeunes enfants de supporter les épreuves du voyage interstellaire. En outre, depuis l'adoption universelle de contraceptifs de tout repos et la mise en vigueur des lois démographiques sur la Terre surpeuplée, un mouvement d'opinion avait rendu l'avortement parfaitement inconcevable. Les enfants non désirés n'étaient jamais conçus, tout simplement. Mais est-ce qu'on aurait le moindre choix ici?

« Bien entendu, dit le Dr Di Asturien, sur les nouvelles planètes, les femmes sont souvent frappées de stérilité pendant quelques mois. Cela est dû en grande partie à des modifications de l'atmosphère et de la pesanteur. Mais on ne peut pas compter là-dessus. »

(Si Camilla est enceinte, va-t-elle me haïr?) se demanda MacAran. La pensée qu'il faudrait peut-être détruire un enfant à eux était effrayante.

« Qu'allons-nous faire, Docteur? demanda Ewen avec calme. On ne peut pas exiger de deux cents hommes et femmes adultes qu'ils fassent vœu de chasteté!

– Non, évidemment. Ce serait pire pour l'équilibre mental que les autres dangers, ajouta Di Asturien. Mais nous devons avertir tout le monde que nous ne sommes plus sûrs de l'efficacité de notre programme de contraception.

– Je comprends cela. Et le plus tôt possible.

– Le Capitaine a convoqué une assemblée générale pour ce soir. Équipage ET colons. Peut-être pourrai-je l'annoncer à ce moment-là. » Il fit la grimace. « Je n'envisage pas cela avec plaisir. Cette annonce va être terriblement impopulaire. Comme si nous n'avions pas suffisamment d'ennuis comme ça, déjà! »

L'assemblée générale se tint dans la tente de l'hôpital, le seul endroit assez vaste pour contenir à la fois l'équipage et les passagers. Le temps avait commencé à se couvrir vers le milieu de l'après-midi. Quand la réunion commença, il tombait une petite pluie fine et glacée et l'on apercevait, au loin, des éclairs au-dessus des collines. Les membres du groupe d'exploration s'assirent à côté les uns des autres au premier rang au cas où on leur demanderait de faire un rapport. Camilla, cependant, ne se trouvait pas parmi eux. Elle entra avec le capitaine Leicester et le reste des officiers de l'équipage. MacAran remarqua qu'ils étaient tous en grande tenue. Cela lui fit l'effet d'un mauvais présage. Pourquoi fallait-il qu'ils essayent de souligner de cette façon leur solidarité et leur autorité?

Les électriciens de l'équipage avaient installé une plateforme qu'ils avaient équipée d'un système primitif de haut-parleurs pour que la voix du Capitaine, sourde et assez rauque, pût être entendue d'un bout à l'autre de la vaste pièce.

« Si je vous ai demandé à tous de venir ici ce soir, dit-il, au lieu de vous adresser à vos chefs seulement, c'est parce qu'en dépit de toutes les précautions, il est possible dans un groupe aussi important que le nôtre, que se répandent des rumeurs risquant en outre d'échapper à tout contrôle. Je vais tout d'abord vous communiquer les quelques bonnes nouvelles dont nous disposons. A notre connaissance, et à notre grand soulagement, l'air et l'eau de cette planète nous permettront de subsister indéfiniment sans dommage pour notre santé. On pourra sans doute, également, faire pousser des produits agricoles à partir de semences terrestres pour compléter nos réserves alimentaires pendant la période où nous resterons bloqués ici. Je dois maintenant vous communiquer les nouvelles qui ne sont pas bonnes. Les avaries subies par les ensembles moteurs et les ordinateurs de l'astronef sont beaucoup plus considérables qu'on ne l'a cru à l'origine. Il n'y a aucune possibilité de procéder à des réparations immédiates ou rapides. Bien que nous puissions éventuellement reprendre l'espace par la suite, avec le personnel et les matériaux dont nous disposons actuellement, il nous est absolument impossible de faire les moindres réparations. »

Il marqua un temps et un brouhaha de voix consternées et chargées d'appréhension s'éleva dans la salle.

« Je ne dis pas que nous devions perdre tout espoir, reprit le Capitaine. Mais dans notre situation présente, nous ne pourrons pas effectuer les réparations. Pour faire décoller cet astronef de la surface de la planète, il va falloir apporter des changements considérables dans notre organisation actuelle et cela constituera un programme de très longue haleine, exigeant la coopération totale de chaque homme et de chaque femme présents dans cette salle. »

Silence. MacAran se demanda ce que Leicester voulait dire par là. Que disait-il exactement? POUVAIT-ON OU NE POUVAIT-ON PAS effectuer les réparations?

« Cette déclaration peut sembler contradictoire, poursuivit le Capitaine. Nous ne disposons pas des matériaux nécessaires pour les réparations. Cependant, ce que nous possédons, entre nous, ce sont les CONNAISSANCES indispensables pour effectuer ces mêmes réparations. Nous disposons, en outre, d'une planète inexplorée où il nous sera certainement possible de trouver les matières premières pour la FABRICATION des matériaux dont nous aurons besoin. »

MacAran fronça les sourcils en se demandant où le capitaine Leicester voulait en venir exactement. Ce dernier passa aux explications.

« Beaucoup d'entre vous, qui vous êtes engagés pour les colonies, avez des compétences techniques qui nous y seront utiles, mais qui ne nous servent à rien ici, dit-il. Dans un ou deux jours, nous allons organiser un service du personnel qui dressera l'inventaire de toutes les compétences techniques connues. Certains d'entre vous qui se sont inscrits comme fermiers ou comme artisans seront placés sous la direction de nos savants ou de nos ingénieurs pour recevoir une formation. J'exige un effort total. »

Moray se leva au fond de la salle.

« Puis-je poser une question, Capitaine?

– Je vous en prie.

– Est-ce que vous affirmez que les deux cents personnes présentes dans cette salle peuvent, en moins de cinq ou dix ans, acquérir un niveau technologique permettant de construire – ou de reconstruire – un vaisseau spatial? Qu'elles peuvent découvrir les métaux, exploiter les gisements, les affiner, les usiner et construire les machines indispensables?

– Avec l'entière coopération de chacune des personnes ici présentes, c'est faisable. J'estime que cela nous prendra entre trois et cinq ans.

– Vous êtes insensé, dit carrément Moray. Vous nous demandez d'édifier toute une technologie!

– Ce que l'homme a fait, l'homme peut le refaire, répondit le capitaine Leicester, imperturbable. Après tout, monsieur Moray, je vous rappelle que nous n'avons pas le choix.

– Je le sais bien, que diable!

– Je vous rappelle à l'ordre, dit sévèrement le Capitaine. Veuillez reprendre votre place.

– Non, bon sang! Si vous croyez vraiment qu'on peut faire tout cela, insista Moray, je peux seulement supposer que vous êtes devenu absolument fou à lier. Ou que l'esprit d'un ingénieur ou d'un astronaute fonctionne si différemment de celui de n'importe quel homme sensé qu'il n'y a pas de communication possible. Vous dites que cela prendra de trois à cinq ans. Puis-je vous faire respectueusement remarquer que nous avons dix-huit mois environ de réserves alimentaires et de fournitures médicales? Puis-je également vous rappeler que même en ce moment... alors que nous approchons de l'été... le climat est rude et rigoureux et nos abris insuffisants? L'hiver, sur cette planète exagérément inclinée sur son axe, sera vraisemblablement plus brutal que tout ce qu'un Terrien a jamais subi.

— Est-ce que cela ne prouve pas la nécessité d'échapper à ce monde aussitôt que possible?

— Non, cela prouve la nécessité de trouver des sources d'approvisionnement sûres pour la nourriture, et des abris, dit Moray. C'est VERS CE BUT-LA que nous devons faire porter tous nos efforts! Oubliez votre astronef, Capitaine. Il n'ira nulle part. Recouvrez la raison. Nous sommes des colons, pas des hommes de science. Nous avons tout ce qu'il nous faut pour survivre ici... pour nous installer ici. Mais nous n'en aurons pas la possibilité si la moitié de nos forces vives sont consacrées à un plan insensé impliquant le détournement de toutes nos ressources pour la remise en état d'un vaisseau spatial irrémédiablement fracassé! »

Un certain tumulte naquit dans la grande salle : un débordement de cris, de questions, d'exclamations outragées. Le Capitaine réclama le calme à plusieurs reprises et les cris finirent par s'éteindre pour ne plus former que des marmonnements sourds.

« Je demande un vote », réclama Moray.

Le tumulte reprit.

« Je refuse de considérer votre proposition, monsieur Moray, dit le Capitaine. Cette affaire ne sera pas soumise à un vote. Puis-je vous rappeler que j'assure présentement le commandement suprême de cet astronef? Dois-je donner l'ordre de vous mettre aux arrêts?

— Au diable, les arrêts! jeta dédaigneusement Moray. Vous n'êtes plus dans l'espace, maintenant, Capitaine. Vous n'avez pas la moindre autorité sur aucun d'entre nous... excepté, peut-être, les membres de votre équipage, s'ils ont envie de vous obéir. »

Leicester resta debout sur la plate-forme, blanc comme un linge, les yeux étincelants de fureur.

« Je vous rappelle à tous que le petit groupe de MacAran, envoyé en reconnaissance, a découvert des traces de vie intelligente sur cette planète. Le Corps expéditionnaire terrien a pour LIGNE DE CONDUITE GÉNÉRALE de ne pas établir de colonies sur les planètes habitées. Si nous nous fixons ici, nous risquons fort de provoquer un choc culturel dans cette civilisation de l'âge de pierre. »

Nouveau tapage.

« Croyez-vous, cria Moray avec colère, que vos tentatives pour édifier sur cette planète une technologie consacrée à vos réparations n'auraient pas le même effet? Au nom du Ciel, monsieur, nous avons tout ce qu'il nous faut pour créer une colonie, ici. Si nous détournons toutes nos ressources au bénéfice de votre tentative insensée de réparation de l'astronef, il est douteux que nous puissions même survivre. »

Le capitaine Leicester fit un net effort pour se maîtriser, mais sa fureur était évidente.

« Vous suggérez que nous renoncions à cette tentative... pour retomber dans la barbarie? »

Moray devint tout à coup très grave. Il s'avança jusqu'à la plate-forme et vint se placer aux côtés du Capitaine. Sa voix était égale et calme.

« J'espère que non, Capitaine. C'est l'esprit de l'homme qui en fait un barbare, pas sa technologie. Il va peut-être falloir nous passer d'une technologie avancée, pendant quelques générations tout du moins. Cela ne signifie pas pour autant qu'il ne nous sera pas possible de créer ici, pour nos enfants et pour nous-mêmes, un monde où il fera bon vivre, un monde civilisé. Il a existé des civilisations qui ont duré des siècles, pratiquement sans technologie. L'illusion que la culture de l'homme n'est que l'histoire de ses structures techniques est une propagande émanant des ingénieurs, monsieur. Cela ne repose sur aucune base en sociologie... ou en philosophie.

– Vos théories sociales ne m'intéressent pas, monsieur Moray », rétorqua sèchement le Capitaine.

Le Dr Di Asturien se leva.

« Capitaine, dit-il, il nous faut tenir compte d'un fait. Nous avons fait une découverte particulièrement inquiétante, aujourd'hui... »

A ce moment, un violent coup de tonnerre ébranla la tente de l'hôpital. Les lampes, installées de façon sommaire, s'éteignirent.

« Capitaine! Capitaine! cria un des hommes du service de sécurité sur le seuil de la porte. Les forêts sont en flammes! »

Chapitre VII

Personne ne perdit son sang-froid.

« Apportez quelques lampes ici, à l'intérieur! » vociféra le capitaine Leicester, de la plate-forme. « Service de Sécurité, allez chercher des lampes! »

Un des jeunes médecins du Service médical trouva une lampe portative pour le Capitaine.

« Que tout le monde reste à sa place et attende les ordres! cria l'un des officiers. Il n'y a pas de danger ici! Installez ces lampes aussi vite que vous le pourrez! »

MacAran se trouvait assez près de la porte pour voir croître la vive clarté au loin, dans les ténèbres. Quelques minutes après, on distribua des lampes.

« Capitaine, insista Moray, debout sur la plate-forme, nous avons des machines pour l'abattage des arbres et pour le terrassement. Laissez-moi donner l'ordre à une équipe d'établir des pare-feu autour du camp.

– Entendu, monsieur Moray. Allez-y, répondit âprement Leicester. Tous les officiers se rassemblent ici. Ensuite à l'astronef pour mettre tous les matériaux inflammables ou explosifs à l'abri. »

Il s'éloigna précipitamment vers le fond de la tente. Moray ordonna à tous les hommes valides de se rendre à la clairière et réquisitionna toutes les lampes portatives disponibles qui n'étaient pas utilisées dans le poste de commandement.

« Reformez les mêmes équipes que vous aviez organisées pour creuser les tombes », ordonna-t-il.

MacAran se retrouva dans une équipe avec le père Valentin et huit étrangers. Ils abattirent des arbres sur trois mètres de large autour de la clairière. L'incendie n'était encore qu'un ronflement lointain sur un versant montagneux à des kilomètres de là. Il dégageait une vive lueur rouge sur le fond du ciel, mais l'air était imprégné d'une odeur de fumée, âcre et bizarre.

« Comment les forêts peuvent-elles prendre feu après toute cette pluie? » demanda quelqu'un aux côtés de MacAran.

Cela évoqua un propos tenu par Marco Zabal au cours de la première nuit de l'expédition : « Les arbres sont très riches en résine... C'est pratiquement de l'amadou. Certains d'entre eux risquent de brûler même quand ils sont mouillés. On a fait un feu de camp avec du bois vert. Je pense que la foudre peut déclencher un incendie pratiquement à n'importe quel moment. »

(On a eu de la chance, se dit Rafe, *on a campé au beau milieu des bois sans jamais penser ni au feu, ni à des pare-feu.)*

« Je crois qu'on aura besoin en permanence d'un pare-feu autour du moindre campement ou de la moindre zone de travail, dit-il.

— Vous semblez croire qu'on va rester ici un bon bout de temps, dit le père Valentin. »

MacAran se courba sur sa scie.

« De quelque parti qu'on soit... celui du Capitaine ou celui de Moray... précisa-t-il sans lever les yeux, il me semble que nous allons rester ici pendant des années. »

Il était trop fatigué et doutait trop de tout à ce moment-là pour décider s'il avait la moindre réelle préférence. En tout cas, il était sûr que personne ne le consulterait sur son choix. Mais en son for intérieur, il savait que si jamais ils quittaient ce monde, il le regretterait.

Le père Valentin lui toucha l'épaule.

« Je crois que le Lieutenant vous cherche. »

Il se redressa pour voir Camilla Del Rey se diriger

vers lui. Elle paraissait exténuée et décomposée. Ses cheveux étaient mal peignés et son uniforme était sale. Rafe eut envie de la prendre dans ses bras, mais resta au contraire à observer les efforts qu'elle faisait pour éviter son regard.

« Rafe, dit-elle, le Capitaine veut te parler. Tu connais mieux le terrain que n'importe qui. Crois-tu que l'incendie puisse être combattu ou maîtrisé?

— Pas dans l'obscurité... et ce n'est pas possible sans matériel lourd. »

Il revint cependant avec elle vers le poste de commandement du Capitaine. Il était bien obligé d'admirer l'efficacité avec laquelle l'opération pare-feu avait été organisée, et le nombre limité d'appareils de lutte anti-incendie que l'on avait amenés de l'astronef jusqu'à l'hôpital. *(Le Capitaine a suffisamment de bon sens pour utiliser les services de Moray ici. En réalité, ils sont de la même espèce, tous les deux... Si seulement, ils pouvaient se concerter pour atteindre les mêmes objectifs. Mais pour l'instant, ils sont semblables à une puissance irrésistible face à un objet inébranlable.)*

La pluie fine se muait en une épaisse chute de neige fondue lorsqu'ils pénétrèrent dans le dôme. Le petit bâtiment sombre et bondé était faiblement éclairé par une seule lampe portative dont la batterie semblait déjà en passe de flancher.

« ...nos sources d'énergie commencent déjà à faire défaut, disait Moray. Avant que nous puissions faire quoi que ce soit d'autre, monsieur, pour suivre votre plan ou le mien, il faut trouver quelques sources d'éclairage et de chaleur. Nous disposons d'appareils générateurs d'énergie éolienne ou solaire dans notre matériel de colonisation. Mais je doute quelque peu que ce soleil dégage suffisamment de lumière et émette assez de radiations pour qu'on obtienne beaucoup d'énergie solaire. MacAran, dit-il en se tournant vers ce dernier, je suppose qu'il y a des torrents dans les montagnes? Y en a-t-il qui soient assez importants pour la construction d'un barrage?

— Pas ceux que nous avons vus au cours des quelques jours passés dans les montagnes. Mais ce n'est pas le vent qui manque.

— Cela suffira momentanément pour une installation de fortune, dit le capitaine Leicester. MacAran, savez-vous exactement où se situe l'incendie?

— Assez loin pour ne pas constituer une menace immédiate pour nous. Il va toutefois nous falloir aménager des pare-feu dorénavant, partout où nous irons. Mais je ne pense pas que cet incendie soit dangereux. La pluie se change en neige et je pense que cela va l'éteindre.

— Si cela peut brûler sous la pluie...

— La neige est chargée davantage d'humidité et plus dense, fit remarquer MacAran. Il fut interrompu par un bruit semblable à une salve de coups de feu. Qu'est-ce que c'est que ça?

— Une harde de bêtes affolées... qui s'enfuit probablement devant l'incendie, dit Moray. Vos officiers tirent dessus pour le ravitaillement, Capitaine. Une fois encore, je suggère que nous conservions les munitions pour des cas de nécessité absolue. Sur la Terre elle-même, on a chassé le gibier avec un arc et des flèches pour se distraire. Il y en a quelques prototypes au Service des Loisirs et nous en aurons besoin pour accroître les réserves de nourriture.

— Ce ne sont pas les idées qui vous manquent, hein? grogna Leicester.

— Capitaine, votre métier c'est de faire marcher un astronef. Mais le mien, À MOI, consiste à créer une société viable en ménageant au maximum les ressources. »

Pendant un moment, les deux hommes se défièrent du regard dans la lumière faiblissante, oubliant les autres personnes présentes dans le dôme. Camilla s'était glissée derrière le capitaine et MacAran eut l'impression qu'elle lui prêtait son appui moral aussi bien que physique. Au dehors, il y avait tous les bruits du camp et en arrière-fond, le faible bruissement de la neige tombant sur le dôme. Puis une violente bourrasque de vent le frappa et une bouffée d'air glacé pénétra par la porte battante. Camilla s'élança pour la fermer en luttant contre le coup de vent furieux et fut brutalement repoussée. La porte s'ouvrit à toute volée, quitta ses gonds de fortune et fit perdre son équilibre à la jeune femme. MacAran se précipita pour l'aider à se relever. Le capitaine Leicester jura à voix basse et se mit à appeler à grands cris un de ses officiers.

Moray leva une main.

« Il nous faut des abris plus résistants et plus durables. Ceux-ci ont été construits pour une durée de six semaines. Puis-je donner l'ordre que les constructions soient prévues pour quelques années, en ce cas? »

Le capitaine Leicester resta silencieux et, avec cette hypersensibilité qui s'était manifestée depuis peu, Rafe eut l'impression de pouvoir percevoir les pensées du Capitaine : *S'agissait-il là d'une manœuvre d'empiétement? Pouvait-il utiliser les compétences indiscutables de Moray sans lui donner trop d'autorité sur les colons au détriment de son autorité à lui?* Lorsqu'il prit la parole, son ton était acerbe. Mais il céda de bonne grâce.

« Vous connaissez le problème de la survie, monsieur Moray. Moi, je suis un scientifique et un astronaute. Je vais vous charger de la gestion du camp, à titre temporaire. Établissez un ordre de priorité et réquisitionnez ce dont vous avez besoin. » Il se dirigea à grands pas vers la porte et se planta sur le seuil en considérant les tourbillons de neige au dehors. « Aucun incendie ne peut résister à cela. Rappelez les hommes et donnez-leur à manger avant qu'ils ne retournent établir des pare-feu. Vous êtes responsable, Moray... pour le moment. »

Il se tenait raide, indomptable, mais sa voix trahissait la fatigue. Moray s'inclina légèrement. Sans qu'il y eût la moindre trace d'obséquiosité dans son salut.

« Ne croyez pas que je cède, le prévint Leicester. On va réparer cet astronef? »

Moray eut un léger haussement d'épaules.

« Peut-être bien. Mais il ne peut être réparé que si on survit assez longtemps pour cela. Pour le moment, c'est tout ce qui me préoccupe. »

Il se tourna vers Camilla et MacAran, en feignant d'ignorer le Capitaine.

« MacAran, votre petit groupe connaît au moins une partie du terrain. Je veux qu'on fasse une étude locale de toutes les ressources, y compris la nourriture... Le Dr Lovat peut se charger de cela. Lieutenant Del Rey, vous êtes une navigatrice. Vous avez accès aux instruments. Pouvez-vous vous arranger pour faire une sorte d'étude climatologique que nous pourrions utiliser pour des prévisions météorologiques? » Il s'interrompit. « Le milieu de la nuit n'est pas un bon moment pour cela. On se mettra à l'œuvre demain. »

Il se dirigea vers la porte. Mais le capitaine Leicester qui contemplait fixement, debout sur le seuil, les tourbillons de flocons de neige, lui barrait le passage. Il essaya une fois ou deux de passer devant lui et finit par lui toucher l'épaule. Le Capitaine sursauta et s'écarta.

« La première chose à faire, c'est d'arracher ces pauvres diables à la tempête et de les faire rentrer dit Moray. Voulez-vous en donner l'ordre, Capitaine, ou dois-je le faire? »

Le capitaine Leicester croisa son regard avec sang-froid, tendu et hostile.

« Cela n'a pas d'importance, dit-il doucement. Il m'est indifférent de savoir lequel de nous deux donne les ordres, et que Dieu vous aide si vous ne recherchez, quant à vous, que le pouvoir d'en donner. Camilla, allez dire au commandant Layton d'arrêter les opérations de lutte contre l'incendie et de veiller à ce que toutes les personnes qui se trouvaient sur la ligne des pare-feu, aient quelque chose de chaud à manger avant d'aller se coucher. »

La jeune femme rabattit sa capuche sur sa tête et s'éloigna rapidement sous la neige.

« Vous avez peut-être des compétences, dit Leicester, et en ce qui me concerne, les miennes sont à votre disposition, volontiers. Mais il y a un vieil adage dans le Service Spatial : " Quiconque intrigue pour avoir l'autorité, mérite qu'elle lui revienne. " »

Il sortit à grandes enjambées du dôme, laissant le vent s'y engouffrer. MacAran, qui observait Moray, sentit obscurément que, d'une certaine façon, le Capitaine avait eu l'avantage.

Chapitre VIII

Les jours s'allongeaient, mais il semblait n'y avoir jamais assez de lumière, ni assez de temps pour tout le travail qu'il y avait à faire dans la colonie. Trois jours après l'incendie, de vastes pare-feu de dix mètres de large avaient été établis autour du campement. De plus, on avait organisé des brigades de lutte contre le feu en cas d'urgence. Ce fut à peu près à ce moment-là que MacAran partit avec un groupe de colons pour procéder à l'examen des lieux voulu par Moray. Les seuls membres de l'expédition précédente qui l'accompagnaient étaient Judith Lovat et MacLeod. Judy se montrait toujours aussi calme et renfermée. Elle parlait à peine. MacAran se tourmentait à son sujet, mais elle s'acquittait de son travail avec compétence et paraissait avoir une connaissance presque métaphysique des endroits où l'on pouvait trouver l'objet de leur recherche, quel qu'il fût.

Ce voyage d'exploration fut, en majeure partie, pauvre en événements marquants. Ils tracèrent des pistes en vue d'éventuelles voies carrossables vers la vallée où ils avaient aperçu des troupeaux pour la première fois, constatèrent l'étendue des dégâts causés par le feu... lesquels, en réalité, n'étaient pas très importants... dressèrent la carte des cours d'eau et des rivières locales. En outre, MacAran rassembla des échantillons de roche provenant des montagnes des environs afin d'en évaluer la teneur virtuelle en minerai.

Un seul événement important vint rompre la monotonie relativement agréable du voyage. Un soir, alors que le soleil allait se coucher, ils se frayaient un chemin à travers une forêt particulièrement dense quand MacLeod, qui se trouvait légèrement en tête du gros de la troupe, s'arrêta net. Il se retourna, un doigt posé sur les lèvres pour imposer le silence et fit signe à MacAran d'approcher.

Rafe s'avança, flanqué de Judy qui marchait sur la pointe des pieds et paraissait curieusement agitée.

MacLeod montra du doigt un point en l'air à travers les arbres touffus. Deux énormes troncs s'élevaient à une hauteur vertigineuse sans aucune branche jusqu'à une vingtaine de mètres au moins. Allant de l'un à l'autre, un pont se balançait. On ne pouvait pas appeler cela autrement. Un pont qui semblait être fait d'une sorte d'osier tressé et soigneusement construit avec des garde-corps.

« Voilà la preuve de l'existence de vos aborigènes, dit MacLeod dans un murmure. Peuvent-ils être arboricoles? Est-ce pour cela que nous ne les avons pas vus?

– Chut! » fit Judy, brusquement.

Ils entendirent au loin un petit jacassement aigu. Puis une créature apparut sur le pont, au-dessus d'eux.

Ils eurent tous le temps de bien l'observer à ce moment-là. Haute d'environ un mètre cinquante, elle avait une peau claire ou couverte d'une fourrure pâle et agrippait le garde-corps, avec des mains, indiscutablement... aucun d'entre eux n'eut la présence d'esprit de compter les doigts... un visage plat, mais étrangement humanoïde, avec un nez épaté et des yeux rouges. Pendant près de dix secondes, la créature se cramponna au pont et les regarda d'en haut, l'air à peu près aussi effaré qu'ils l'étaient eux-mêmes. Puis, avec un cri d'oiseau strident, elle traversa le pont à toute vitesse, se hissa dans les arbres et disparut.

MacAran laissa échapper un long soupir. Ce monde était donc bien habité, et non pas libre et ouvert à l'humanité.

« Judy, étaient-ce des êtres comme celui-là que tu as vus le Fameux Jour? Celui que tu appelais le “ magnifique ”? » demanda doucement MacLeod.

Le visage de Judy arbora l'étrange expression butée que la moindre allusion au Fameux Jour suffisait à provoquer.

« Non, dit-elle calmement, mais d'une voix très assurée. Ce sont les jeunes frères, les petits qui manquent de sagesse. »

Rien ne put l'en faire démordre et, très vite, ils cessèrent de l'interroger. Mais MacLeod et le commandant Frazer étaient au septième ciel.

« Des humanoïdes arboricoles. Nocturnes, à en juger par leurs yeux; probablement des simiens, bien qu'ils ressemblent davantage à des tarsiers qu'à des singes. Visiblement intelligents... Ils utilisent des outils et fabriquent des objets ouvrés. *Homo Arborens.* Des hommes vivant dans les arbres, dit MacLeod.

– Si nous devons rester ici... intervint MacAran en hésitant... comment deux espèces intelligentes peuvent-elles survivre sur une même planète? Est-ce que cela n'implique pas invariablement une guerre à mort pour obtenir la prédominance?

– Non, s'il plaît à Dieu, répondit Frazer. Après tout, il y a eu quatre espèces intelligentes sur la Terre pendant longtemps. L'homme... le dauphin, la baleine et l'éléphant aussi, probablement. Il s'est seulement trouvé que nous étions la seule espèce TECHNOLOGIQUE. Ces êtres habitent dans les arbres, nous habitons sur le sol. Aucun conflit, à mon humble avis. Pas de conflit INÉLUCTABLE, en tout cas. »

MacAran n'en était pas si sûr, mais il garda ses inquiétudes pour lui.

Si paisible que fût leur voyage, ils affrontèrent des dangers imprévus. Dans la vallée au gibier, qu'ils baptisèrent « Plaines de Zabal » pour plus de commodité, ce gibier était traqué par de grands prédateurs du genre félin, que seuls les feux allumés pendant la nuit tenaient éloignés. En outre, MacAran eut, sur les hauteurs, sa première vision des oiseaux aux voix de fées porte-malheur. De grands oiseaux sans ailes, armés de serres cruelles. Ils se déplaçaient à des vitesses telles que seul, un recours ultime et éperdu au pistolet laser qu'ils portaient en cas d'urgence, empêcha le Dr Frazer de se faire éventrer d'un terrible coup de patte. MacLeod en disséquant l'oiseau mort découvrit qu'il était complètement aveugle.

« Est-ce par l'ouïe qu'il détecte sa proie? Ou par un autre sens?

– Je suppose qu'il perçoit la chaleur du corps, dit MacAran. Il semble qu'ils ne vivent que dans les neiges éternelles. »

Ils baptisèrent les épouvantables oiseaux du nom de « porte-malheur » et évitèrent par la suite les cols montagneux, sauf en plein jour. Ils découvrirent également quelques nids en monticule de ces fourmis ressemblant à des scorpions dont les piqûres avaient tué le Dr Zabal. Ils agitèrent la question de leur extermination. MacLeod s'y opposait, faisant valoir que ces fourmis constituaient peut-être un maillon important d'une chaîne écologique qu'il ne fallait pas perturber. Ils convinrent finalement de ne détruire que les monticules situés sur une superficie de deux cent cinquante hectares autour du vaisseau spatial et d'informer tout le monde des dangers de leur piqûre. Il s'agissait d'une mesure provisoire, mais il en était de même pour tout ce qu'ils faisaient sur cette planète, en ce cas.

« Si nous quittons ce maudit endroit, dit le Dr Frazer avec une certaine âpreté, il nous faudra le laisser à peu près dans l'état où nous l'avons trouvé. »

Lorsqu'ils revinrent au campement, au bout de trois semaines d'inspection, ils découvrirent que l'on avait déjà construit deux bâtiments définitifs en bois et en pierre. Un grand Centre de Loisirs, jumelé à un réfectoire, et un bâtiment destiné à servir de laboratoire. Ce fut la dernière fois que Rafe mesura quoi que ce soit en semaines. Ils ignoraient toujours la durée de l'année sur cette planète, mais ils avaient instauré, pour plus de commodité et pour une meilleure répartition des corvées et des équipes, un cycle arbitraire de dix jours, suivis d'un jour férié. De grands jardins avaient été tracés et les semences germaient déjà. On récoltait également dans les bois, avec circonspection, quelques fruits contrôlés.

Une petite génératrice éolienne avait été installée mais l'énergie était rigoureusement rationnée et l'on distribuait pour la nuit des chandelles fabriquées avec la résine des arbres. Les dômes temporaires abritaient encore la majorité du personnel, à l'exception des gens qui étaient logés dans l'hôpital. MacAran partageait le sien avec une douzaine d'autres célibataires.

Le lendemain de son retour, Ewen Ross le convoqua, avec Judy, à l'hôpital.

« Vous avez manqué la déclaration du Dr Di Asturien, dit-il. En résumé, nos contraceptifs hormonaux ne valent rien... il n'y a pas de grossesses jusqu'à présent, à l'exception d'une seule fausse couche précoce très douteuse, mais nous nous en sommes remis aux hormones depuis si longtemps que personne ne sait plus grand-chose de la contraception préhistorique. Nous n'avons pas d'installation de contrôle de grossesse, non plus, du fait que personne n'en a besoin dans un astronef. Cela signifie que si nous constatons vraiment des grossesses, celles-ci risquent d'être trop avancées avant même qu'on les ait diagnostiquées pour qu'il soit possible de pratiquer sans risques des avortements! »

MacAran eut un sourire forcé.

« Tu peux épargner ta salive, en ce qui me concerne. La seule femme à laquelle je m'intéresse ignore mon existence... ou du moins, aimerait que je n'existe pas.

Il n'avait même pas vu Camilla depuis son retour.

« Et toi, Judy? fit Ewen. J'ai consulté ton dossier médical. Tu es à un âge où la contraception cesse d'être obligatoire pour devenir volontaire... »

Elle sourit timidement :

« Parce qu'à mon âge, il est peu probable que je sois prise au dépourvu par l'émotion. Je n'ai pas été sexuellement active durant ce voyage... Personne ne m'a intéressée, alors je ne me suis pas souciée des piqûres.

— Eh bien, vérifie quand même auprès de Margaret Raimondi... Elle communique des informations supplémentaires à tout hasard. Les rapports sexuels sont volontaires, Judy, mais l'information est obligatoire. Tu peux choisir l'abstinence... mais tu devrais être libre aussi de choisir le contraire. Alors, va voir Margaret pour t'informer. »

Judy se mit à rire et MacAran fut frappé par l'idée qu'il ne l'avait pas vue rire depuis le jour où l'étrange démence s'était emparée d'eux tous. Mais son rire semblait teinté d'une hystérie qui le mit mal à l'aise. Il fut soulagé de l'entendre dire, à la fin :

« Oh, très bien. Quel mal cela peut-il faire? »

Elle partit. Ewen la suivit du regard avec inquiétude, lui aussi.

« Je ne suis pas tranquille à son sujet. Elle semble être la seule personne qui ait été affectée de façon permanente par le phénomène, quel qu'il soit, qui nous a frappés. Mais nous n'avons pas de psychiatres de reste. De toute façon, elle est capable de faire son travail... ce qui constitue une définition légale de la santé d'esprit, en tout état de cause. J'espère néanmoins qu'elle s'en sortira vite. Elle allait bien pendant le voyage? »

MacAran opina de la tête.

« Peut-être a-t-elle eu une expérience dont elle ne nous a pas parlé, dit-il pensivement. Elle semble certainement à l'aise, ici. Cela me fait penser à ce que tu m'as raconté sur MacLeod qui savait que les fruits étaient bons à manger. Se pourrait-il qu'un choc émotionnel développe des facultés parapsychiques latentes? »

Ewen secoua la tête.

« Dieu seul le sait, et nous sommes trop occupés pour le vérifier. De toute façon, comment voudrais-tu que l'on vérifie un fait de ce genre? Aussi longtemps qu'elle sera assez normale pour accomplir les tâches qui lui sont confiées, je ne pourrai pas me mêler de ses affaires. »

A la sortie de l'hôpital, MacAran marcha à travers le campement. Tout paraissait paisible, depuis le petit atelier où l'on confectionnait des outils aratoires jusqu'au terrain entourant l'astronef, où des machines étaient démontées et mises de côté. Il trouva Camilla dans le dôme endommagé par le vent, la nuit de l'incendie. On l'avait réparé et les contrôles de l'ordinateur avaient été installés à l'intérieur. La jeune femme parut le considérer avec une hostilité ouverte.

« Qu'est-ce que tu veux? Est-ce que Moray t'a envoyé ici pour m'ordonner de transformer cet endroit en une station météorologique ou quelque chose dans ce genre?

– Non, mais cela semble être une bonne idée, rétorqua MacAran. Une autre tempête de neige comme celle qui s'est abattue sur nous la nuit de l'incendie pourrait signifier notre ruine, si nous n'étions pas prévenus. »

Elle s'approcha de lui, leva la tête et le dévisagea. Les bras tendus de chaque côté du corps, les poings serrés, le visage durci par la colère.

« Je crois que vous devez tous être complètement fous! jeta-t-elle. Je n'en attends pas davantage de la part des colons. Ce ne sont que des civils et leur unique souci, c'est de commencer à fonder leur précieuse colonie. Mais toi, Rafe! Tu as reçu une formation scientifique, tu devrais saisir ce que cela SIGNIFIE VRAIMENT! La seule chose que nous ayons, c'est l'espoir de réparer l'astronef... Si nous gaspillons nos ressources pour faire quoi que ce soit d'autre, nos chances deviennent de plus en plus faibles! » Elle paraissait en rage. « Et nous resterons ici pour toujours!

— N'oublie pas, Camilla, que je faisais partie des colons, moi aussi, dit lentement MacAran. J'ai quitté la Terre pour rejoindre la Colonie Coronis...

— Mais il s'agit d'une colonie régulière, où tout est organisé pour en faire... pour en faire un élément de civilisation, fit Camilla. CELA, je peux le comprendre... Tes aptitudes, ton éducation, cela aurait une valeur! »

Rafe tendit les bras et la saisit par les épaules.

« Camilla. »

Il prononça son nom avec, DANS LA VOIX, tout le désir ardent qu'il éprouvait à son égard. Elle ne réagit pas véritablement, mais resta tranquille entre ses bras, les yeux levés vers lui. Son visage était altéré et pitoyable.

« Camilla, veux-tu m'écouter une minute? Je suis du côté du Capitaine jusqu'au bout, pour ce qui est des actes. Je suis disposé à faire tout ce qu'il faudra pour veiller à ce que l'astronef décolle d'ici. Mais je n'oublie pas que ce ne sera peut-être pas possible, après tout. Et je veux prendre toutes dispositions pour que l'on puisse survivre dans ce deuxième cas.

— Survivre pour quoi faire? s'écria Camilla, presque hors d'elle. Pour retourner à la barbarie, pour vivre comme des fermiers, des barbares, sans rien qui rende la vie digne d'être vécue? On ferait mieux de mourir dans un dernier effort!

— Je ne comprends pas pourquoi tu dis cela, mon amour. Après tout, les premiers humains ont débuté avec moins que nous. Leur monde jouissait peut-être d'un climat un peu meilleur, mais, nous avons, nous, dix ou douze mille ans de technologie humaine derrière nous. Un groupe de personnes que le capitaine Leicester juge capables de réparer un vaisseau spatial devrait avoir assez de savoir technique pour créer une vie assez agréable pour leurs enfants et pour elles-mêmes... Ainsi que pour toutes les générations à venir. »

Il essaya de l'attirer contre lui, mais elle se dégagea d'une brusque secousse, blême de fureur.

« J'aimerais mieux mourir! cria-t-elle avec dureté. N'importe quel être civilisé en dirait autant! Tu es pire que le groupe des Hébrides, là-bas, au dehors... la bande à Moray. Cette clique d'abrutis, partisans du retour à la nature, qui jouent si bien son jeu...

– Je ne sais rien d'eux... Camilla, ma chérie, je t'en prie, ne sois pas fâchée contre moi. J'essaie seulement de considérer les deux points de vue.

– Mais il n'y en a qu'un! lui jeta-t-elle, courroucée et implacable. Si tu n'envisages pas la question de cette façon, alors tu ne vaux même la peine qu'on discute avec toi! J'ai honte... j'ai honte de moi pour m'être laissée aller à croire que tu pouvais être différent! » Les larmes ruisselaient sur son visage et elle repoussa avec colère les mains tendues de Rafe. « Va-t'en et ne reviens pas! Va-t-en! Va au diable! »

MacAran avait le tempérament généralement associé à la couleur de ses cheveux... roux. Il laissa retomber ses mains comme si on l'avait brûlé et fit brusquement demi-tour.

« Ce sera un véritable plaisir », dit-il entre ses dents.

Il sortit du dôme à grands pas, en faisant claquer si fort la porte rafistolée que celle-ci trembla sur ses gonds. Derrière lui, Camilla se laissa tomber sur une banquette, le visage dans les mains, et pleura à s'en rendre malade, avec des sanglots frénétiques. Une vague de violentes nausées la secoua, l'obligeant à sortir pour se diriger d'un pas chancelant vers les toilettes des femmes. Elle s'en éloigna enfin en se traînant, les tempes battantes, le visage en feu et endolori, tous les nerfs à vif.

Comme elle revenait au dôme de l'ordinateur, un souvenir s'imposa soudain à elle. C'était la troisième fois déjà que cela se produisait... Dans un sursaut de peur et de révolte violentes, elle porta les mains à sa bouche et se mordit les jointures.

« Oh NON, murmura-t-elle... oh non, non... »

Sa voix s'amenuisa en un chuchotis de suppliques et

d'imprécations. Ses yeux gris étaient éperdus de terreur.

MacAran s'était rendu dans le local faisant office de centre des loisirs et de réfectoire. C'était rapidement devenu un point de ralliement pour la vaste communauté désorganisée. Il remarqua sur un tableau d'affichage improvisé l'annonce d'une réunion de la Commune des Hébrides. Il en avait déjà vu... Le groupe des colons agréés par le Corps Expéditionnaire terrien comprenait non seulement des individus comme Jenny et lui-même, mais aussi de petits groupes ou COMMUNES, des familles agrandies, et même deux ou trois compagnies commerciales désireuses d'accroître leurs affaires ou d'ouvrir de nouvelles succursales. On les passait soigneusement au crible pour déterminer la façon dont ils s'intégreraient dans le développement équilibré de la colonie mais, à cette exception près, ils constituaient une communauté extrêmement disparate. MacAran soupçonnait la Commune des Hébrides d'être l'une des nombreuses petites communautés néo-rurales qui s'étaient détournées du grand courant de la société terrestre contemporaine, lui faisant grief de son industrialisation et de son enrégimentation. De nombreux groupes de ce genre étaient allés vivre dans les colonies stellaires... Tout le monde s'accordait pour reconnaître que, s'ils étaient des inadaptés sur la Terre, ils faisaient d'excellents colons. Rafe ne leur avait prêté aucune attention, auparavant. Mais les propos de Camilla avaient suscité sa curiosité. Il se demanda si leur réunion était ouverte aux étrangers.

Il se rappela vaguement que ce groupe avait réservé de temps à autre l'un des locaux de loisirs de l'astronef pour ses propres réunions, et que ses membres semblaient mener une vie communautaire étroitement unie. Bah, en mettant les choses au pis, ils lui demanderaient peut-être de s'en aller.

Il les trouva dans le local du réfectoire, vide entre les repas. La plupart d'entre eux étaient assis en rond et jouaient de quelques instruments de musique. L'un d'eux, un grand jeune homme aux longs cheveux nattés, leva la tête.

« Seuls les membres sont admis, l'ami », dit-il.

Mais une autre personne, une jeune fille dont les cheveux roux tombaient jusqu'à la taille, intervint.

« Non, Alastair. C'est MacAran. Il a fait partie de l'équipe d'exploration. Il connaît un tas des renseignements dont on a besoin. Entrez, l'ami, faites comme chez vous.

— Tu as raison, Fiona. Avec un nom comme le sien, MacAran devrait être membre honoraire, de toute façon. »

MacAran entra donc. Il fut légèrement surpris de voir la petite silhouette ronde et replète de Lewis MacLeod avec ses cheveux poil de carotte, quelque part dans le cercle.

« Je n'ai jamais rencontré aucun de vous dans l'astronef, dit-il. J'ai bien peur de ne pas savoir quelle cause vous êtes censés soutenir.

— Nous sommes des néo-ruralistes, bien entendu, affirma tranquillement Alastair. Des bâtisseurs de mondes. Certains membres de la société établie nous traitent d'antitechnocrates, mais nous ne sommes pas des destructeurs. Nous cherchons simplement une alternative honorable à la société existant sur la Terre et on nous fait, en général, aussi bon accueil dans les colonies qu'on est content de nous éloigner de la Terre. Alors... dites-nous, MacAran. Qu'est-ce qui se passe ici? Dans combien de temps pourra-t-on partir fonder notre propre colonie?

— Vous en savez autant que moi, dit MacAran. Le climat est passablement brutal, vous savez. Si c'est comme ça en été, cela va être beaucoup plus rude en hiver. »

Fiona éclata de rire.

« Nous avons grandi, pour la plupart, dans les Hébrides ou même dans les Orcades, dit-elle. Ces pays ont pour ainsi dire le pire climat qui existe sur Terre. Le froid ne nous effraye pas, MacAran. Mais nous voulons nous installer dans une vie communautaire, pour pouvoir instaurer nos us et coutumes, avant la venue de l'hiver.

— Je ne suis pas certain que le capitaine Leicester permette à qui que ce soit de quitter le campement, dit lentement Rafe. C'est encore la réparation de l'astronef qui a la priorité et je crois qu'il considère que nous ne formons tous qu'une seule et UNIQUE communauté. Si nous commençons à nous disperser...

— Cela suffit! s'écria Alastair. Il n'y a pas un seul scientifique parmi nous. On ne peut pas passer cinq ans à travailler sur l'astronef. C'est contraire à toute notre philosophie!

— La survie...

— ... de survie. »

MacAran comprenait un peu le gaélique de ses aïeux et se rendit compte qu'Alastair se montrait inconvenant.

« La survie, pour nous, cela signifie créer une colonie ici, aussi vite que possible. Nous nous sommes engagés pour aller à Coronis. Le capitaine Leicester a commis une erreur et nous a débarqués ici. Mais cela revient au même pour nous. En ce qui concerne nos intentions, c'est peut-être même préférable... »

MacAran considéra MacLeod en haussant les sourcils.

« J'ignorais que tu appartenais à ce groupe.

— Il n'en était rien, répondit MacLeod. Je suis un membre marginal, mais je suis d'accord avec eux... et je veux rester ici.

— Je croyais qu'ils n'approuvaient pas les scientifiques.

— Si, lorsqu'ils restent à leur place, rétorqua la jeune Fiona. Quand ils utilisent leurs connaissances pour être utiles à l'humanité et pour l'aider... et non pas pour la manipuler ou pour détruire sa force spirituelle. Nous sommes heureux d'avoir le Dr MacLeod... Lewis, nous n'utilisons pas les titres... parmi nous, avec ses connaissances en zoologie.

— Avez-vous l'intention de vous mutiner contre le capitaine Leicester? demanda MacAran, stupéfait.

— Nous mutiner? On ne fait pas partie de son équipage et on n'est pas ses sujets, mon vieux, dit un garçon bizarre. On se propose seulement de vivre comme on l'aurait fait sur le nouveau monde. On ne peut pas attendre pendant trois ans qu'il renonce à son idée extravagante de reconstruire l'astronef. Au bout de ce temps-là, nous pourrions avoir une communauté bien organisée.

— Et s'il répare vraiment l'astronef et repart vers Coronis? Resterez-vous ici?

— Ce monde-ci est le nôtre, répondit la jeune Fiona en venant se placer aux côtés d'Alastair. » Son regard était doux mais implacable. « Nos enfants naîtront ici.

— Est-ce que vous essayez de me dire...? fit MacAran, bouleversé.

— On ne sait pas, dit Alastair. Mais certaines de nos femmes sont peut-être enceintes, déjà. C'est le signe de notre engagement vis-à-vis de ce monde, le signe de notre rejet de la Terre, et du monde que le capitaine Leicester veut nous imposer. Vous pouvez le lui dire. »

Lorsque Rafe les quitta, les instruments de musique se remirent à jouer et une voix de jeune fille s'éleva, plaintive, chantant l'éternelle mélancolie d'un vieux chant des Iles... une complainte pour les morts, issue d'un passé plus déchiré, plus ébranlé par les guerres et les exils que celui de tout autre peuple de la terre.

Mouette blanche comme la neige,
Dis-moi, je t'en prie,
Où nos beaux jeunes gens reposent.
Où, vague après vague, ils sont couchés...
Ni souffle, ni soupir,
Ne sortent de leurs lèvres glacées.
Leur suaire est de varech,
Pour toute harpe et tout chant funèbre,
Ils ont le gémissement plaintif de la mer...

En entendant ce chant, MacAran eut la gorge serrée et des larmes lui montèrent aux yeux, malgré lui. *Ils chantent leur complainte*, pensa-t-il *(mais ils savent que la vie continue. Les Écossais ont été exilés pendant des siècles, des millénaires. Il ne s'agit ici que d'un exil parmi tant d'autres, un peu plus lointain que la plupart, mais ils chanteront encore les vieilles complaintes sous les nouvelles étoiles et découvriront de nouvelles montagnes et de nouvelles mers...)*

En sortant de la grande salle, il releva sa capuche... Il devrait commencer à pleuvoir, à présent. Mais il n'en était rien.

Chapitre IX

MacAran avait déjà vu l'effet qu'une ou deux nuits sans pluie et sans neige pouvaient avoir sur cette planète. Les espaces cultivés étaient envahis d'une végétation florissante et les fleurs, les petites fleurs orange surtout, recouvraient le sol de toute part. Les quatre lunes apparurent dans tout leur éclat avant le coucher du soleil et brillèrent bien après son lever, transformant le ciel en un flot de luminosité mauve.

Les forêts étaient sèches et les Terriens commencèrent à se préoccuper de renforcer le piquet d'incendie. A quelques kilomètres du campement, Moray eut l'idée d'installer, sur chaque sommet de colline, des paratonnerres dont la tige était fixée à un arbre d'une hauteur colossale. Cela n'éviterait peut-être pas l'incendie dans le cas où un gros orage éclaterait, mais cela pouvait minimiser quelque peu les dangers.

(Au-dessus d'eux, sur les hauteurs, les grandes fleurs dorées en forme de clochettes s'ouvraient toutes grandes, et leur pollen embaumé se répandait dans l'air sur les pentes les plus élevées. Il n'avait pas atteint les vallées. Pas encore...)

Après une semaine de soirées sans neige, de nuits éclairées par la lune et de chaudes journées – chaudes selon les normes de cette planète à côté de laquelle la Norvège aurait fait figure de station estivale –, MacAran alla demander à Moray son consentement pour une autre expédition dans les contreforts montagneux. Il estimait qu'il devait profiter de ce temps favorable et peu fréquent pour recueillir d'autres échantillons géologiques et découvrir éventuellement des grottes susceptibles de leur servir d'abris de secours, lors d'explorations ultérieures. Moray avait pris pour bureau une petite pièce située au coin du Centre des Loisirs. Pendant que MacAran attendait au dehors, Heather Stuart entra dans le bâtiment.

« Que penses-tu de ce temps? » lui demanda Rafe. La vieille coutume terrienne s'imposait. *Quand tu ne sais pas de quoi parler, parle du temps. D'ailleurs sur cette planète, il fournit ample matière à discussion... Il est si mauvais.*

« Cela ne me dit rien de bon, répondit gravement Heather. Je n'ai pas oublié ce qui s'est passé sur la montagne quand on a eu quelques jours de temps dégagé. »

Toi aussi? pensa MacAran qui souleva cependant des objections :

« Comment le temps pourrait-il en être responsable, Heather?

— L'air était porteur d'un virus... ou de pollen. Et le pollen était porteur de substances chimiques. Je suis microbiologiste, Rafe. Tu serais surpris de ce qu'on peut trouver dans quelques centimètres cubes d'eau ou de terre. Au cours de la réunion d'explications, Camilla a dit que la dernière chose dont elle se souvenait avant de perdre la tête, c'était d'avoir senti les fleurs. Et je me rappelle que leur parfum emplissait l'atmosphère. » Elle sourit faiblement. « Bien sûr, mes souvenirs ne constituent peut-être pas du tout une preuve, et je prie le Ciel de ne pas découvrir la vérité à force de tâtonnements. Je viens juste d'établir avec certitude que je ne suis pas enceinte et je ne veux plus jamais passer par LÀ. Quand je pense à la façon dont les femmes ont dû vivre avant l'invention des contraceptifs vraiment sûrs, vivant d'un mois sur l'autre, sans jamais SAVOIR... » Elle frémit.

« Rafe, Camilla a-t-elle déjà acquis une certitude? Elle ne veut plus m'en parler.

– Je ne sais pas, dit MacAran d'un air sombre. Elle ne veut plus me parler du tout, à moi. »

Le visage clair et mobile d'Heather exprima de la consternation.

« Oh! je suis tellement désolée, Rafe! J'étais si contente pour vous deux. Ewen et moi, on espérait... Oh! tiens, je crois que Moray est prêt à te recevoir. »

La porte s'était ouverte et Alastair, le grand rouquin, vint buter contre eux au moment où il sortait brusquement.

« La réponse est toujours *non*, Moray! s'écria le jeune homme en se retournant. On s'en va!... Tous, toute notre Communauté! Et maintenant! Ce soir! »

Moray le suivit jusqu'à la porte.

« Vous êtes une sacrée bande d'égoïstes, dit-il, non? Vous parlez de communauté, mais il s'avère que dans votre esprit, il ne s'agit que de votre propre petit groupe... Pas de la communauté plus vaste de tous les humains sur cette planète. Vous est-il jamais arrivé de penser que nous formons nécessairement une communauté, tous tant que nous sommes, c'est-à-dire deux cents et quelques personnes? Nous *sommes* le genre humain, nous *sommes* la société. Où est-il donc, votre sens profond de la responsabilité envers autrui, mon petit gars? »

Alastair baissa la tête.

« Vous ne défendez pas les mêmes causes que nous, vous autres, marmonna-t-il.

– Nous défendons tous le bien-être et la survie de chacun, affirma calmement Moray. Le Capitaine va céder. Donnez-moi une chance de parler aux autres, du moins.

– J'ai été désigné pour parler en leur nom...

– Alastair, dit Moray avec gravité, vous violez vos propres règles, vous savez. Si vous êtes vraiment un philosophe anarchiste, vous devez leur donner la possibilité d'entendre ce que j'ai à dire.

— Vous essayez seulement de nous manœuvrer...

— Auriez-vous peur de ce que je leur dirais? Auriez-vous peur qu'ils ne s'écartent de ce que vous, vous voulez? »

Acculé, Alastair explosa.

« Oh! allez leur parler, que le diable vous emporte! Et grand bien vous fasse! »

Moray sortit avec eux.

« Quel que soit votre problème, mon garçon, il faudra qu'il attende, dit-il à MacAran en passant. Je dois convaincre ces jeunes fous qu'il leur faut essayer de nous considérer tous comme une seule et grande famille... et ne pas se soucier uniquement de leur petite famille! »

Au dehors, la trentaine de membres de la Commune des Hébrides étaient réunis en plein air. MacAran remarqua qu'ils avaient délaissé l'uniforme de surface fourni par l'astronef pour revêtir des vêtements civils et qu'ils portaient des sacs à dos. Moray s'avança et commença à les haranguer. De la porte du Centre de Loisirs où il se tenait, MacAran ne pouvait pas entendre ce qu'il disait. Mais il y eut force cris et discussions. Rafe se perdit dans la contemplation des petits tourbillons et remous de poussière poussés par le vent au-dessus du terrain labouré et observa le vent qui soufflait en sens contraire dans les arbres, à la lisière de la clairière, avec un bruit semblable à celui de la mer, jamais apaisé. Il lui sembla que l'air était porteur d'un chant. Il abaissa son regard sur Heather qui se tenait à ses côtés. Le visage de la jeune femme semblait briller et rayonner dans le jour déclinant, presque comme une sorte de chant visible.

« De la musique..., dit-elle d'une voix rauque... de la musique dans le vent...

— Au nom du Ciel, grommela MacAran, qu'est-ce qu'ils fabriquent là-bas, au dehors? Ils font la fête? »

Il s'écarta d'Heather quand un groupe de gardes de la

sécurité en uniforme sortit de l'astronef et s'avança dans leur direction. L'un d'eux vint se placer en face d'Alastair et Moray et prit la parole.

« ...mettez vos sacs à terre, entendit MacAran lorsqu'il vint se placer à portée de voix. Le Capitaine a donné l'ordre de vous arrêter tous pour désertion face au danger.

– Votre Capitaine n'a pas le moindre pouvoir sur nous, danger ou pas, espèce de flic! » hurla le grand rouquin.

Une des filles ramassa une poignée de poussière et la lança, suscitant de bruyants éclats de rire chez les autres.

« Non! fit Moray en s'adressant d'un ton pressant aux gardes de la sécurité. Pas besoin de cela! Laissez-moi m'arranger avec eux! »

L'officier atteint par la poignée de poussière fit glisser la bretelle de son fusil, qu'il avait à l'épaule. MacAran fut étreint par une peur grandissante, bien trop familière.

« Cela recommence », grommela-t-il.

Il se jeta en avant au moment précis où les jeunes gens de la Commune jetaient leurs sacs sur le sol et se lançaient à l'attaque avec des hurlements et des vociférations de démons.

Un des officiers de la Sécurité lâcha son fusil et éclata d'un fou rire, incoercible et démentiel. Il se jeta sur le sol et s'y roula, en se tordant de rire. MacAran eut une fraction de seconde de lucidité et s'élança. Il ramassa brusquement le fusil jeté à terre, en arracha un autre des mains du second garde et se rua vers l'astronef tandis que le troisième garde, qui n'avait qu'un pistolet, faisait feu. Dans le cerveau ébranlé de MacAran, le coup de feu résonna comme une multitude d'échos au long d'une galerie sans fin. Avec un cri perçant, strident, une jeune fille s'abattit sur le sol se tordant de douleur.

Traînant les fusils derrière lui, MacAran fit irruption dans le dôme de l'ordinateur où se tenait le Capitaine. Leicester haussa ses sourcils épais, dans l'attente d'une explication. MacAran regarda les sourcils s'élever lentement, comme des chenilles, avant de prendre leur essor et de voleter librement dans le dôme... NON. Non!

« Capitaine, haleta-t-il, en luttant contre l'accès vertigineux d'irréalité, cela recommence! Ce qui nous est arrivé à tous sur les versants montagneux! Pour l'amour du Ciel, mettez les fusils et les munitions en sécurité sous clef, avant que quelqu'un ne se fasse tuer! On a déjà tiré sur une jeune fille...

— Quoi? » Leicester le regarda fixement avec une franche incrédulité. « Vous exagérez sûrement...

— Capitaine, je suis déjà passé par là », insista Rafe. Il combattait l'envie subite et irrépressible de se jeter lui-même par terre, de se rouler sur le plancher, de saisir le Capitaine par la gorge et de le secouer jusqu'à ce que mort s'ensuive. « C'est réel. C'est... vous connaissez Ewen Ross. Vous savez qu'il a reçu une formation médicale sérieuse et complète... Pourtant, il s'est couché dans les bois et a batifolé avec Heather et MacLeod tandis qu'un patient, mourant, passait juste devant lui en courant avant de succomber à une aorte éclatée. Camilla... le lieutenant Del Rey... a jeté son télescope au loin et s'est lancée dans une chasse aux papillons.

— Et vous croyez que cela... cette épidémie, va nous frapper, ici?

— Je le SAIS, Capitaine, insista MacAran. Je suis... je suis en train d'y résister, en ce moment... »

Si Leicester était devenu le capitaine d'un astronef, ce n'était pas en se montrant dénué d'imagination, ou en refusant d'affronter les situations critiques. Lorsque le bruit d'un deuxième coup de feu éclata brutalement dans l'air, devant la clairière, il s'élança vers la porte et pressa un bouton d'alarme au passage. Comme personne ne répondait, il se mit à crier tout en courant à travers la clairière.

MacAran, qui était sur ses talons, jaugea la situation en un clin d'œil. La jeune fille blessée par l'officier, étendue sur le sol, se tordait toujours de douleur. Lorsqu'ils firent irruption sur les lieux, des gardes de la sécurité et les jeunes gens de la Commune en étaient au corps à corps et hurlaient de folles obscénités. Un troisième coup de feu claqua. Un des gardes hurla de douleur et tomba en étreignant son genou.

« Danforth! » beugla le Capitaine.

Danforth fit volte-face, l'arme braquée. Pendant une fraction de seconde, MacAran crut qu'il allait presser à nouveau la détente. Mais l'officier fou furieux avait l'habitude d'obéir depuis des années au Capitaine et il hésita. Une minute seulement, mais MacAran profita de cet instant pour se jeter sur lui de tout son poids et le plaqua brutalement. L'homme s'écroula à terre et le pistolet roula au loin. Leicester plongea pour l'attraper, ouvrit la culasse et fourra les cartouches dans sa poche.

Danforth se débattit comme un forcené, agrippant Rafe et luttant pour le prendre à la gorge. MacAran sentit une fureur aveugle l'envahir, lui aussi. Des taches rouges tournoyèrent devant ses yeux. Il eut envie de griffer l'homme, de le mordre, de lui arracher les yeux... Au prix d'un effort brutal, en se souvenant de ce qui s'était déjà produit, il reprit pied dans la réalité et laissa l'officier se remettre debout. Danforth regarda fixement le Capitaine, se mit à geindre et essuya ses yeux ruisselants de larmes de ses deux poings serrés en marmonnant des propos incohérents.

« Je vous casserai pour cela, Danforth! jeta le capitaine Leicester d'un ton hargneux. Regagnez vos quartiers! »

Danforth finit par refouler ses larmes. Il se détendit et sourit avec indolence à son supérieur.

« Capitaine, murmura-t-il tendrement, vous a-t-on jamais dit que vous aviez de beaux grands yeux bleus? Écoutez, pourquoi est-ce qu'on ne... »

Et d'un air honnête, souriant, avec le plus grand sérieux, il fit une proposition obscène à Leicester qui suffoqua, devint cramoisi de fureur et reprit son souffle pour hurler après lui de nouveau. MacAran étreignit instamment le bras du Capitaine.

« Capitaine, ne faites rien que vous puissiez regretter. Ne pouvez-vous comprendre qu'il ne sait ni ce qu'il fait, ni ce qu'il dit? »

Mais Danforth se désintéressait déjà d'eux et s'éloignait d'un pas léger en donnant des coups de pied dans les cailloux. Autour d'eux, le foyer de la bagarre avait perdu de son élan initial. La moitié des combattants assis par terre chantonnaient doucement. Les autres s'étaient séparés par petits groupes de deux ou trois personnes. Certains se caressaient simplement, couchés sur l'herbe rude dans une attitude d'absolue concentration animale, avec une absence totale d'inhibition. D'autres avaient déjà commencé à donner libre cours à leurs désirs de façon plus directe et plus active, sans la moindre discrimination de sexe : homme et femme, femme et femme, homme et homme. Leicester contempla avec consternation cette orgie diurne, l'air effaré, et se mit à pleurer.

Une vague de dégoût s'empara soudain de MacAran, effaçant l'inquiétude et la compassion qu'il ressentait au début pour le Capitaine. Il fut au même instant violemment déchiré entre des émotions étourdissantes, confuses et contradictoires : une montée croissante de désirs luxurieux qui lui donnait l'envie de se laisser tomber sur le sol parmi les corps pressés les uns contre les autres et enlacés, une dernière bribe de scrupule à l'égard du Capitaine... *Il ne sait pas ce qu'il fait, encore moins que moi...* et des bouffées de nausées de plus en plus violentes. Soudain, il prit la fuite, en proie à une panique nauséeuse qui effaçait tout le reste. Il trébucha et quitta la scène en courant.

Derrière lui, une jeune fille aux longs cheveux roux, à peine sortie de l'enfance, s'approcha du Capitaine, l'invita à s'étendre, la tête posée sur ses genoux et le berça comme un bébé en fredonnant d'une voix douce une chanson en gaélique...

Ewen Ross assista à la première vague montante de déraison et en fut affecté... Cela le frappa d'une sorte de panique... En même temps, à l'intérieur de l'hôpital, un malade encore enveloppé d'un linceul de bandages, qui était dans le coma depuis des jours, se leva, arracha ses bandages, rouvrit ses blessures sous le regard fixe et horrifié d'Ewen et de l'infirmière et, en riant, perdit son sang et se laissa mourir. L'infirmière lança violemment une énorme bonbonne de savon vert sur le mourant. Ewen lutta alors désespérément pour contrôler les ondes de folie qui menaçaient de le submerger. *(Le sol était secoué par un tremblement de terre, un irrépressible vertige se propageait par ondes dans ses entrailles et dans sa tête, provoquant des nausées, tandis que de folles couleurs tournoyaient devant ses yeux...)* Il bondit sur l'infirmière et, après avoir lutté un instant, lui arracha le scalpel avec lequel elle se tailladait les poignets. Il résista à la tentation de ces bras de femme qui l'étreignaient... *(Jette-la sur le lit, maintenant, arrache-lui ses vêtements...)* et courut chercher le Dr Di Asturien. Il supplia ce dernier d'une voix haletante de terreur de mettre tous les poisons, tous les narcotiques et tous les instruments chirurgicaux sous clef. Après avoir enrôlé à la hâte Heather (celle-ci conservait, après tout, quelque souvenir de sa première expérience), ils réussirent à mettre le maximum de choses en sûreté et purent dissimuler la clef dans un endroit sûr avant que tout l'hôpital n'eût sombré dans la démence...

Au fin fond de la forêt, les rayons inhabituels du soleil émaillaient le gazon des forêts et les clairières de fleurs et emplissaient l'air d'un pollen qui descendait doucement des hauteurs, porté par le vent.

Des insectes s'affairaient de fleur en fleur, de feuille en feuille. Les oiseaux s'accouplaient, construisaient des nids de plumes chaudes. Leurs œufs étaient enchâssés dans des parois isolantes de boue et de paille, pour y éclore à l'abri et se nourrir des réserves de nectars et de résines jusqu'à la période de chaleur suivante. Graminées et céréales disséminaient leurs graines, que les prochaines neiges allaient fertiliser et humidifier jusqu'à la germination.

Dans les plaines, des bêtes qui ressemblaient à des cerfs se livraient à des ébats bruyants. Elles fuyaient à la débandade, se battaient et s'accouplaient, tandis que les brises chargées de pollen pénétraient de leurs singulières senteurs le tréfonds du cerveau. Et dans les arbres, sur les premiers contreforts, les petits humanoïdes sombraient dans le délire et s'aventuraient jusqu'au sol... Certains d'entre eux pour la seule fois de leur existence. Ils se régalaient avec les fruits subitement mûris et s'élançaient brusquement à travers les clairières, dédaignant, dans leur soudaine folie, les animaux qui rôdaient en quête d'une proie. Des générations et des millénaires de souvenirs dans leurs gènes et leurs cerveaux leur avaient enseigné qu'à cette époque, leurs ennemis naturels eux-mêmes étaient incapables de soutenir l'effort soutenu de la chasse.

La nuit s'abattit sur le monde des quatre lunes. Le soleil sombre déclina dans une étrange clarté crépusculaire et les rares étoiles apparurent. Les lunes s'élevèrent dans le ciel, l'une après l'autre : la grosse et brillante lune violette, les deux disques pâles, l'un vert, l'autre bleu, pareils à des joyaux, et la plus petite, comme une perle blanche. Dans la clairière où le grand vaisseau spatial, étranger à ce monde, gisait, énorme, insolite et menaçant, les hommes venus de la Terre respiraient la brise singulière et l'étrange pollen dont son souffle était porteur, tandis que de surprenantes impulsions se bousculaient et explosaient dans leur cerveau.

Le père Valentin et cinq ou six hommes d'équipage bizarres étaient vautrés dans un hallier, épuisés et assouvis.

A l'hôpital, des malades fiévreux gémissaient, sans soins, ou se ruaient comme des fous dans la clairière et la forêt, en quête d'ils ne savaient quoi. Un homme qui avait une jambe cassée parcourut plus d'un kilomètre en courant parmi les arbres, avant que sa jambe cédât sous lui. Il resta alors étendu, riant au clair de lune, tandis qu'une bête à l'allure de tigre, lui·léchait le visage et se couchait affectueusement près de lui.

Judith Lovat se reposait paisiblement dans son logement et balançait le grand joyau bleu au bout de la chaîne qu'elle portait autour du cou. Elle l'avait gardé tout ce temps-là, dissimulé sous ses vêtements. A présent, elle le sortait comme si les curieux motifs étoilés qu'il renfermait exerçaient une influence hypnotique sur elle. Des souvenirs tourbillonnaient dans son esprit, évoquant l'étrange folie souriante qui avait pesé sur elle, auparavant. Au bout d'un moment, obéissant à un appel invisible, elle se leva et se vêtit chaudement, s'appropriant tranquillement les vêtements les plus chauds de sa compagne de chambre. Celle-ci, une jeune fille du nom d'Éloïse, qui avait été officier des communications à bord de l'astronef, était présentement assise sous un arbre à longues feuilles et prêtait l'oreille aux sons extraordinaires que le vent produisait dans les feuilles, tout en fredonnant des airs sans paroles. Judy traversa posément la clairière, et pénétra résolument dans la forêt. Elle n'était pas sûre de l'endroit où elle allait, mais savait qu'on la guiderait le moment venu. Elle suivit donc la piste qui montait, sans jamais dévier, écoutant la musique portée par le vent.

Des paroles entendues sur une autre planète résonnaient confusément dans sa tête : « *...une femme appelait en pleurs, son amant démon...* »

(Non, pas un démon, pensa-t-elle, *mais un être trop brillant, trop étrange et trop beau pour être humain.)* Sans cesser de marcher, elle se surprit à sangloter au souvenir de la musique, des brises et des fleurs chatoyantes, des yeux étranges et rayonnants de l'être dont

elle se souvenait à demi et de cette peur angoissée qui s'était rapidement muée en ravissement, puis en une joie et en un sentiment d'intimité plus intenses que tout ce qu'elle avait jamais connu.

Y avait-il un point commun, alors, avec ces vieilles légendes terriennes qui parlaient d'un voyageur, errant, détourné de sa course par le peuple des fées, avec ce poète qui s'était écrié dans son ravissement :

J'ai rencontré une dame dans la forêt,
Une fille des fées.
Longs ses cheveux, léger son pied.
Et ses yeux étaient égarés.

Était-ce comme cela? Ou n'était-ce pas plutôt : « *Et les fils de Dieu posèrent leur regard sur les filles des hommes et virent qu'elles étaient belles*[1]. »

Judy avait suffisamment de discipline scientifique pour savoir que les comportements singuliers de cette période étaient quelque peu entachés de folie. Elle était certaine qu'une partie de ses souvenirs était embellie et modifiée par l'état de conscience insolite qui avait été le sien. Toutefois, l'expérience et l'analyse de la réalité n'étaient pas non plus des facteurs négligeables. S'il y avait une pointe de démence dans leur état, cette démence masquait quelque chose de réel. Aussi réel que ce contact mental tangible, à présent, qui disait : *Viens, on te guidera et on ne te fera aucun mal.*

Elle perçut un curieux bruissement dans les feuilles au-dessus de sa tête, s'arrêta et leva les yeux, en retenant sa respiration, pleine d'espérance. Si profonds étaient son espoir et son désir ardent de voir le singulier visage présent dans sa mémoire, qu'elle faillit pleurer lorsqu'elle aperçut seulement un des petits étrangers aux yeux rouges. Il l'épiait, timide et sauvage, à travers les feuilles.

1. Cf. Bible, Genèse VI, 1-2. *(N. d. T.)*

Puis il se laissa glisser en bas du tronc d'arbre et se tint devant elle, tremblant et néanmoins confiant, les mains tendues.

Elle ne parvenait pas tout à fait à lire ses pensées. Elle savait que le développement de ces êtres était bien inférieur au sien et que la barrière du langage était grande. Ils parvinrent toutefois à communiquer, tant bien que mal. Le petit être arboricole savait que Judy était celle qu'il cherchait et il en connaissait la raison. Judy, elle, savait qu'on avait envoyé à sa recherche ce petit être, porteur d'un message qu'elle était désespérément avide d'entendre. Elle aperçut d'autres visages étranges et craintifs dans les arbres. Un instant plus tard, dès qu'ils eurent conscience de sa bonne volonté, ils glissèrent jusqu'au sol et l'entourèrent. L'un d'eux coula une petite main froide dans la sienne. Un autre la couronna de feuilles et de fleurs éclatantes. Leur attitude était presque respectueuse lorsqu'ils l'entraînèrent. Elle les accompagna sans protester, sachant que ce n'était qu'un prologue à la véritable rencontre à laquelle elle aspirait.

Dans l'épave de l'astronef, une explosion gronda. Le sol trembla et un roulement d'échos se répercuta à travers la forêt, chassant les oiseaux effrayés des arbres. Ceux-ci s'envolèrent haut dans le ciel et formèrent un nuage qui obscurcit un instant le soleil. Mais personne n'entendit rien dans la clairière des Terriens...

Moray était couché de tout son long sur la terre meuble et labourée de l'espace cultivé, écoutant avec une connaissance profonde et intime la douceur de la croissance des plantes enfouies dans le sol. Il eut l'impression de pouvoir, en ces moments d'expansion de l'esprit, entendre grandir les herbes et les feuilles. Il lui semblait que certaines plantes terrestres étrangères à ce monde se lamentaient, pleuraient et succombaient, tandis que d'autres prospéraient dans cette terre nouvelle et se modifiaient. Leurs cellules internes subissaient une altération et une transformation, nécessaires à leur acclimatation et à leur survie. Il eût été incapable d'exprimer cela avec des paroles et l'homme pragmatique et matérialiste qu'il était n'admettrait jamais de façon rationnelle l'existence des perceptions extra-sensorielles. Cependant, les centres inutilisés de son cerveau étaient stimulés par la singulière folie du moment et Moray n'essayait ni de raisonner, ni de croire. Il se contentait de savoir et acceptait cette connaissance, sachant qu'elle serait toujours sienne.

Le père Valentin fut réveillé par le soleil qui se levait au-dessus de la clairière. Au début, ébloui, encore tout plein de l'étrange emprise, il se redressa et considéra d'un œil fixe, empli de stupeur, le soleil et les quatre lunes : verte, violette, blanc d'albâtre nacré et bleue. Grâce à un effet lumineux ou à une acuité curieusement accentuée de ses sens, il les distinguait assez clairement dans la clarté mauve foncé du soleil levant. Puis les souvenirs affluèrent et, à la vue des hommes d'équipage éparpillés autour de lui, toujours plongés dans un profond sommeil, épuisés, l'horreur le submergea. Une abomination totale de ce qu'il avait pu faire au cours de ces quelques heures de ténèbres et d'appétits bestiaux envahit son esprit trop troublé et trop excité pour être conscient de sa propre folie.

Un des hommes d'équipage avait un couteau passé dans la ceinture. Le petit prêtre s'en saisit brusquement, le visage ruisselant de larmes, et entreprit d'effacer tous les témoins de son péché, en marmonnant les prières des mourants, tandis qu'il regardait le sang couler à flots.

(C'était le vent), pensa MacAran. Heather avait raison. Cela venait du vent. C'était une substance quelconque, portée par le vent, poussière ou pollen, qui provoquait ce déchaînement de folie. Il en avait déjà été affecté. Cette fois, il avait vaguement compris ce qui se passait. Suffi-

samment, en tout cas, pour s'acharner à mettre sous clef les armes, les munitions et les produits toxiques de l'hôpital ou du labo de chimie, tout au long des phases initiales, ne subissant que des crises récurrentes de panique ou d'euphorie subites. Il savait qu'Heather et Ewen en faisaient autant à l'hôpital, dans une certaine mesure, limitée. Mais il n'en était pas moins glacé d'horreur à la pensée des événements de la journée et de la soirée précédentes. Lorsque la nuit tomba, comprenant sagement qu'un seul homme à demi sensé ne pourrait pas faire grand-chose contre deux cents hommes et femmes à l'esprit complètement dérangé, il s'était simplement caché dans les bois et s'était désespérément raccroché à la raison pour résister aux vagues de démence qui revenaient périodiquement le harceler. Maudite planète! Monde maudit, avec ces vents de folie qui se glissaient comme des fantômes du haut des montagnes, et cette démence dévastatrice qui affectait indifféremment hommes et bêtes. Un vent spectral de folie et de terreur, soufflant partout à la fois, envahissant!

(Le capitaine a raison. Nous devons partir d'ici. Personne ne peut y survivre, rien d'humain, nous sommes trop vulnérables...)

Une angoisse épouvantable l'étreignit au sujet de Camilla. Où était-elle allée, par cette folle nuit de viol, de meurtre, de terreur panique et incontrôlable, de combats sauvages et de destruction? Il l'avait déjà recherchée, mais en vain. Pourtant, conscient de ses sens aiguisés, il avait essayé d' « écouter » de cette surprenante façon qui lui avait permis de la trouver immanquablement, à travers la tempête de neige, sur la montagne! Mais la peur qui l'habitait agissait à la façon de parasites brouillant un récepteur sensible. Il pouvait sentir la présence de la jeune femme. Mais où? S'était-elle cachée, comme lui lorsqu'il avait pris conscience de l'inutilité de sa recherche et s'était contenté d'essayer d'échapper à la démence des autres? Avait-elle succombé à la concupiscence et à la folle euphorie sensuelle de certains autres? S'était-elle simplement trouvée mêlée à l'un des groupes qui se livraient à une débauche éperdue, indifférents à tout le reste? Cette pensée mettait MacAran au supplice, mais c'était l'hypothèse la plus rassurante. La seule qui fût supportable... Sinon, il aurait perdu presque tous ses moyens à la pensée qu'elle pouvait avoir rencontré un homme d'équipage saisi de folie meurtrière avant que les armes n'aient été mises sous clef, ou qu'elle ait pu s'enfoncer dans les bois dans un nouveau sursaut de panique et là, soit tombée sous les griffes ou sous les crocs d'un animal...

La tête bourdonnante, il traversa la clairière d'un pas chancelant. Dans un hallier, près de la rivière, il aperçut des corps inanimés... morts, blessés ou assouvis, il ne pouvait le dire. D'un bref coup d'œil, il s'assura que Camilla n'était pas là et poursuivit son chemin. Le sol semblait tanguer sous ses pas et il dut faire appel à toute sa concentration d'esprit pour ne pas s'enfuir comme un possédé parmi les arbres, en quête de... en quête de... Au prix d'un violent effort, il reprit conscience du but de sa recherche et, tenace, alla de l'avant.

Camilla n'était pas dans le Centre de Loisirs où les membres de la Commune des Hébrides, vautrés par terre, étaient plongés dans un sommeil exténué ou jouaient en sourdine de différents instruments de musique, l'air hébété. Elle n'était pas à l'hôpital. Mais les papiers éparpillés sur le sol, comme après un ouragan, lui indiquaient qu'une personne devenue folle furieuse s'était acharnée sur les dossiers médicaux... *(Penche-toi, ramasse une pleine poignée de petits morceaux de papier, laisse-les retomber à travers tes doigts comme de la neige. Laisse-les tournoyer, emportés dans le vent...)* MacAran ne sut jamais combien de temps il resta planté là, à écouter le vent et à regarder glisser les nuages, avant que la vague déferlante de folie ne refluât à nouveau, telle une vague de fond qui se retire du rivage en raclant le fond avec un bruit de succion.

Mais les nuages qui galopaient dans le ciel avaient masqué le soleil et un vent glacé soufflait lorsqu'il se ressaisit enfin et se lança, brusquement affolé, dans une recherche éperdue de Camilla dans les moindres recoins et la moindre clairière.

Il finit par pénétrer dans le dôme de l'ordinateur qui lui parut plus sombre. *(Qu'était-il arrivé aux lampes? L'explosion les avait-elle fait toutes sauter, et toutes les lignes amenant l'énergie de l'astronef?)* Au début, MacAran crut que l'endroit était désert. Mais ensuite, lorsque ses yeux se furent habitués à la pénombre, il distingua de vagues silhouettes au fond, dans le coin du bâtiment. Le capitaine Leicester et... oui... Camilla, agenouillée à côté de lui, qui lui tenait la main.

Sur le moment, il trouva tout normal de percevoir les pensées du Capitaine : *(Pourquoi ne t'ai-je jamais vue réellement, auparavant, Camilla?)* MacAran fut stupéfait et le peu de raison qui lui restait le rendit honteux du flot d'émotion primitive qui le submergea. Une rage gronda en lui et jeta : *(Cette femme est à moi!)*

Il avança sur eux, tous ses muscles tendus. Il sentit que sa gorge se gonflait, qu'il serrait les dents, les découvrait, ct que sa voix n'était plus qu'un grondement inarticulé. Le Capitaine se leva d'un bond et l'affronta, avec défi. MacAran de nouveau comprit, avec cette bizarre perception exacerbée, la méprise de Leicester :

(Un autre fou, je dois protéger Camilla contre lui. C'est un devoir dont je peux encore m'acquitter envers mon équipage...) et la pensée cohérente s'estompa dans une poussée de rage et de détermination. Cela exaspéra Rafe. Leicester se ramassa et bondit sur lui. Les deux hommes tombèrent et s'empoignèrent, avec des grognements sourds, en une lutte primitive. MacAran eut le dessus. Il eut la vision fugitive de Camilla qui se renversait paisiblement contre le mur, mais les yeux dilatés et ardents. Il comprit qu'elle était surexcitée par la vue des hommes en train de se battre et qu'elle accepterait... passivement et

indifférente... celui des deux, quel qu'il fût, qui serait vainqueur...

Puis un peu de bon sens revint à Rafe. Il s'arracha violemment aux griffes du Capitaine et se releva péniblement.

« Tout cela est inepte, monsieur, dit-il d'une voix basse et pressante. Si vous luttez, vous pouvez en sortir. Essayez de résister, essayez de rester lucide. »

Mais Leicester se dégagea en roulant sur lui-même et se releva avec un grondement rageur, l'écume aux lèvres, le regard trouble et parfaitement égaré. Il baissa la tête et se rua sur MacAran. Rafe, qui avait retrouvé son sang-froid, fit un pas en arrière.

« Je suis désolé, Capitaine », dit-il.

Un seul coup de poing bien ajusté atteignit l'homme pris de folie à la pointe du menton et l'étendit sur le sol, inanimé.

Rafe resta debout, le regard abaissé sur lui, et sentit sa fureur disparaître et s'écouler, telle une eau vive. Puis il alla vers Camilla et s'agenouilla à côté d'elle. Elle leva les yeux vers lui, souriante, et subitement, le contact s'établit à nouveau entre eux, d'une façon qui ne laissait plus place au doute.

« Pourquoi ne m'as-tu pas dit que tu étais enceinte, Camilla? demanda-t-il tendrement. Cela m'aurait tourmenté, mais cela m'aurait rendu heureux, aussi.

— *Je ne sais pas. Au début, j'ai eu peur, je ne pouvais pas l'accepter. Cela risquait de trop changer ma vie.*

— *Mais cela ne t'ennuie plus, maintenant?*

— Non, répondit-elle à haute voix. Pas en cet instant précis. Cela ne m'ennuie plus. Mais tout est si différent, à présent, je pourrais changer à nouveau d'avis.

— Alors, ce n'est pas une illusion, chuchota Rafe. On LIT vraiment dans les pensées des autres.

— Naturellement, dit-elle, sans se départir de son sourire serein. Tu ne le savais pas? »

Mais bien sûr, pensa MacAran. C'est pour cela que les vents apportent la folie.

L'homme primitif avait dû, sur la Terre, user des perceptions extra-sensorielles, de toute la gamme des facultés parapsychologiques, comme d'une réserve de pouvoirs pour survivre. Cela expliquait non seulement la foi tenace en ces pouvoirs, en dépit de la plus vague des preuves, mais cela expliquait également la survie de l'homme dans des cas où la simple raison eût été impuissante. L'homme primitif, fragile, n'aurait pu survivre avec sa vue plus faible que celle des oiseaux et son ouïe inférieure au dixième de celle du moindre chien ou du moindre carnivore, sans sa capacité de *savoir* où il pouvait trouver nourriture, eau et abri, et comment également, éviter ses ennemis naturels. Mais à mesure qu'il acquérait une civilisation et une technologie, ces pouvoirs inutilisés furent perdus. L'homme qui marche peu devient incapable de courir et de grimper. Les muscles sont là, cependant, et peuvent être développés, comme tout athlète, tout acrobate de cirque apprend à le faire. L'homme qui se repose sur des écrits perd l'aptitude des vieux bardes de mémoriser des épopées et des généalogies durant toute une journée. Mais tout au long des millénaires, les anciennes facultés de perception extra-sensorielle étaient restées endormies dans les gènes et les chromosomes de l'homme, dans son cerveau... et une substance chimique contenue dans ce vent étrange (pollen? poussière? virus?) les avait stimulées à nouveau.

Alors, c'était la folie. L'homme, habitué à n'utiliser que cinq de ses sens, était bombardé par de nouvelles informations, émises par ses autres sens inutilisés, et les fonctions de son cerveau primitif étaient également activées et portées à leur point culminant. Incapable d'y faire face, l'homme réagissait... certains par un manque d'inhibition absolu et terrifiant, d'autres par des transports extatiques, d'autres encore, par un refus total et aveugle d'affronter la vérité.

(Si nous devons survivre dans ce monde, il nous faudra alors apprendre à tenir compte de ces perceptions, à les affronter et à les utiliser, au lieu de les combattre.)

Camilla lui prit la main.

« Écoute, Rafe, dit-elle calmement, à voix haute. Le vent est en train de tomber. Il va pleuvoir bientôt, et ce sera fini... Nous risquons de changer... Je risque à nouveau de changer avec le vent, Rafe. Jouissons du plaisir d'être ensemble, maintenant, pendant que j'en suis capable. »

Il y avait une telle tristesse dans sa voix que le jeune homme fut, lui aussi, sur le point de pleurer. Mais il lui prit la main et ils sortirent tranquillement du dôme. Sur le seuil, Camilla hésita, dégagea doucement sa main de celle de Rafe et revint sur ses pas. Elle se pencha au-dessus du Capitaine, glissa tendrement son blouson roulé en boule sous sa tête, s'agenouilla un instant près de lui et l'embrassa sur la joue. Puis elle se leva, vint rejoindre Rafe et se cramponna à lui en retenant ses larmes, agitée d'un léger tremblement. Rafe l'entraîna hors du dôme.

Là-haut, sur les pentes montagneuses, des brouillards se formèrent et une bruine fine et douce se mit à tomber. Les petites créatures fourrées, aux yeux rouges, promenèrent autour d'elles des regards éperdus, comme au sortir d'un long rêve, et regagnèrent en débandade la sécurité de leurs chemins dans les arbres et de leurs abris en bois et en osier tressé. Les bêtes qui gambadaient dans les vallées mugirent doucement, de désarroi et de faim, interrompirent leurs ébats et leurs courses désordonnées et se mirent à brouter paisiblement le long des cours d'eau. Quant aux hommes venus de la Terre, comme s'ils émergeaient d'une centaine de longs cauchemars confus, ils s'éveillèrent en sentant la pluie sur leur visage, tandis que les effets du vent s'estompaient dans leur esprit. Ce fut pour découvrir que dans bien des cas le cauchemar, vécu de bout en bout, était atrocement réel...

Le capitaine Leicester reprit lentement conscience dans le dôme déserté, en entendant, au dehors, la pluie tomber à verse dans la clairière. Sa mâchoire était endolorie. Il réussit à se relever et se palpa le visage d'un air lugubre, luttant pour retrouver la mémoire et pour échapper aux pensées bizarres et confuses des trente-six dernières heures. Son visage, qu'il n'avait pas rasé, était hérissé d'une barbe de trois jours. Son uniforme était sale et chiffonné. Les souvenirs? Il secoua la tête, interdit. Elle le faisait souffrir et il pressa ses mains contre ses tempes parcourues d'élancements.

Des bribes de souvenirs tournoyaient dans son esprit, à demi réels comme un long rêve. Des coups de feu, une lutte confuse, le gracieux visage d'une jeune fille aux longs cheveux roux et le souvenir aigu et très net de son corps, nu et accueillant... Était-ce une réalité ou un caprice délirant de son imagination? Une explosion qui avait ébranlé la clairière... l'astronef? Il avait encore l'esprit trop embrumé de rêves et de cauchemars pour savoir ce qu'il avait fait, où il était allé par la suite. Il se rappelait cependant qu'il était revenu dans le dôme et avait trouvé Camilla, seule. *(Bien sûr, elle protégeait l'ordinateur, comme une mère poule son unique poussin.)* Puis le vague souvenir d'un long moment passé avec Camilla en lui tenant la main, tandis qu'une communion singulière et très profonde s'instaurait entre eux, intense et totale, douloureusement intime et cependant, exempte de toute sexualité. Cependant, le sexe avait existé, également... *(Mais n'était-ce pas plutôt une illusion, ce souvenir confus de la jeune fille rousse dont il ignorait le nom...)* Les chansons bizarres qu'elle avait fredonnées... et une autre vague de peur et d'instinct protecteur, une explosion dans son esprit, puis des ténèbres profondes et le sommeil.

La raison afflua de nouveau, en une lente montée, une récession du cauchemar. Qu'était-il arrivé à l'astronef, à l'équipage, aux autres, en ces heures de folie? Il l'ignorait. Il ferait bien de s'en rendre compte. Il se rappelait vaguement qu'on avait tiré sur quelqu'un avant d'avoir lui-même perdu la tête... Mais est-ce que cela ne faisait pas partie, également, de cette longue folie? Il appuya sur le bouton qui lui servait à convoquer les gardes du Service de Sécurité de l'astronef, mais il n'y eut aucune réponse. C'est alors qu'il se rendit compte que les lumières ne marchaient pas non plus. Quelqu'un avait donc accédé aux centrales d'énergie, sous l'empire de la folie. Quels dégâts avait-on encore commis? Il ferait mieux d'aller s'en assurer. Où donc était Camilla?

(A ce moment, la jeune femme se dégagea à contre-cœur des bras de MacAran et s'écarta.)

« Je dois aller voir quels dégâts ont été commis dans l'astronef, *querido*[1] dit-elle tendrement. Le Capitaine, aussi. N'oublie pas que je fais encore partie de l'équipage. Notre moment est terminé... du moins pour le présent. Nous allons tous avoir beaucoup à faire. Je dois le rejoindre... Oui, je sais, mais je l'aime aussi, pas de la même façon que toi, mais j'apprends actuellement beaucoup de choses sur l'amour, mon chéri. Il a peut-être été blessé. »

Elle traversa la clairière sous les rafales de pluie, à laquelle une neige lourde et détrempée commençait à se mêler. *(J'espère qu'on trouvera une espèce d'animaux à fourrure*, pensa-t-elle, *les vêtements conçus pour la Terre ne nous permettront pas d'affronter un hiver, ici.)* Elle agitait cette arrière-pensée tout à fait prosaïque quand elle pénétra dans le dôme obscur.

« Où étiez-vous, Lieutenant? lui demanda le capitaine d'une voix pâteuse. J'ai la sensation curieuse de vous devoir des excuses, mais je ne me souviens pas de grand-chose. »

Elle parcourut des yeux le dôme autour d'elle, procédant à une prompte estimation des dommages.

1. Chéri, en espagnol.

« C'est absurde de m'appeler Lieutenant, ici. Vous m'avez déjà appelée Camilla... avant même que nous ayons atterri sur cette planète.

– Où sont tous les autres, Camilla? Je suppose que c'est le même phénomène que celui qui vous a touchés dans les montagnes?

– Je suppose. J'imagine qu'avant peu on va être accablés par les répercussions de cette affaire, dit-elle, saisie d'un brusque frisson. J'ai très peur, Capitaine... » Elle s'interrompit soudain avec un drôle de petit sourire. « Je ne connais même pas votre prénom.

– C'est Harry », répondit Leicester d'un air distrait. Son regard était fixé sur l'ordinateur. Camilla s'en approcha en poussant brusquement une vive exclamation. Elle dénicha une des chandelles en résine qu'on distribuait pour l'éclairage, l'alluma et la leva pour examiner le pupitre de contrôle.

Des panneaux protégeaient les principales unités de mémoire contre la poussière, les détériorations, l'effacement ou une altération accidentels. Elle s'empara d'un outil et se mit à démonter les panneaux, avec une hâte fiévreuse. Le Capitaine s'approcha, saisi par sa précipitation et son air anxieux.

« Je vais vous éclairer », dit-il.

Lorsqu'il eut pris la chandelle, Camilla travailla plus vite.

« On a touché aux panneaux, capitaine, dit-elle, les dents serrées. Je n'aime pas cela... »

Le panneau de protection lui resta dans les mains. Elle écarquilla les yeux, tandis que son visage pâlissait lentement et que ses mains retombaient de chaque côté de son corps, dans une attitude horrifiée et atterrée.

« Vous savez ce qui est arrivé », dit-elle. Les mots se frayaient difficilement un passage dans sa gorge serrée. « C'est l'ordinateur. La moitié des programmes, au moins... Peut-être plus... ont été effacés. Supprimés. Et sans l'ordinateur...

– Sans l'ordinateur, dit lentement le capitaine Leicester, l'astronef n'est plus qu'un tas de ferraille et de débris de quelques milliers de tonnes. Nous sommes fichus, Camilla. Bloqués ici. »

Chapitre X

Tandis qu'une pluie battante tombait au dehors avec un bruit ouaté, Judy était étendue sur une sorte d'estrade recouverte d'un tissu moelleux, dans un abri fait d'osier tressé et de feuilles, dominant la forêt. Elle saisissait ce que le bel étranger essayait de lui dire, à la fois oralement et mentalement :

« La folie s'abat sur nous, également, et je suis profondément désolé de m'être immiscé de cette façon dans la vie de ton peuple. Il fut un temps... pas à présent... mais perdu dans notre histoire... où notre peuple voyageait comme le tien, entre les étoiles. Il est même possible que tous les hommes soient de la même race, si l'on remonte au commencement des temps, et que tes compagnons soient, eux aussi, nos petits frères, tout comme le petit peuple fourré des arbres. En vérité, cela paraît vraisemblable puisque toi et moi, nous nous sommes unis sous l'empire de cette folie dont les vents sont porteurs, et que maintenant, tu attends cet enfant. Non pas que je le regrette, entièrement... »

La main de Judy fut comme effleurée par une plume, rien de plus, mais elle eut le sentiment qu'elle n'avait jamais rien connu d'aussi tendre que les yeux de l'étranger. *« Maintenant que je n'ai plus de folie dans le sang, je ressens seulement une peine profonde pour toi, petite. Dans mon peuple, on ne souffrirait pas qu'une femme attende un enfant dans la solitude. Pourtant, tu dois retourner auprès des tiens, car nous ne pourrions pas prendre soin de toi. Tu ne pourrais même pas supporter le froid de nos résidences en plein été. En hiver, tu mourrais sûrement, mon enfant. »*

L'être tout entier de Judy n'était qu'un grand cri d'angoisse : *« Est-ce que je ne te reverrai jamais? »*

La réponse jaillit : *« Je ne peux communiquer clairement avec toi qu'au cours de ces périodes... Bien que ton esprit soit plus ouvert à mes pensées qu'auparavant, ceux de ton peuple sont, à d'autres moments, comme des portes à demi fermées. Il serait plus sage pour moi de te laisser partir maintenant et, pour toi, de ne jamais te reporter au temps de folie. Et pourtant...* Long silence, suivi d'un grand soupir... *Je ne peux pas, je ne peux pas, comment puis-je te laisser partir loin de moi sans jamais savoir... »*

L'étranger tendit la main, toucha le joyau suspendu par une chaîne fine autour du cou de Judy, et l'attira vers lui. *« Nous utilisons ces objets... parfois... pour l'éducation de nos enfants. A l'âge adulte, nous n'en avons plus besoin. C'est un gage d'amour que je t'ai offert. Un geste de folie, peut-être, imprudent peut-être. Mes aînés le jugeraient sûrement ainsi. Et pourtant, peut-être... si ton esprit s'ouvre suffisamment pour maîtriser le joyau... peut-être pourrai-je te joindre par moments et m'assurer que tout va bien pour toi et l'enfant. »*

Judy considéra l'espace d'un instant le joyau qui était bleu, tel un saphir étoilé, moucheté à l'intérieur de petits scintillements. Puis elle leva les yeux pour les poser à nouveau, avec chagrin, sur l'étranger. D'une taille supérieure à celle d'un mortel, avec de grands yeux gris pâle, presque argentés, une peau très claire, des traits délicats, de longs doigts fuselés et les pieds nus, malgré le froid mordant, il avait de longs cheveux presque blancs qui flottaient comme une soie d'une légèreté immatérielle, sur ses épaules. Il était étrange, bizarre et beau cependant, d'une beauté qui frappait la femme comme une souffrance. Avec une tendresse et une tristesse infinies, il lui tendit les bras et la pressa un bref instant contre son corps mince et délicat. Judy sentit qu'il s'agissait d'un geste rare, extraordinaire, d'une concession à son désespoir et à sa solitude. *« Bien sûr. Une race télépathe ne devrait guère avoir besoin de démonstrations affectives.*

« Et maintenant, tu dois partir, ma pauvre petite. Je vais te conduire jusqu'à l'orée de la forêt. De là, le Petit Peuple te guidera. Je redoute tes compagnons, ils sont si violents, si sauvages, et vos esprits... vos esprits sont fermés... »

Judy se mit debout, le regard levé vers l'étranger. Son propre chagrin de cette séparation était estompé par la peur et l'angoisse qu'elle percevait chez lui.

« Je comprends », murmura-t-elle distinctement.

Le visage altéré de l'étranger se détendit un peu.

« Est-ce que je te reverrai?

– Il y a tant de hasard, aussi bien heureux que malheureux, mon enfant. Le temps seul le dira. Je n'ose rien te promettre. » D'un geste tendre, il l'enveloppa du manteau doublé de fourrure dans lequel il l'avait emmitouflée auparavant. Elle inclina la tête, s'efforçant de retenir ses larmes. Ce fut seulement lorsqu'il eut disparu dans la forêt qu'elle éclata en sanglots et suivit en pleurant le petit être fourré qui vint l'aider à descendre les sentiers inconnus.

« La logique vous désigne comme suspect, jeta le capitaine Leicester avec dureté. Vous n'avez jamais fait mystère de votre volonté de rester sur cette planète. Le sabotage de l'ordinateur signifie que vous allez pouvoir suivre votre idée et que nous ne pourrons jamais quitter cette planète.

– Non, capitaine, vous vous trompez complètement. » Moray le regarda en face, sans sourciller. « J'ai toujours su que nous ne quitterions jamais cette planète. Il m'est effectivement venu à l'esprit pendant le... comment diable pourrions-nous appeler cela? Le délire collectif?

Oui, l'idée m'est venue pendant le délire collectif que ce serait peut-être une bonne chose si l'ordinateur ne pouvait plus fonctionner. Cela vous obligerait à cesser de prétendre que l'astronef était réparable...

— Je ne PRÉTENDAIS rien », rétorqua le capitaine, glacial.

Moray haussa les épaules.

« Les mots n'ont pas tellement d'importance. D'accord, cela vous obligerait à cesser de vous bercer d'espoir à ce sujet, et à vous atteler au problème sérieux de la survie. Mais je ne l'ai pas fait. Pour être honnête, j'en aurais été capable, si l'idée m'était venue. Mais je ne connais rien aux ordinateurs... Je ne saurais pas comment m'y prendre pour le détraquer. Je suppose que j'aurais *pu* le faire sauter... Je sais que j'ai entendu l'explosion... mais, précisément, quand je l'ai entendue, j'étais couché par terre dans le jardin et je... » — il se mit soudain à rire d'un air embarrassé — « ...je m'amusais comme un fou à discuter avec une pousse de chou ou quelque chose dans ce genre-là. »

Leicester le regarda en fronçant les sourcils.

« Personne n'a fait sauter l'ordinateur ou ne l'a même détraqué, dit-il. Les programmes ont simplement été effacés. N'importe qui, tant soit peu instruit, pouvait le faire.

— N'importe qui, ayant la moindre instruction, mais également familiarisé avec un astronef, peut-être, dit Moray. Capitaine, je ne sais pas comment vous en convaincre : je suis un écologiste, pas un technicien. Je ne suis même pas capable d'établir un programme d'ordinateur. Mais il n'est pas détraqué, à quoi bon faire tant d'histoires? Est-ce que vous ne pouvez pas — comment faut-il dire — le programmer? Est-ce que les bandes ou je ne sais quoi, sont si irremplaçables? »

Leicester fut subitement convaincu. Moray n'y comprenait vraiment rien.

« Sachez, pour votre gouverne, que l'ordinateur contenait à peu près la moitié de la somme des connaissances humaines en physique et en astronomie, répliqua-t-il sèchement. Même si mon équipage comptait une quarantaine de Membres du Collège Royal d'Astronomie d'Edimbourg, ceux-ci mettraient trente ans pour reprogrammer les seules données de navigation. Et cela ne tient même pas compte des programmes de médecine... Nous n'avons pas encore vérifié ces derniers... ni rien de la bibliothèque de l'astronef. Tout bien considéré, le sabotage de l'ordinateur constitue un acte de vandalisme humain pire encore que l'incendie de la Bibliothèque d'Alexandrie.

— Ma foi, tout ce que je peux dire, c'est que je ne l'ai pas fait et que j'ignore qui l'a fait, déclara Moray. Cherchez plutôt parmi les membres de votre équipage. Ils possèdent les notions techniques nécessaires. » Il eut un petit rire caustique et amusé. « Et une personne capable de conserver sa tête suffisamment longtemps. Est-ce que les " toubibs " ont une idée de ce qui nous a frappés? »

Leicester haussa les épaules.

« La meilleure hypothèse dont j'ai eu connaissance jusqu'à présent, c'est celle d'un pollen emporté dans l'atmosphère et contenant une violente substance hallucinogène. Celle-ci n'est pas encore identifiée et elle ne le sera probablement que lorsque tout rentrera dans l'ordre à l'hôpital. »

Moray hocha la tête. Il comprit que le capitaine le croyait, à présent. A vrai dire, la destruction de l'ordinateur ne l'emplissait pas d'une joie sans mélange. Tant que Leicester consacrait tous ses efforts à essayer d'effectuer les réparations du vaisseau spatial, il ne risquait guère d'entraver les initiatives de Moray pour assurer la survie de la colonie. Mais c'était désormais un capitaine sans vaisseau! Il était dans le cas de gêner sérieusement l'assaut qu'ils donnaient à ce monde inconnu. Pour la première fois, Moray comprit la vieille plaisanterie qui courait à propos de la Flotte Spatiale : « Impossible de mettre un capitaine d'astronef à la retraite. Il faut l'abattre. »

Cette pensée suscita de dangereuses frayeurs en lui. Moray n'était pas un violent, mais au cours des trente-six heures pendant lesquelles le vent bizarre avait soufflé, il avait découvert en lui-même des abîmes pénibles et insoupçonnés. *(Quelqu'un aura peut-être cette idée, la prochaine fois... D'où me vient cette certitude qu'il y aura une prochaine fois? Mais peut-être y songerai-je moi-même, je ne peux être sûr de rien, maintenant.)*

« Vous a-t-on déjà fait un rapport sur les dégâts? demanda-t-il, écartant cette pensée importune.

— Il y a dix-neuf morts... aucun rapport médical, mais quatre patients de l'hôpital au moins sont morts faute de soins, répondit brusquement Leicester. Deux suicides. Une jeune fille s'est coupée sur du verre brisé et est morte après s'être vidée de son sang. Mais il s'agit probablement d'un accident, plutôt que d'un suicide. Et... je suppose que vous avez entendu parler du père Valentin. »

Moray ferma les yeux.

— Je suis au courant des meurtres. Mais je ne connais pas tous les détails.

— Je doute qu'aucune personne vivante les connaisse, fit Leicester. Lui-même n'est pas plus renseigné et il n'en saura, probablement, pas davantage, à moins que Di Asturien, le médecin-chef, ne veuille pratiquer sur lui une narco-analyse ou une méthode de ce genre... Tout ce que je sais, c'est qu'il s'est trouvé mêlé, je ne sais comment, à une bande d'hommes d'équipage en pleine partie de débauche... en plein stupre... en bas, au bord de la rivière. La situation a pris une tournure passablement immonde. Quand la première vague de folie s'est un peu calmée, le père Valentin s'est rendu compte de ce qu'il avait fait. Alors, je crois savoir qu'il n'a pas pu affronter la vérité et qu'il s'est mis à égorger ses partenaires.

— J'en conclus qu'il fait partie des suicidés, alors? »

Leicester fit signe que non.

« Non. Je suppose qu'il a retrouvé la raison juste à temps pour comprendre que le suicide, aussi, était un péché mortel. C'est drôle. J'ai l'impression que je commence seulement à être blindé contre les horreurs sur votre merveilleuse et paradisiaque planète... La seule pensée qui me vienne à l'esprit, maintenant, c'est qu'il nous aurait épargné pas mal d'ennuis s'il avait été jusqu'au bout. Maintenant, il va falloir que je le juge pour meurtre et ensuite, que je décide si, oui ou non, la peine capitale doit être appliquée ou que j'arrache cette décision à tous les autres. »

Moray sourit tristement.

« A quoi bon vous tourmenter? Quel verdict pourriez-vous bien obtenir, hormis celui d'une " folie temporaire "?

— Mon Dieu, vous avez raison! » Leicester se passa la main sur le front.

« Sérieusement, Capitaine. Peut-être allons-nous être obligés d'affronter cette situation maintes et maintes fois. Du moins, jusqu'à ce que nous en connaissions la cause. Je vous suggère de désarmer immédiatement vos gardes de sécurité. Le premier signe annonciateur est apparu lorsque l'un d'eux a tiré d'abord sur une jeune fille, puis sur un de ses officiers. Je propose, si jamais nous avons une nouvelle nuit sans pluie, que toutes les armes meurtrières, couteaux de cuisine, instruments chirurgicaux et autres, soient mis en sécurité sous clef. Cela n'évitera probablement pas tous les désordres. On ne peut pas mettre sous clef les cailloux et toutes les bûches. A vous voir, d'ailleurs, il est évident que quelqu'un a oublié à qui il avait affaire et vous a balancé un swing. »

Leicester se frotta le menton.

« Me croiriez-vous si je vous disais que je me suis bagarré pour une femme, à mon âge? »

Pour la première fois, les deux hommes se sourirent d'un air amusé et commencèrent à éprouver une brève sympathie l'un pour l'autre. Puis cela s'estompa.

« Je vais y réfléchir, dit Leicester. Ce ne sera pas facile.

— Rien, ici, ne va être facile, Capitaine, fit Moray d'un air sinistre. Mais j'ai le sentiment que si l'on n'entre pas en campagne pour prôner une éthique de non-violence... Une morale capable de résister même à des crises comme cette folie collective... aucun de nous ne passera l'été. »

Chapitre XI

Le Vent avait épargné le jardin, songea MacAran. Un instinct profond de survie avait peut-être indiqué aux colons rendus fous qu'il constituait leur sauvegarde. Les réparations de l'hôpital étaient en cours et les équipes affectées au travail manuel récupéraient du matériel sur l'astronef. Moray avait fait clairement... et amèrement comprendre que pendant de nombreuses années, ce serait leur seul réserve de métal pour la fabrication des outils et autres ustensiles. Petit à petit, on « cannibalisait » l'intérieur du grand vaisseau spatial. On sortait les meubles des logements et des centres de loisirs et on les transformait à l'usage des dortoirs et des locaux communs. Des groupes d'employés de bureau inventoriaient les outils provenant des ateliers de réparation, des cuisines et même des cabines de commandement. MacAran savait que Camilla était occupée à contrôler l'ordinateur et qu'elle s'efforçait de découvrir quels étaient les programmes ayant échappé au sabotage. Tout était inventorié et rationné, jusqu'au plus petit ustensile ou au moindre article... stylos à bille et produits de beauté pour femmes dans les fournitures personnelles. Quand les produits d'une culture terrestre à orientation technologique viendraient à manquer, il n'y en aurait plus. Moray précisa que l'on prévoyait déjà des solutions de rechange pour obtenir une transition méthodique.

Rafe se dit que la clairière offrait un aspect curieusement disparate. Les petits dômes construits en plastique et en fibre, que la tempête avait endommagés, avaient été réparés avec des essences de bois locales, plus résistantes. Les piles hétéroclites de machines complexes étaient entretenues et gardées par des hommes d'équipage sous la direction de l'ingénieur en chef Patrick. Quant aux membres de la Commune des Hébrides, ils travaillaient... de leur propre choix, croyait savoir MacAran... dans le jardin et les bois.

Il tenait deux morceaux de papier à la main... la vieille habitude d'afficher des notes tenait encore bon. Il se figurait qu'un jour ou l'autre, la diminution progressive des réserves de papier rendrait cet usage caduc. Par quoi pourrait-on le remplacer? Par des systèmes de sonneries codés pour chaque personne, comme cela se pratiquait dans certains grands magasins quand on voulait attirer l'attention d'une personne particulière? Par des messages verbaux? Mais peut-être pourrait-on découvrir un moyen de fabriquer du papier à l'aide des matières premières locales, et perpétuerait-on l'habitude prise depuis des siècles de se fier à des notes écrites. Un des bouts de papier qu'il tenait lui enjoignait de passer à l'hôpital pour subir ce qu'on appelait un examen de routine. L'autre lui demandait de se présenter au bureau de Moray pour une analyse de travail et une affectation de poste.

A tout prendre, l'annonce que l'ordinateur était hors d'usage et qu'on était forcé d'abandonner l'astronef avait été accueillie sans soulever de véritable tollé. On avait entendu un ou deux hommes d'équipage marmonner que le responsable devrait être lynché, mais il n'y avait aucun moyen, pour le moment, de découvrir l'identité de celui qui avait effacé les bandes de navigation de l'ordinateur, et de celui qui avait fait sauter l'une des salles des moteurs intérieures à l'aide d'une bombe improvisée. Dans le deuxième cas, les soupçons se portèrent par « contumace » sur un membre d'équipage qui avait récemment demandé à être admis dans la Commune des Hébrides et dont on avait découvert le corps mutilé dans l'astronef, à proximité du lieu de l'explosion. Tout le monde fut bien content d'en rester là.

MacAran soupçonnait ce calme consécutif au choc de n'être que provisoire et se doutait que tôt ou tard, il y aurait de nouvelles tempêtes. Pour l'instant, cependant, tout le monde avait admis la nécessité urgente de s'unir pour réparer les dégâts et pour assurer la survie de tous en luttant contre la rigueur imprévisible de l'hiver inconnu. MacAran lui-même s'interrogeait à ce sujet, mais il était préparé à vivre dans une colonie, en tout cas. Il lui semblait, en son for intérieur, qu'il serait peut-être plus intéressant de coloniser une planète « sauvage » qu'un monde considérablement modifié et « terrestrisé » par le Corps Expéditionnaire terrien. Mais il n'était pas préparé pour autant à être coupé de tout contact avec la Terre... plus d'astronefs, plus de relations ou de communication avec le reste de la Galaxie, pour des générations, peut-être... et qui sait, pour toujours. Cela faisait mal. Il ne l'avait pas encore accepté. Il savait qu'il ne l'accepterait peut-être jamais.

Il pénétra dans le bâtiment où se trouvait le bureau de Moray, déchiffra l'écriteau sur la porte : NE FRAPPEZ PAS ENTREZ. Il entra donc et trouva Moray en conversation avec une jeune fille inconnue qui, à en juger par sa tenue, devait faire partie du groupe des Hébrides.

« Oui, oui, ma petite, je sais que tu désires être affectée à un travail de jardinage, mais ton dossier indique que tu as fait du dessin et de la céramique. On va avoir besoin de tes services dans ce domaine. Est-ce que tu te rends compte que dans chaque civilisation ou presque, c'est l'art de la poterie qui se développe en premier? De toute façon, n'ai-je pas lu un rapport disant que tu étais enceinte?

– Oui, la Cérémonie d'Annonciation pour moi a eu lieu hier. Mais chez nous, on travaille toujours jusqu'à l'accouchement. »

Moray eut un sourire crispé.

« Je suis ravi de voir que tu te sens assez bien pour continuer à travailler. Mais les femmes ne sont jamais autorisées à travailler manuellement, dans les colonies.

– L'article 4...

– L'article 4, l'interrompit Moray, le visage sévère, a été mis en vigueur pour la Terre et les conditions de vie terrestres. Tu dois prendre conscience des problèmes de la vie sur des planètes ayant une pesanteur, une lumière et une teneur en oxygène différentes des nôtres, Alanna. Cette planète est l'une de celles qui nous sont propices : l'oxygène y est élevé, la pesanteur légère et il n'y a pas d'anoxie ou de syndrome d'écrasement chez les bébés. Mais, même sur les meilleurs planètes, le CHANGEMENT suffit à lui seul et les statistiques sont menaçantes pour une population aussi faible que la nôtre. Pendant une période allant de cinq à dix ans, la moitié des femmes sont stériles, la moitié des femmes fécondes font des fausses couches et la moitié des nouveau-nés viables meurent dans le premier mois. Les femmes qui vivent dans les colonies doivent être dorlotées, Alanna. Sois raisonnable, sinon on te donnera des calmants et on t'hospitalisera. Si tu veux faire partie de celles qui auront la chance d'avoir un bébé vivant au lieu d'un mort-né gâché, coopère, et ce, dès maintenant. N'attends pas. »

Lorsqu'elle fut partie avec un papier pour l'hôpital, l'air hébété et bouleversé, MacAran prit sa place devant le bureau encombré de papiers. Moray leva la tête et le regarda en faisant une grimace.

« Je suppose que vous avez entendu. Que dites-vous de mon travail...? Cela vous dirait de flanquer la frousse à des jeunes femmes enceintes?

– Pas beaucoup. »

MacAran songeait à Camilla qui attendait un enfant, elle aussi. Elle n'était donc pas stérile. Mais il y avait une chance sur deux pour qu'elle fasse une fausse couche... et puis, cinquante pour cent de chances pour que son enfant meure. Sombres statistiques. Il sentit une angoisse horrifiée l'envahir. Avait-on porté ces faits à la connaissance de Camilla? Est-ce qu'elle savait? Faisait-elle preuve d'un esprit coopératif? Il l'ignorait. Elle était restée enfermée avec le Capitaine, à couver l'ordinateur, pendant la moitié des dix jours qui venaient de s'écouler.

« Quittez vos nuages, dit Moray en fronçant légèrement les sourcils. Vous faites partie des veinards, MacAran... Vos aptitudes techniques ont trouvé à s'employer.

– Hein?

– Vous êtes géologue et on a besoin de vous pour exercer justement le métier auquel on vous a préparé. Vous m'avez entendu dire à Alanna que l'une des premières industries dont nous ayons un besoin urgent, c'est la poterie. Pour la poterie, il faut de l'argile réfractaire ou un bon produit de remplacement. Il nous faut également une pierre à bâtir solide... On a besoin de béton ou d'un ciment quelconque... il nous faut de la pierre à chaux ou une matière possédant les mêmes propriétés. Il nous faut aussi des silicates pour le verre, différents minerais... En fait, ce qu'il nous faut, c'est une prospection géologique de cette partie de la planète... et ce, avant la venue de l'hiver. Vous n'êtes pas au premier rang dans l'ordre des priorités, Mac... mais vous êtes en deuxième ou troisième position. Pouvez-vous dresser un plan de recherche et d'analyse d'ici un ou deux jours et m'indiquer approximativement le nombre d'hommes dont vous aurez besoin pour le prélèvement et l'analyse des échantillons?

– Oui, ce sera assez facile. Mais je croyais que vous disiez qu'on ne pouvait pas se lancer dans une civilisation technologique...

– En effet, répondit Moray. Pas dans le sens où l'ingénieur en chef Patrick en parle. Pas d'industrie lourde. Pas de transports mécanisés. Mais il n'existe pas de civilisation qui ne soit technologique. Les hommes des cavernes, eux-mêmes, possédaient une technologie... Ils travaillaient le silex. N'avez-vous jamais vu un de leurs ateliers? L'homme se sert d'outils... c'est un technicien.

Je n'ai jamais eu l'intention de nous faire repartir à zéro comme des sauvages. Il s'agit de savoir quelles sont les industries qu'on va pouvoir développer. Pendant les trois ou quatre premières générations, en particulier.

— Vous formez des projets à si longue échéance?

— Il le faut.

— Vous avez dit que ma mission ne venait pas en premier dans l'ordre des priorités. Qu'est-ce qui vient en premier?

— La nourriture, dit Moray, réaliste. Là encore, nous avons de la chance. Le sol est cultivable, ici... même si, à mon avis, ce n'est que relatif et s'il nous faudra, par conséquent, utiliser des engrais et des composts... L'agriculture EST réellement possible. J'ai connu des planètes où la priorité accordée à la satisfaction des besoins alimentaires aurait pris tellement de temps que les artisanats les plus élémentaires auraient peut-être été différés pendant deux ou trois générations; la Terre ne les colonise pas, mais nous aurions pû échouer sur l'une d'elles. Peut-être même y a-t-il des animaux domesticables, ici. MacLeod s'en occupe en ce moment. Le numéro deux, dans l'ordre de priorité, ce sont les abris... et j'y pense, quand vous ferez cette inspection, tâchez de trouver quelques grottes sur les versants montagneux les plus bas. Elles seront peut-être plus chaudes que tout ce qu'on pourra construire, du moins pendant l'hiver. Après la nourriture et les abris viennent les métiers manuels simples, les commodités de l'existence : tissage, poterie, combustible et éclairage, vêtements, musique, outillage agricole, meubles. Vous voyez ce que je veux dire. Allez préparer votre expédition, MacAran, et je vous affecterai assez d'hommes pour la mener à bonne fin. » Il lui adressa un sourire sardonique. « Vous faites partie des veinards, je vous le répète. Ce matin, j'ai dû dire à un spécialiste des communications spatiales, qui n'avait absolument aucune autre aptitude, que son métier ne serait plus d'aucune utilité pendant au moins dix générations et lui donner le choix entre l'agriculture, la grosse menuiserie ou le travail à la forge! »

Lorsque Rafe quitta le bureau, ses pensées allèrent à nouveau, irrésistiblement, à Camilla. Était-ce là le sort qui lui était réservé? Non, certainement pas. N'importe quel groupe de gens civilisés devait avoir besoin d'une bibliothèque de documentation sur ordinateur! Mais est-ce que Moray, avec son inexorable ordre de priorité, serait de cet avis?

Il se dirigea vers l'hôpital sous le soleil de midi, et traversa les ombres mauve pâle. Le soleil était haut dans le ciel et rouge, comme un œil enflammé et injecté de sang. Au loin, une silhouette isolée suait sang et eau sur des pierres pour construire un mur bas. MacAran observa le père Valentin en train de faire sa pénitence solitaire. Il admettait, en principe, la théorie selon laquelle la colonie ne pouvait pas se passer du concours d'un seul homme. Il acceptait la possibilité offerte au père Valentin d'expier ses crimes en faisant œuvre utile, plutôt qu'en se laissant pendre par le cou jusqu'à ce que mort s'ensuive. Il se souvenait de la folie qui avait lourdement pesé sur lui *(comme il aurait pu, facilement, tuer le Capitaine dans sa fureur jalouse!)* et n'avait pas le cœur de fuir le prêtre. Il n'éprouvait pas non plus d'horreur à son égard. Le jugement du capitaine Leicester aurait fait honneur au roi Salomon. Le père Valentin avait reçu l'ordre d'enterrer les morts, ceux qu'il avait tués et les autres, de créer un cimetière et de l'entourer d'un petit mur pour le protéger contre les bêtes sauvages et la profanation. Il devait ensuite édifier un monument convenable pour la tombe commune de ceux qui avaient succombé dans l'atterrissage en catastrophe de l'astronef. MacAran n'était pas convaincu de l'utilité d'un cimetière, sauf peut-être, pour rappeler aux Terriens à quel point la mort côtoyait de près la vie et combien la folie était proche de la raison. Mais ce travail allait maintenir, jusqu'à ce que le souvenir de ses crimes se soit miséricordieusement estompé, le pasteur à l'écart des autres membres de l'équipage et des autres colons. Ceux-ci n'auraient peut-être pas su, en effet, aussi consciemment que Rafe, à quel point ils avaient été près de commettre les mêmes atrocités. Cela constituait en outre, un travail assez pénible et une pénitence suffisante pour satisfaire le besoin de châtiment de cet homme désespéré.

La vue de cette silhouette esseulée et courbée lui ôta, sans qu'il sût pourquoi, l'envie d'obéir à son autre convocation et de se rendre à l'hôpital. Il s'éloigna en direction des bois et passa à côté des jardins où les gens des Hébrides cultivaient de longues rangées de légumes verts. Alastair, à genoux, repiquait de petites pousses vertes qu'il prenait dans un tamis plat. Il rendit son salut à MacAran avec un sourire. *(Ils étaient heureux de ce dénouement, cette vie leur conviendrait parfaitement.)* Alastair dit un mot au jeune garçon qui tenait le tamis, se leva et bondit au-devant de Rafe.

« Le *padron*... Moray... m'a dit que vous alliez faire un travail géologique. Croyez-vous pouvoir trouver des matériaux pour faire du verre?

— Je n'en sais rien. Pourquoi?

— Avec un climat pareil, on a besoin de serres pour concentrer les rayons du soleil, fit Alastair. Quelque chose pour protéger les jeunes plantes contre les tourmentes de neige. Je fais ce que je peux avec des bâches de plastique, des réflecteurs de papier métallique et des ultra-violets, mais il s'agit d'un pis-aller provisoire. Voyez aussi les engrais naturels et les nitrates. Le sol n'est pas trop riche, ici.

— J'en prends note, promit MacAran. Vous étiez fermier sur la Terre?

— Seigneur, non! Mécanicien auto. Spécialiste des transports, fit Alastair avec une grimace. Le Capitaine parlait de m'affecter aux machines. Je vais passer des nuits, assis, à prier pour celui qui a bien pû faire sauter ce maudit astronef.

– Bon. Je vais tâcher de trouver vos silicates », dit MacAran en se demandant à quel degré de l'austère échelle de priorités établie par Moray, se situait la fabrication du verre... Et les instruments de musique?... Assez haut, selon lui. Les sauvages eux-mêmes avaient leur musique et Rafe n'arrivait pas à concevoir la vie sans instruments de musique. Ces gens venus d'une nation de chanteurs non plus, sans doute.

(Si l'hiver est aussi dur qu'on le prévoit, la musique pourrait justement nous aider à garder notre raison et je parie que Moray – tout salaud et roublard qu'il soit – a déjà prévu cela.)

Comme en réponse à ses pensées, une des jeunes filles qui travaillaient dans le champ entonna une chanson mélancolique et grave. Sa voix, profonde et voilée, ressemblait vaguement à celle de Camilla. Les paroles de la chanson résonnèrent, en questions et plaintes, c'était une ancienne et triste mélodie des Hébrides :

Ma Caristiona,
Vas-tu répondre à mon appel?
Pas de réponse, ce soir?
Oh Dieu! que j'ai de peine.
Ma Caristiona...

(Camilla, pourquoi ne viens-tu pas me trouver, pourquoi ne me réponds-tu pas? Vas-tu répondre à mon appel... Oh Dieu! que j'ai de peine...)

Mon cœur est profondément navré, navré,
Et mes yeux ruissellent de pleurs, de pleurs...
Ma Caristiona... Vas-tu répondre à mon appel?

(Je sais que tu n'es pas heureuse, Camilla, mais pourquoi, pourquoi ne viens-tu pas vers moi?)

Camilla pénétra lentement dans l'hôpital avec une expression de défi, serrant la convocation à l'examen médical. C'était une survivance réconfortante de la routine de l'astronef. Mais quand elle trouva devant elle le jeune Ewen Ross au lieu du visage familier du médecin-chef Di Asturien *(Au moins, il parle espagnol!)*, elle se renfrogna, irritée.

« Où est le médecin-chef? Vous n'êtes pas qualifié pour examiner le personnel navigant!

– Il est en train d'opérer l'homme qui a reçu une balle dans la rotule pendant que le Vent Fantôme soufflait. De toute façon, je suis chargé des examens de routine, Camilla. Qu'y a-t-il? Je t'assure que mes références sont merveilleuses. D'ailleurs, je croyais que nous étions amis... des compagnons d'infortune, victimes du premier des Vents! Ne porte pas atteinte à mon amour-propre! »

Elle éclata de rire malgré elle.

« Ewen, mauvais sujet, tu es impossible! Oui, je suppose qu'il s'agit d'une visite de routine. Le médecin-chef a annoncé l'échec de la contraception, il y a deux mois environ. Il semble que je fasse partie des victimes. Il s'agit seulement de m'inscrire pour un avortement. »

Ewen siffla doucement.

« Désolé, Camilla, dit-il gentiment. C'est impossible.

– Mais je suis ENCEINTE!

– Alors, mes félicitations ou je ne sais quoi. Peut-être auras-tu le premier nouveau-né de cette planète, à moins que l'une des filles de la Commune ne te devance! »

Elle l'écouta, maussade, sans comprendre tout à fait.

« Bon. Je suppose qu'il va falloir soumettre la question au médecin-chef, après tout, dit-elle, l'air buté. Tu ne comprends manifestement pas les règles du Service Spatial. »

Les yeux d'Ewen Ross exprimèrent une profonde pitié. Il ne comprenait que trop bien.

« Di Asturien te donnerait la même réponse, dit-il doucement. Tu sais sûrement que dans les colonies, on ne pratique l'avortement que pour sauver une vie ou pour empêcher la naissance d'enfants présentant d'énormes malformations. D'ailleurs, je ne suis même pas sûr qu'on soit en mesure de faire cela ici. Une forte natalité s'impose absolument pendant les trois premières générations, au moins... Tu sais certainement que les volontaires de sexe féminin ne sont même pas admises dans le Corps Expéditionnaire Terrien, si elles ne sont en âge d'avoir des enfants et n'acceptent par contrat d'en avoir.

— Même dans ce cas, je serais exemptée, jeta brusquement Camilla. Mais je ne me suis jamais engagée pour la colonie. Je faisais partie de l'équipage. De plus, tu sais aussi bien que moi que les femmes munies de diplômes d'études scientifiques avancées, sont exemptées... Sinon, jamais aucune femme poursuivant une carrière qui lui tient à cœur ne partirait dans les colonies! Je vais me battre, Ewen! Bon sang, je ne vais pas accepter une grossesse imposée! Aucune femme n'est FORCÉE d'avoir des enfants! »

Ewen sourit tristement à la jeune femme en colère.

« Assieds-toi, Camilla. Sois raisonnable. Tout d'abord, ma chérie, le fait même que tu aies un diplôme d'études supérieures te rend précieuse à nos yeux. Tes gènes nous sont bien plus nécessaires que tes compétences d'ingénieur. On n'aura aucun besoin de ce genre d'aptitudes pendant cinq ou six générations... et encore... Mais les gènes déterminant une intelligence élevée et des dons pour les mathématiques doivent être conservés dans le fonds génétique commun. On ne peut pas courir le risque de les laisser s'éteindre.

— Est-ce que tu essaies de me dire qu'on va vraiment me forcer à avoir des enfants? Comme une barbare, une matrice ambulante venue des planètes préhistoriques? » Le visage de Camilla était blême de fureur. « Voilà qui est tout à fait intolérable! Toutes les femmes de l'équipage vont se mettre en grève quand elles apprendront cela! »

Ewen haussa les épaules.

« J'en doute, dit-il. Premièrement, tu as mal interprété

la loi. Les femmes ne sont pas autorisées à s'engager pour les colonies si elles n'ont pas des gènes intacts, ne sont pas en âge d'avoir des enfants et ne signent pas un contrat comme quoi elles acceptent d'en avoir... Mais on admet parfois des femmes ayant passé l'âge si elles ont fait des études supérieures de sciences ou de médecine. Dans le cas contraire, la fin de vos années de fécondité signifie la fin de vos chances d'être admises dans une colonie... Et tu sais combien les listes d'attente sont longues? J'ai attendu quatre ans. Les parents d'Heather l'ont inscrite quand elle avait dix ans et elle en a vingt-trois. Avec les lois de Surpopulation sur la Terre, certaines femmes sont restées pendant douze ans sur les listes d'attente pour avoir un *deuxième* enfant.

– Je n'arrive pas à comprendre pourquoi elles s'en inquiéteraient, riposta Camilla, écœurée. Un seul enfant devrait suffire à n'importe quelle femme, si elle a quelque chose dans le crâne, à moins qu'il ne s'agisse d'une véritable névrosée, dépourvue du moindre sentiment d'indépendance et d'amour-propre.

– Camilla, intervint Ewen avec une grande douceur, c'est une réalité biologique. Dès le XXe siècle, on a procédé à des expériences sur les rats, les populations des ghettos et autres, et on a trouvé que l'un des premiers résultats d'un surpeuplement critique dans la société, était le déclin du sentiment maternel. C'est pathologique. L'homme est un animal rationnel. Alors, les sociologues ont appelé cela « la libération de la Femme » et je ne sais quoi encore. Mais cela se résumait à une réaction pathologique vis-à-vis de la surpopulation et de l'encombrement. Il fallait fournir un travail aux femmes qu'on n'autorisait pas à procréer, dans l'intérêt de leur équilibre mental. Mais cela se dissipe. Les femmes s'engagent à avoir au moins deux enfants lorsqu'elles vont dans les colonies. Mais la plupart d'entre elles, une fois sorties de la cohue terrestre, retrouvent leur équilibre mental et émotif et la moyenne familiale, dans les colonies, est de quatre enfants... Ce qui est à peu près normal, du point de vue psychologique. Lorsque le bébé va naître, tu auras probablement aussi des hormones normales et tu feras une bonne mère. Sinon, eh bien! l'enfant héritera au moins de tes gènes et on le donnera à une femme stérile qui l'élèvera à ta place. Fais-moi confiance, Camilla.

— Est-ce que tu essaies de me dire que je suis réellement OBLIGÉE d'avoir ce bébé?

— Sûrement que oui, diable! répondit Ewen dont la voix se durcit soudain. Et d'autres aussi, à condition que tu puisses les porter à terme. Il y a une chance sur deux pour que tu fasses une fausse couche. » Calmement mais fermement, il rappela les statistiques que Moray avait révélées à MacAran, un peu plus tôt, le même jour. « Avec de la chance, Camilla, nous disposons actuellement de cinquante-neuf femmes fécondes. Même si elles tombaient toutes enceintes cette année, nous aurions de la veine d'avoir douze bébés vivants... et le niveau de population viable si l'on veut que cette colonie survive, exige que l'on porte notre effectif à quatre cents avant que les femmes les plus âgées commencent à perdre leur fécondité. On va frôler le désastre et j'ai l'impression que la femme qui refusera d'avoir autant d'enfants qu'elle en est physiquement capable, va connaître une sacrée impopularité! L'Ennemi public Numéro Un, à côté, ne ferait pas le poids. »

Le ton d'Ewen était brutal, mais avec la perception accrue qui ne l'avait pas quitté depuis que les bourrasques du premier des Vents avaient ouvert largement son esprit aux émotions des autres, il conçut nettement les visions odieuses qui tournoyaient dans l'esprit de Camilla :

« *Pas une personne, rien qu'une chose, une matrice ambulante, une chose utilisée pour la reproduction... Perdue, mon âme... Inutiles, mes compétences... Rien qu'une jument poulinière...*

— Ce ne sera pas aussi terrible que ça, intervint-il avec une profonde compassion. Tu auras beaucoup à faire.

Mais c'est comme ça que les choses devront être, Camilla. Je suis certain que c'est pire pour toi que pour certaines autres, mais c'est la même chose pour toutes les femmes. Notre survie en dépend. »

Il détourna son regard, incapable d'affronter l'angoisse violente de la jeune femme.

« Il vaudrait peut-être mieux ne pas survivre, dans de telles conditions », jeta-t-elle, tandis que ses lèvres pincées ne formaient plus qu'une ligne dure.

« Je ne discuterai pas cette question avec toi, tant que tu ne te sentiras pas mieux, dit tranquillement Ewen. Ce serait une perte de temps. Je vais prévoir une visite prénatale pour toi avec Margaret...

— PAS QUESTION ! »

Ewen se leva vivement. Il fit un signe à l'infirmière qui se trouvait derrière Camilla, saisit d'une main de fer le poignet de la jeune femme et l'immobilisa. L'aiguille s'enfonça dans le bras de Camilla, qui considéra Ewen avec fureur et méfiance, tandis que ses yeux devenaient déjà légèrement vitreux.

« Qu'est-ce...

— Un calmant inoffensif. Nous n'en avons pas beaucoup, mais on peut en prélever assez pour t'apaiser », dit, toujours calme, Ewen. « Qui est le père, Camilla? MacAran?

— Cela ne te regarde pas! lui cracha-t-elle au visage.

— Soit. Mais il faudrait que je le sache pour les registres génétiques. C'est le capitaine Leicester?

— Non, MacAran », dit-elle envahie d'une colère sourde et subite.

Tout à coup, avec une douleur profonde et dévorante, elle se rappela... *(comme ils avaient été heureux quand les Vents soufflaient...)*

Ewen abaissa les yeux sur la silhouette inanimée avec un profond regret.

« Tâchez de trouver Rafaël MacAran, dit-il. Veillez à ce qu'il soit avec Camilla quand elle reprendra ses esprits. Peut-être pourra-t-il lui faire entendre raison.

— Comment peut-elle être aussi égoïste? demanda l'infirmière, horrifiée.

— Elle a été élevée sur un satellite spatial, expliqua Ewen et dans la colonie Alpha. Elle est entrée dans le Service Spatial à quinze ans et toute sa vie, on lui a lavé le cerveau pour qu'elle considère que la gestation n'avait rien qui pût l'intéresser. Elle apprendra. Ce n'est qu'une question de temps. »

Mais il se demanda en secret combien de femmes, au sein de l'équipage, éprouvaient les mêmes sentiments. La stérilité pouvait également être déterminée par des facteurs psychologiques... Et combien de temps leur faudrait-il pour surmonter cette peur et cette répulsion conditionnées?

Pourrait-on même y arriver à temps pour que leur groupe atteigne un chiffre viable sur ce monde âpre, brutal et inhospitalier?

Chapitre XII

MacAran s'assit au chevet de Camilla endormie et repassa mentalement l'entrevue qu'il venait d'avoir à l'hôpital avec Ewen Ross. Après lui avoir expliqué le problème de Camilla, Ewen ne lui avait posé qu'une seule question :

« Te souviens-tu avoir eu des rapports sexuels avec quelqu'un d'autre, pendant que le Vent soufflait? Ce n'est pas pour satisfaire une curiosité gratuite, crois-moi. Il y a des femmes et des hommes qui sont tout bonnement incapables de s'en souvenir ou qui m'ont nommé au moins cinq ou six partenaires. En additionnant tout ce que chacun se rappelle vraiment, on peut éliminer certaines personnes. Je veux parler des archives génétiques, par la suite. Par exemple, si une femme nomme trois hommes pouvant être responsables de sa grossesse, il nous suffit d'analyser le sang de ces trois hommes pour établir... enfin, d'une façon assez approximative... qui est le véritable père.

— Il n'y a eu que Camilla », dit MacAran.

Ewen lui avait adressé un sourire narquois.

« Au moins, tu as de la suite dans les idées. J'espère que tu pourras persuader cette jeune fille de se montrer un peu raisonnable.

— J'ignore pourquoi, mais je n'arrive pas à imaginer Camilla dans le rôle d'une mère », dit lentement Rafe, avec le sentiment d'être déloyal.

Ewen haussa les épaules.

« Quelle importance? Nous allons avoir des tas de

femmes qui voudront des enfants et ne pourront pas en avoir, parce qu'elles feront des fausses couches pendant leur grossesse ou perdront le bébé à la naissance. Si Camilla ne veut pas de l'enfant quand il sera né, ce ne seront certainement pas les mères adoptives qui nous manqueront! »

Cette pensée provoqua alors un lent ressentiment chez MacAran tandis qu'il restait assis à observer la jeune femme endormie. L'amour qui existait entre eux, même dans le meilleur des cas, était né d'une hostilité et constituait un mélange chaotique de ressentiment et de désir. Et à présent, incontrôlée, sa colère éclatait. *(Sale gamine gâtée*, pensa-t-il, *toute sa vie, elle n'a toujours fait qu'à sa volonté. Et maintenant qu'elle se voit pour la première fois menacée de devoir céder — peut-être — à une considération autre que sa convenance personnelle, elle en fait toute une histoire! Que le diable l'emporte!)*

Comme si la violence de ses pensées irritées avait pénétré les limbes de plus en plus légers provoqués par le narcotique, les yeux bleus de Camilla, frangés d'épais cils noirs, s'ouvrirent tout grands. Elle considéra, momentanément désorientée, les parois translucides du dôme de l'hôpital autour d'elle, puis MacAran assis au chevet de son lit d'hôpital.

« Rafe? »

Une expression de souffrance passa brièvement sur son visage. *(Au moins, elle ne m'appelle plus MacAran)*, pensa ce dernier.

« Je suis désolé que tu ne te sentes pas bien, ma chérie, lui dit-il le plus tendrement qu'il put. On m'a demandé de venir te tenir compagnie un moment. »

Le visage de Camilla se durcit à mesure que la mémoire lui revenait. Rafe pouvait percevoir la colère et la détresse qui l'habitaient. Cela provoqua en lui une sorte de douleur qui coupa net sa propre rancune, à la façon d'un commutateur.

« Je suis réellement désolé, Camilla. Je sais que tu ne

désirais pas ce qui arrive. Déteste-moi s'il faut que tu détestes quelqu'un. C'est ma faute. Je n'ai pas agi de façon très responsable, je sais. »

Sa douceur et la complaisance avec laquelle il acceptait de supporter tout le blâme désarmèrent Camilla.

« Non, Rafe, répondit-elle en se forçant. C'est injuste pour toi. Quand cela s'est produit, j'en avais envie autant que toi. Alors, cela ne rime à rien de t'accuser. Le problème, c'est qu'on a tous perdu l'habitude de rattacher la grossesse et le sexe, et qu'on a tous un comportement civilisé à ce sujet, maintenant. En outre, aucun de nous ne pouvait, bien entendu, être tenu de savoir que les contraceptifs ordinaires n'étaient plus efficaces. »

Rafe tendit la main pour effleurer celle de Camilla.

« Bah! on partagera la faute, alors. Mais ne peux-tu essayer de te rappeler les sentiments que nous avons éprouvés à ce sujet, pendant que le Vent soufflait? Nous étions si heureux, alors...

— J'avais perdu la raison, à ce moment-là. Et toi aussi. »

L'amertume profonde qui transparaissait dans la voix de la jeune femme fit tressaillir Rafe. Il se sentit peiné, non seulement pour lui, mais aussi pour elle. Camilla essaya de dégager sa main, mais il retint ses doigts fuselés.

« J'ai toute ma raison, à présent... du moins, je le pense... et je t'aime toujours, Camilla. Les mots me manquent pour te dire à quel point je t'aime.

— Tu devrais plutôt me haïr.

— Je ne pourrais pas te haïr. Le fait que tu ne veuilles pas de cet enfant me rend malheureux, ajouta-t-il. Si nous étions sur la Terre, j'admettrais probablement que tu aies le droit de choisir... de ne pas le porter, si tu n'en avais pas envie. Mais je n'en serais pas heureux non plus, et tu ne peux pas me demander de regretter que cet enfant ait une chance de vivre.

— Alors, ça te fait plaisir de me voir prise au piège et obligée de le mettre au monde? lui lança-t-elle, furieuse.

— Comment pourrais-je me réjouir d'un fait, quel qu'il

soit, te plongeant dans une telle détresse? demanda MacAran, au désespoir. Crois-tu que j'éprouve le moindre contentement à te voir malheureuse? Cela me déchire, cela me tue! Mais tu es enceinte, tu es malade et si cela te soulage le moins du monde d'entendre ce genre de choses... je t'aime. Que puis-je y faire, si ce n'est écouter et souhaiter pouvoir dire quelque chose d'utile? J'aimerais seulement te voir plus heureuse à ce sujet et ne pas être moi-même si totalement impuissant. »

Camilla pouvait sentir le désarroi et la détresse de Rafe comme s'ils étaient siens. En découvrant la persistance d'un effet qu'elle n'avait associé qu'à la période des Vents, elle fut bouleversée. Cela mit fin à sa colère et elle cessa de s'apitoyer sur elle-même. Lentement, elle se redressa dans le lit et tendit la main pour prendre celle de Rafe.

« Ce n'est pas ta faute, Rafe, dit-elle doucement. Et si mon attitude te fait tellement de peine, je vais essayer de me faire une raison. Je ne peux pas faire semblant d'avoir envie d'un enfant, mais si je dois en avoir un – et il semble que ce soit le cas – je préfère que ce soit le tien, plutôt que celui de quelqu'un d'autre. » Elle esquissa un sourire et ajouta : « Je suppose, vu la façon dont cela s'est passé à ce moment-là... que cela aurait pu être n'importe qui, mais je suis heureuse que cela ait été toi. »

Rafe MacAran se sentit incapable de parler... Puis il se rendit compte que ce n'était pas nécessaire. Il se pencha et lui embrassa la main.

« Je ferai tout mon possible pour t'aider à le supporter, promit-il. Je voudrais seulement pouvoir faire davantage. »

Moray en avait terminé avec les affectations de postes pour la plupart des colons et des membres de l'équipage, quand l'ingénieur en chef Laurence Patrick se retro va, avec le capitaine Leicester, en train de consulter le Représentant de la Colonie.

« Vous savez, Moray, dit Patrick. Bien avant de devenir expert en moteurs M-AM, j'étais un spécialiste des petits véhicules motorisés tous terrains. On a récupéré suffisamment de métal dans l'astronef pour créer plusieurs de ces véhicules. Ils pourraient être équipés de petits blocs moteurs transformés. Cela vous apporterait une aide considérable pour la recherche et l'exploitation des ressources de la planète. Je suis disposé à m'occuper de la construction. Dans combien de temps puis-je m'y mettre?

— Désolé, Patrick, dit Moray. Cela ne se fera pas de votre vivant ou du mien.

— Je ne comprends pas. Est-ce que cela ne vous serait pas très utile pour la prospection et l'utilisation maximale des ressources? Est-ce que vous ESSAYEZ de créer un environnement aussi sauvage et aussi barbare que vous pouvez? demanda Patrick avec colère. Le Corps Expéditionnaire terrien n'est-il, Dieu tout-puissant, rien de plus qu'un nid d'anti-technocrates et de partisans du retour à la nature? »

Moray secoua la tête, imperturbable.

« Pas du tout, dit-il. La première mission colonisatrice qui m'a été confiée se situait sur une planète où j'ai créé une civilisation hautement industrialisée, fondée sur une utilisation maximale de l'énergie électrique, et j'en suis extrêmement fier... En fait, j'ai l'intention... j'avais devrais-je plutôt dire... vu la catastrophe qui nous a tous frappés, de retourner là-bas à la fin de mes jours pour prendre ma retraite. Ma mission dans la colonie Coronis prévoyait la mise au point de cultures technologiques. Mais vu la tournure des choses...

— C'est encore possible, dit le capitaine Leicester. Nous pouvons transmettre notre héritage technologique à nos enfants et à nos petits-enfants, Moray. Et un jour, même si nous sommes coincés ici nous-mêmes pour la vie, nos descendants retourneront sur la Terre. Connaissez-vous votre histoire, Moray? Entre l'invention du bateau à vapeur et le jour où l'homme a débarqué sur la Lune, il s'est écoulé moins de deux cents ans. Et il y a eu moins de cent ans entre cette date et les moteurs M-AM qui nous ont menés sur Alpha du Centaure. Peut-être allons-nous tous mourir sur ce rocher abandonné de Dieu. C'est probablement ce qui va se produire. Mais si nous pouvons conserver intacte notre technologie, suffisamment en tout cas pour ramener nos enfants dans le grand courant de la civilisation humaine, nous ne mourrons pas pour rien. »

Moray le considéra avec une profonde pitié.

« Est-il possible que vous n'ayez pas encore compris? Laissez-moi vous expliquer clairement la situation, capitaine. Vous aussi, Patrick. Cette planète NE PEUT permettre la moindre technologie avancée. Au lieu d'un noyau nickel-fer, les principaux métaux qu'on y trouve sont mauvais conducteurs et ont une faible densité. Cela explique pourquoi la pesanteur est si faible. La roche, autant qu'on puisse juger sans disposer du matériel complexe nécessaire que nous ne pouvons pas fabriquer non plus, contient beaucoup de silicates, mais a une faible teneur en minerais métallifères. Les métaux seront toujours rares, ici... terriblement rares. La planète dont je vous ai parlé, sur laquelle on faisait un usage massif d'énergie électrique possédait de gigantesques dépôts de combustibles fossiles et une énorme quantité de rivières de montagne à convertir en énergie... Et aussi un système écologique très résistant. Cette planète-ci ne semble convenir à une économie rurale que de façon marginale. Dans cette région, du moins. Sa couverture forestière, seule, la protège contre une érosion massive. Aussi devons-nous exploiter le bois avec la plus extrême prudence et préserver les forêts, car elles constituent une sauvegarde. En outre, nous ne pouvons absolument pas nous passer de main-d'œuvre pour la construction de vos véhicules, leur entretien et leurs réparations, pas plus que pour la construction des petites routes qu'elles exigeraient. Je peux vous communiquer les faits et les chiffres exacts, si vous le voulez. Pour être brefs, disons cependant que, si vous exigez une technologie mécanisée, c'est une condamnation à mort que vous prononcez... sinon pour nous tous, du moins pour nos petits-enfants. On s'en sortirait peut-être pendant trois générations. En effet, avec une population aussi réduite que la nôtre, on pourrait aller s'installer dans un nouvel endroit de la planète, une fois qu'on aurait épuisé cette région. Mais ce serait fini.

— Cela vaut-il la peine de survivre ou même d'avoir des petits-enfants, s'ils doivent mener ce genre d'existence? » jeta Patrick avec une profonde amertume.

Moray haussa les épaules.

« Je ne peux pas vous forcer à avoir des petits-enfants, dit-il. Mais j'ai une responsabilité envers ceux qui sont déjà en passe de naître. Je connais, d'ailleurs, des colonies sans technologie avancée pour lesquelles la liste d'attente est aussi longue que pour celles où l'on a prévu une utilisation massive de l'électricité. Notre sauvegarde... ce n'est pas vous, je suis désolé de le dire. Vous n'êtes — je vous le dis tout net — que des poids morts. Les gens dont nous avons besoin sur ce monde-ci, ce sont ceux qui font partie de la Commune des Hébrides... et j'ai idée que si nous parvenons à survivre, ce sera grâce à eux.

— Bon, dit le capitaine Leicester. Voilà qui nous remet à notre place, je suppose. » Il réfléchit pendant une minute. « Qu'est-ce qui nous attend, alors, Moray? »

Moray consulta les archives.

« Je note sur votre fiche personnelle qu'à l'École d'Astronautique votre passe-temps favori était la fabrication d'instruments de musique, Patrick. Cela ne vient pas en tête des besoins urgents, mais cet hiver, nous pourrons avoir recours à beaucoup de gens qui y connaissent quelque chose. D'ici là, savez-vous quoi que ce soit du soufflage du verre, des soins médicaux, de la diététique ou de l'enseignement élémentaire? »

La réponse de Patrick surprit Moray:

« Je suis entré dans le Service Spatial comme deuxième

classe au Service de Santé, avant de suivre l'école des officiers.

— Allez parler à Di Asturien, à l'hôpital, alors. Pour le moment, je vais vous inscrire comme aide-infirmier, soumis comme tous les hommes valides, aux corvées du programme de construction. Un ingénieur devrait pouvoir prendre en main des études architecturales et des plans. Quant à vous, capitaine...

— C'est inepte de m'appeler capitaine! jeta Leicester avec irritation. Capitaine de quoi, pour l'amour de Dieu, mon ami!

— Harry, alors, concéda Moray avec un petit sourire forcé. J'ai l'impression que les titres, etc., vont disparaître tout tranquillement, d'ici deux ou trois ans. Mais je ne veux pas en priver qui que ce soit, si la personne y tient.

— Eh bien, considérez que j'ai renoncé au mien, fit Leicester. Vous allez m'affecter au binage dans le jardin? Dès l'instant où je cesse d'être un capitaine d'astronef, je ne suis plus bon à rien.

— Non, dit carrément Moray. Je vais avoir besoin de ce qui a fait de vous un capitaine... Le don du commandement, peut-être.

— Imposer une loi contre la conservation du savoir-faire technologique que nous possédons? En le programmant dans l'ordinateur, par exemple, pour nos hypothétiques petits-enfants?

— Pas si hypothétiques que ça en ce qui vous concerne, dit Moray. Fiona MacMorair... se trouve à l'hôpital pour " possibilité de début de grossesse "... Elle vous a désigné comme étant vraisemblablement le père.

— Qui diable — pardonnez l'expression —, qui, sur ce monde voué aux tourments de l'enfer, est cette Fiona Machinchose? » Leicester fronça les sourcils. « Je n'ai jamais entendu parler de cette satanée donzelle. »

Moray se mit à rire sous cape.

« Quelle importance? Il se trouve que j'ai, pour ma part, passé la majeure partie du temps où le Vent a soufflé à conter fleurette à des germes de chou et à de jeunes pousses de haricots. A les écouter me raconter leurs ennuis, du moins. Mais la plupart d'entre nous ont passé le temps d'une façon... un peu moins sérieuse, dirons-nous. Le Dr Di Asturien va vous demander les noms de toutes les femmes avec lesquelles vous avez pu avoir des rapports.

— Je ne me souviens que d'une seule. J'ai dû me battre pour elle et je l'ai perdue », dit Leicester. Il frotta la contusion qu'il avait au menton et qui s'estompait. « Oh! attendez... s'agit-il d'une jeune fille rousse qui fait partie de la Commune?

— Je ne la connais pas de vue, dit Moray. Mais les trois quarts des gens des Hébrides, à peu près, sont roux. Ce sont, pour la plupart des Écossais et il y a quelques Irlandais. Je dirais qu'il y a beaucoup de chances pour que d'ici neuf ou dix mois, vous ayez un fils ou une fille aux cheveux roux, à moins que la jeune femme ne fasse une fausse couche. Alors, vous voyez, Leicester, vous avez quelque chose en jeu dans ce monde-ci. »

Leicester rougit lentement sous l'effet de la colère. « Je n'ai pas envie que mes descendants vivent dans des cavernes et grattent le sol pour gagner leur vie. Je veux qu'ils sachent de quel monde nous sommes venus. »

Moray ne répondit pas pendant un moment. Il finit par se décider.

« Je vous le demande sérieusement... Ne répondez pas, je ne suis pas votre directeur de conscience, mais pensez-y... Ne serait-il pas préférable de laisser vos descendants développer une technologie propre à cette planète? Plutôt que de leur infliger le supplice de Tantale en leur transmettant la connaissance d'une technologie susceptible de détruire ce monde?

— J'espère que mes descendants auront du bon sens, répondit Leicester.

— Allez-y, alors, et programmez ces connaissances dans l'ordinateur, si vous le désirez, fit Moray avec un léger haussement d'épaules. Peut-être auront-ils trop de bon sens pour s'en servir. »

Leicester tourna le dos et se prépara à sortir.

« Puis-je retrouver mon assistante? Ou Camilla Del Rey a-t-elle été désignée pour une fonction *importante*, telle que la cuisine ou la confection de rideaux pour l'hôpital? »

Moray secoua la tête.

« Vous pourrez la reprendre quand elle sortira de l'hôpital. Bien qu'elle soit portée sur ma liste de femmes enceintes à ne désigner que pour des travaux légers. Je pensais que nous lui demanderions de rédiger quelques manuels de mathématiques élémentaires. Mais l'ordinateur n'exige pas beaucoup d'efforts. Si elle veut s'en occuper à nouveau, je n'y vois pas d'objection. »

Il considéra avec insistance les tableaux d'emploi qui encombraient son bureau et Harry Leicester, ex-capitaine de l'astronef, se rendit compte qu'on venait pratiquement de le congédier.

Chapitre XIII

Ewen Ross hésita en abordant les schémas génétiques et leva les yeux vers Judith Lovat.

« Crois-moi, Judy. Je n'essaie pas de t'occasionner des désagréments, mais cela simplifiera beaucoup nos registres. Qui était le père?

— Tu ne m'as pas crue quand je te l'ai dit auparavant, répondit Judy d'un ton neutre. Alors, si tu connais mieux la réponse que moi, tu peux dire ce que tu veux.

— Je ne sais pas trop comment te répondre, fit Ewen. Je ne me souviens pas avoir été avec toi, mais si tu dis le contraire... »

Elle fit non de la tête, l'air buté, et il soupira.

« Toujours cette histoire d'un étranger. Ne vois-tu pas à quel point c'est extravagant? complètement incroyable? Essaies-tu de faire admettre que les aborigènes de ce monde-ci sont assez humains pour se croiser avec nos femmes? » Il hésita. « Tu ne serais pas, par hasard, en train de plaisanter, Judy?

— Je n'essaie pas de faire admettre quoi que ce soit, Ewen. Je ne suis pas généticienne, ma spécialité, à moi, n'est que la diététique. Je te raconte seulement ce qui s'est passé!

— A un moment où tu avais perdu la raison. Et par deux fois. »

Heather toucha doucement le bras du jeune médecin.

« Ewen, Judy ne ment pas. Elle dit la vérité... ou ce qu'elle croit être la vérité. Calme-toi.

— Mais, bon sang! ce qu'elle croit ne constitue pas une

preuve. » Ewen soupira et haussa les épaules. « C'est bon, Judy. Fais comme tu veux. Mais il a dû s'agir de MacLeod... ou de Zabal... ou de moi. Et cela, quels que soient ce que tu crois être tes souvenirs.

– Si tu le dis, ça doit être vrai, bien entendu », dit Judy.

Elle se leva calmement et sortit, sachant très bien, sans avoir besoin de le vérifier, ce qu'Ewen avait écrit : *père inconnu; pères éventuels : MacLeod Lewis; Zabal Marco; Ross Ewen.*

« Chéri, tu as été un peu dur avec elle, dit doucement Heather, derrière la porte qui se refermait.

– Il se trouve que j'estime qu'il n'y a pas de place pour les phantasmes dans un monde aussi rude que celui-ci. Enfin, Heather, on m'a enseigné à sauver la vie coûte que coûte... à tout prix. Et j'ai déjà dû voir des gens mourir... et je les ai *laissé* mourir... Quand nous sommes sains d'esprit, il nous faut l'être AU SUPRÊME DEGRÉ, pour compenser! » s'écria-t-il, éperdu.

Heather réfléchit pendant un moment.

« Ewen, dit-elle finalement. Comment peux-tu juger? Pourquoi ce qui semble frappé au coin du bon sens sur la Terre ne serait-il pas, ici, de la bêtise? Tu sais, par exemple, que le médecin-chef est en train de former des groupes de femmes pour qu'elles puissent donner les soins prénataux et être sages-femmes... au cas, dit-il, où nous perdrions trop de gens cet hiver, pour que l'équipe médicale puisse suffire à la tâche. Il a dit également qu'il n'avait pas accouché, lui-même, une seule femme depuis l'époque où il était interne... Le cas ne se présente évidemment pas, dans le Service Spatial. Enfin, une des premières choses qu'il nous a dites, c'était que si une femme devait faire une fausse couche, il ne fallait prendre aucune mesure extraordinaire pour l'éviter. Si le fait d'obliger la mère à se reposer et à se vêtir chaudement ne sauve pas l'enfant, il ne faut rien faire d'autre. Pas d'hormones, pas de médicaments pour conserver le bébé, rien.

– C'est grotesque, dit Ewen. C'est presque criminel!

– C'est ce que le Dr Di Asturien a dit. Sur la Terre, ce serait effectivement criminel. Mais ici, a-t-il dit, une menace de fausse couche peut être avant tout un des moyens dont dispose la nature pour supprimer un embryon incapable de s'adapter à l'environnement de la planète... c'est-à-dire à la pesanteur et ainsi de suite. Mieux vaut laisser la femme avorter de bonne heure et concevoir à nouveau au lieu de perdre six mois à porter un enfant qui mourra, ou qui grandira, anormal. En outre, sur la Terre, nous serions en mesure de sauver des enfants anormaux... gènes léthaux, arriérations mentales, difformités congénitales, lésions du fœtus et j'en passe. Là-bas, nous disposions de machines et d'une structure médicale complexes et adaptées à des interventions telles que les exsanguino-transfusions, les transplantations d'hormones de croissance, la rééducation et la formation, si l'enfant était anormal. Mais ici, à moins que nous ne désirions, un jour, adopter la mesure cruelle qui consiste à abandonner les enfants anormaux ou à les tuer, nous ferions mieux de réduire leur nombre au strict minimum... La moitié au moins des enfants anormaux nés sur Terre – les neuf dixièmes peut-être, personne ne le sait, tant il est courant, maintenant, sur la Terre, d'empêcher à tout prix les fausses couches –, résultent de cette habitude d'éviter aux enfants, erreurs de la nature, qui auraient vraiment dû mourir, d'être victimes de la sélection naturelle. Dans un monde comme celui-ci, c'est une question de vie ou de mort pour notre espèce. On ne peut pas laisser des gènes lithaux et des tares s'introduire dans notre fonds génétique commun. Tu vois ce que je veux dire? Ce qui est démence sur Terre constitue ici une vérité brutale qu'il faut affronter pour survivre. La sélection naturelle doit suivre son cours... cela signifie : pas de méthodes héroïques pour éviter les fausses couches et pas de moyens extrêmes pour sauver des bébés moribonds ou blessés à la naissance.

– Et quel rapport cela a-t-il avec l'histoire extravagante que Judy nous a racontée sur un étranger qui serait le père de son enfant? demanda Ewen.

– Ceci, seulement, répondit Heather. Nous devons apprendre à penser différemment... et à ne pas rejeter sans autre forme de procès des faits, parce qu'ils nous semblent fantastiques.

– Tu CROIS VRAIMENT qu'un étranger non humain... Oh! voyons, Heather! Pour l'amour de Dieu!

– Quel Dieu? s'enquit Heather. Tous les dieux dont j'ai jamais entendu parler appartiennent à la Terre. J'ignore qui est le père du bébé de Judy. Je n'étais pas là. Mais elle était bien présente, elle. Et en l'absence de toute autre preuve à ce sujet, je m'en rapporterai à elle. Ce n'est pas une femme de nature fantasque et si elle affirme qu'un étranger est venu, lui a fait l'amour et qu'elle s'est trouvée enceinte, eh bien, zut! je la croirai jusqu'à preuve du contraire. Jusqu'à ce que je voie le bébé, du moins. S'il est le portrait vivant de Zabal, de MacLeod ou de toi-même, peut-être croirai-je que Judy a eu un transport au cerveau. Mais la seconde fois où le Vent a soufflé, tu as eu un comportement rationnel, jusqu'à un certain point. MacAran aussi, jusqu'à un certain point. Il est évident qu'après la première exposition, on conserve un contrôle restreint lors d'expositions ultérieures à la drogue ou au pollen. Judy a donné un compte rendu raisonnable de ce qu'elle a fait, la deuxième fois, et cela concorde avec ce qui s'était passé la première fois. Alors, pourquoi ne pas lui accorder le bénéfice du doute? »

Lentement, Ewen biffa les noms, ne laissant que la mention : *« Père : inconnu. »*

« C'est tout ce que nous pouvons affirmer avec certitude, dit-il enfin. J'en resterai là. »

Dans le vaste bâtiment qui servait encore de réfectoire, de cuisine et de centre de loisirs... bien qu'une cuisine collective séparée, construite dans la pierre du pays, lourde, pâle et translucide, fût en train de s'élever... un groupe de femmes des Hébrides, vêtues de la jupe écossaise et du chaud manteau d'uniforme qu'elles arboraient désormais, préparaient le dîner. L'une d'elles, une jeune fille aux longs cheveux roux, chantait d'une voix légère de soprano.

Quand la journée tire à sa fin,
J'erre, triste, au bord de l'eau.
Là où un homme, né du soleil,
A courtisé la fille des fées.
Pourquoi devrais-je m'asseoir et soupirer,
Arrachant les fougères, arrachant les fougères,
Toute seule et si lasse?

Elle s'interrompit à l'entrée de Judy.

« Dr Lovat, tout est prêt. Je leur ai dit que vous étiez à l'hôpital. Alors, on a travaillé sans vous.

— Merci, Fiona. Dis-moi, qu'est-ce que tu chantais?

— Oh, une des chansons de nos îles, dit Fiona. Vous ne parlez pas gaélique? C'est ce que je me disais... eh bien, ça s'appelle le *Chant d'amour de la Fée*... c'est l'histoire d'une fée qui est tombée amoureuse d'un mortel et qui erre éternellement par les collines de l'île de Skye, à sa recherche, en se demandant pourquoi il n'est jamais revenu jusqu'à elle. C'est plus joli en gaélique.

— Chante-la en gaélique alors, fit Judy. Ce serait épouvantablement ennuyeux, s'il ne subsistait qu'un seul langage sur cette planète! Fiona, dis-moi, le Père ne vient pas prendre ses repas dans la salle commune, n'est-ce pas?

— Non, quelqu'un va lui porter son repas.

— Puis-je le faire, aujourd'hui? J'aimerais lui parler. »

Fiona consulta un plan de travail sommaire affiché au mur.

« Je me demande si nous obtiendrons jamais des affectations permanentes, tant que nous ne saurons pas qui est enceinte et qui ne l'est pas? D'accord, je dirai à Elsie que tu as pris le déjeuner du père. C'est un des sacs qui se trouvent là-bas? »

Judith trouva le père Valentin en train de besogner durement dans le cimetière, entouré de grosses pierres qu'il hissait en place dans le monument. Il prit son repas des mains de Judy, le sortit du sac et le disposa sur une pierre plate.

« Mon père, j'ai besoin de votre aide, dit-elle paisiblement en s'asseyant à côté de lui? Je suppose que vous ne voudrez pas me confesser? »

Il secoua lentement la tête.

« Je ne suis plus un prêtre, Dr Lovat. Comment, au nom de tout ce qu'il y a de plus sacré, pourrais-je avoir l'outrecuidance de rendre un jugement au nom de Dieu, sur les péchés de quelqu'un d'autre? » Il esquissa un sourire. C'était un homme petit et maigrelet qui n'avait pas plus de trente ans, mais semblait désormais, vieux et décharné. « En tout cas, j'ai eu largement le temps de réfléchir pendant que je levais des pierres ici. Comment pourrais-je honnêtement prêcher et enseigner l'Évangile du Christ dans un monde où Il n'a jamais mis les pieds? Si Dieu veut que ce monde soit sauvé, Il devra envoyer quelqu'un pour le faire... quoi que cela signifie. » Il enfonça une cuillère dans la gamelle pleine de viande et de céréales. « Vous avez apporté votre déjeuner? Bien. En théorie, j'accepte l'isolement. Mais dans la pratique, je constate que je meurs d'envie d'avoir la compagnie de mon prochain. Bien plus que je ne l'aurais cru. »

Ses propos rejetaient le problème religieux, mais Judy, profondément troublée, fut incapable d'en rester là si facilement.

« Alors? Vous nous abandonnez tout simplement, sans aide pastorale d'aucune sorte, mon père?

— Je ne pense pas avoir jamais servi à grand-chose dans ce domaine, dit le père. Je me demande si aucun prêtre l'a jamais fait! Il va sans dire que je ferai tout ce qui sera en mon pouvoir, à titre amical, pour qui que ce soit... C'est la moindre des choses. Si j'y consacrais ma vie tout entière, cela ne constituerait même pas un début de compensation pour ce que j'ai fait. Cela vaut mieux toutefois que de rester assis, sous le sac et la cendre, à réciter des prières de pénitence.

– Je crois que je comprends cela, dit Judy. Mais est-ce que vous voulez vraiment dire qu'il n'y a pas de place ici pour la foi ou la religion, mon père?

Il l'interrompit d'un geste.

« J'aimerais que vous ne m'appeliez plus “ mon père ”. Mon frère, si vous voulez. Nous devons tous être frères et sœurs dans l'infortune, ici. Non, je n'ai pas dit cela, Dr Lovat... Je ne connais pas votre prénom... Judith? Je n'ai pas dit cela, Judith. Tout être humain a besoin de croire en la bonté d'une puissance qui l'a créé, quel que soit le nom qu'il lui donne, et en un édifice religieux ou moral. Mais je ne pense pas que nous ayons besoin des sacrements ou des clergés d'un monde qui n'est plus qu'un souvenir et ne sera même pas cela pour nos enfants et les enfants de nos enfants. Une éthique, oui. L'art, oui. La musique, les métiers manuels, la connaissance, l'humanisme... oui. Mais pas de rites qui se réduiraient rapidement à des superstitions. Et certainement pas de code social, ni de règles de conduite purement arbitraires, n'ayant rien à voir avec la société qui est la nôtre, maintenant.

– Pourtant, vous auriez travaillé au sein de l'Église dans la colonie Coronis?

– Je le suppose. Je n'y avais pas véritablement réfléchi. J'appartiens à l'Ordre de Saint-Christophe du Centaure qui fut fondé pour porter la religion Catholique Réformée dans les étoiles. Je l'ai accepté tout simplement comme une cause estimable. Je n'y ai jamais réellement pensé... pas avec sérieux, rigueur et gravité. Mais ici, sur mon tas de cailloux, j'ai eu beaucoup de temps pour réfléchir. » Il se mit à sourire du bout des lèvres. « Pas étonnant qu'on ait eu l'habitude de mettre les criminels à casser les cailloux, là-bas, sur la Terre. Cela occupe les mains et vous laisse tout le temps qu'il faut pour penser.

— Vous ne croyez donc pas que les règles morales de conduite soient absolues, alors? demanda calmement Judy. Il n'y a rien de précis, aucun décret divin à ce sujet, ici?

— Comment cela pourrait-il être? Vous savez ce que j'ai fait, Judy. Si je n'avais pas été élevé dans l'idée que certains actes suffisaient, en eux-mêmes et de par leur propre nature, à m'envoyer tout droit en enfer, j'aurais pu vivre tout en le sachant lorsque je me suis réveillé après le Vent. J'aurais pu en avoir honte, être bouleversé ou même, avoir des hauts-le-cœur. Mais je n'aurais pas eu la conviction, solidement ancrée dans mon esprit, que nul ne MÉRITAIT DE VIVRE après cela. Au séminaire, l'idée du bien et du mal ignorait les nuances. Il n'y avait que la vertu et le péché, rien entre les deux. Les meurtres ne m'ont pas tourmenté, dans ma folie, car on m'avait enseigné au séminaire que la luxure était un péché mortel qui pouvait m'envoyer en enfer. Alors, comment le meurtre pouvait-il être pire? On ne peut aller en enfer qu'une seule fois et j'étais déjà damné. Une morale rationnelle m'aurait indiqué que malgré tout ce que nous avions pu faire durant cette nuit de folie, ces pauvres hommes d'équipage — que Dieu leur accorde le repos — et moi-même, cela n'avait nui qu'à notre dignité et à notre sens de la décence, si toutefois, cela importait. C'était à des lieux, à des galaxies du meurtre.

— Je ne suis pas théologien, mon p... euh, Valentin, dit Judy. Mais peut-on vraiment commettre un péché mortel quand on est dans un état de démence complète?

— Croyez-moi, j'ai déjà considéré la question sous tous ses angles. Cela ne sert à rien de savoir que si j'avais pu courir auprès de mon confesseur afin d'obtenir son pardon pour tout ce que j'avais fait dans ma folie... des actes affreux à certains égards, mais en eux-mêmes inoffensifs... je me serais peut-être abstenu de tuer ces pauvres hommes. Il y a forcément un défaut dans un système qui permet d'accepter la culpabilité et de s'en débarrasser comme d'un pardessus. Quant à la folie... elle ne peut rien faire surgir qui n'ait déjà existé. Ce que j'ai été vraiment incapable d'affronter, je commence à le réaliser, ce n'était pas tant la conscience d'avoir commis des actes défendus avec d'autres hommes, mais plutôt celle de les avoir commis avec plaisir et volontiers, et de ne plus les juger très condamnables. Le fait de savoir, également, que je me souviendrais toujours, chaque fois que je verrais ces hommes, de la fois où nos esprits étaient complètement ouverts les uns aux autres et où chacun connaissait l'esprit, le corps et le cœur des autres dans l'amour le plus complet et la communion la plus totale que des êtres humains aient pu connaître. Je savais que je ne pourrais jamais plus le dissimuler. Alors, j'ai pris mon petit couteau de poche et j'ai commencé à essayer de me soustraire à mon propre regard... » Il grimaça un sourire, un terrible rictus de mort. « Judith, Judith, pardonnez-moi. Vous êtes venue me demander de vous aider, vous m'avez demandé de vous entendre en confession et pour finir, c'est la mienne que vous avez entendue.

— Si vous dites vrai, répondit-elle très doucement, nous allons tous devoir faire office de prêtres entre nous. En écoutant chacun, du moins, et en apportant toute l'aide qu'on peut. » Une des phrases prononcées par le père Valentin la frappa et elle la répéta à haute voix : « ...NOS ESPRITS ÉTAIENT OUVERTS LES UNS AUX AUTRES... L'AMOUR LE PLUS COMPLET ET LA COMMUNION LA PLUS TOTALE QUE DES ÊTRES HUMAINS AIENT PU CONNAÎTRE. Il semble que ce soit l'effet que ce monde a eu sur nous. A des degrés différents, certes... Mais sur nous tous, d'une façon ou d'une autre. C'est ce qu'il a dit... »

Et lentement, en cherchant ses mots, Judith lui parla de l'étranger, de leur première rencontre dans les bois. Elle lui raconta comment il l'avait envoyée chercher pendant que le Vent soufflait et les choses étranges qu'il lui avait dites, sans parler.

« Il m'a dit... que les esprits de notre peuple sont

comme des portes à demi fermées. Et pourtant, nous nous comprenions, lui et moi, d'autant mieux, peut-être, qu'il y avait eu cette... cette communion totale. Mais personne ne me croit! conclut-elle avec un cri de désespoir. On croit que je suis folle ou que je mens!

— Est-ce si important que cela, ce que croient les autres? lui demanda posément le prêtre. Par leur incrédulité, vous pourriez peut-être même protéger cet être. Vous m'avez dit qu'il avait peur de nous... de notre peuple... et si les gens de sa race sont paisibles, je n'en suis pas surpris. Une race télépathe captant nos ondes mentales durant le Vent Fantôme, aurait probablement conclu que nous étions un peuple horriblement violent et effrayant. Et ces êtres n'auraient pas eu tout à fait tort, bien que nous ayons aussi du bon. Mais si les nôtres commencent à croire à votre... quelle est l'expression de Fiona?... à votre amant féerique, ils se mettraient peut-être à la recherche de son peuple et cela n'aurait peut-être pas de bons résultats. » Il sourit timidement. « Notre race jouit d'une mauvaise réputation quand nous affrontons d'autres cultures que nous tenons pour inférieures. Si vous tenez au père de votre enfant, Judy, je les laisserais continuer à ne pas croire à son existence.

— Pour toujours?

— Aussi longtemps que ce sera nécessaire. Cette planète est déjà en train de nous transformer. Peut-être, un jour, nos enfants et les siens trouveront-ils un moyen de se réunir sans catastrophe, mais il nous faudra laisser venir les choses. »

Judy tira sur la chaîne qu'elle avait autour du cou.

« Est-ce que vous ne portiez pas une croix sur cette chaîne? demanda Valentin.

— Oui, je l'ai enlevée. Pardonnez-moi.

— Pourquoi? Cela ne signifie rien, ici. Mais qu'est-ce que c'est que cela? »

Il parlait du joyau bleu, étincelant, à l'intérieur duquel de petits motifs argentés se mouvaient.

« Il a dit... qu'ils utilisaient ces objets pour l'éducation de leurs enfants. Et que si je pouvais maîtriser ce joyau, je pourrais le joindre... pour lui faire savoir que tout allait bien pour moi et l'enfant.

— Laissez-moi le regarder. »

Il tendit le bras. Mais Judy tressaillit et s'écarta.

— Qu'est-ce...?

— Je ne peux pas expliquer. Je ne comprends pas. Mais quand quelqu'un d'autre le touche, maintenant, cela... cela me fait mal comme si cela faisait partie de moi, dit-elle maladroitement. Vous croyez que je suis folle? »

L'homme fit non de la tête.

« Qu'est-ce que la folie? demanda-t-il. Un joyau pour favoriser la télépathie... Il a peut-être des propriétés particulières qui réagissent aux signaux électriques émis par le cerveau... La télépathie ne peut pas exister tout simplement, elle doit reposer sur un phénomène naturel. Peut-être ce joyau est-il accordé avec ce qui est dans votre esprit et qui fait que vous êtes vous. En tout cas, ce joyau existe et... vous a-t-il permis de le joindre?

— J'en ai l'impression, quelquefois, dit Judy. C'est comme si l'on entendait la voix de quelqu'un et qu'on reconnaissait cette personne à son timbre de voix... non, ce n'est pas tout à fait comme ça, non plus, mais cela se produit réellement. J'ai la sensation très brève, mais c'est bien réel... qu'il se tient près de moi, qu'il me touche, puis cela s'évanouit à nouveau. Un moment de réconfort, un moment de... d'amour, et puis c'est fini. Et j'ai le sentiment singulier que ce n'est qu'un début, qu'un jour viendra où j'en apprendrai encore sur ce bijou... »

Valentin observa Judith tandis qu'elle cachait à nouveau le bijou dans sa robe.

« A votre place, dit-il enfin, je garderais le secret sur ce joyau, pendant un certain temps. Vous avez dit que cette planète nous transforme tous, mais peut-être ne nous transforme-t-elle pas assez rapidement. Certains de nos scientifiques pourraient vouloir analyser cet objet. Ils pourraient avoir envie de travailler dessus; peut-être même vous le prendraient-ils pour faire des expériences, ou le détruire pour voir comment il fonctionne. Ils pourraient aussi vous interroger et vous mettre maintes et maintes fois à l'épreuve pour voir si vous mentez ou si vous avez des hallucinations. Gardez le secret sur le joyau, Judith. Utilisez-le comme il vous l'a dit. Un jour viendra, peut-être, où il sera important de savoir comment il fonctionne... comme il est censé le faire et non pas comme nos scientifiques pourraient vouloir le faire fonctionner.

Valentin se leva et épousseta les miettes de son repas demeurées sur ses genoux.

« Retour au tas de cailloux pour moi. »

Judith se dressa sur la pointe des pieds et l'embrassa sur la joue.

« Merci, dit-elle doucement. Vous m'avez beaucoup aidée. »

L'homme lui toucha le visage.

« J'en suis heureux, dit-il. C'est... un début. Il y a encore beaucoup de chemin à faire, mais c'est un début. Soyez bénie, Judith. »

Il la regarda s'éloigner et une curieuse pensée effleura son esprit, presque blasphématoire : *(Comment puis-je savoir si Dieu n'envoie pas un Enfant... un enfant étrange, pas tout à fait humain... ici, dans ce monde bizarre?)* Il chassa cette pensée en se disant qu'il était fou, mais une autre pensée lui fit courber l'échine, en proie à des souvenirs mêlés de trouble *(Comment savons-nous si l'enfant Jésus auquel j'ai rendu un culte pendant toutes ces années, n'était pas le fruit d'une alliance étrange de ce genre?)*

« Ridicule », dit-il à haute voix.

Puis il se pencha à nouveau sur la pénitence qu'il s'était imposée.

Chapitre XIV

« Je n'aurais jamais cru que je me surprendrais à prier pour avoir du mauvais temps », dit Camilla.

Elle ferma la porte du petit dôme, réparé maintenant, qui abritait l'ordinateur et rejoignit Harry Leicester qui se trouvait à l'intérieur.

« J'ai réfléchi. Avec les données que nous possédons sur la durée des jours, l'inclinaison du soleil et ainsi de suite, est-ce qu'on ne pourrait pas découvrir la durée exacte de l'année sur cette planète?

– C'est assez élémentaire, dit Leicester. Mettez votre programme au point et introduisez-le dans l'ordinateur. Cela pourrait nous indiquer à quelle durée il faut s'attendre pour l'été et pour l'hiver. »

Camilla se dirigea vers le pupitre. Sa grossesse commençait à être apparente, maintenant, bien qu'elle fût encore souple et gracieuse.

« Je suis parvenu à récupérer toutes les informations concernant les moteurs Matière-Anti-Matière, dit Leicester. Un jour... Moray m'a dit l'autre fois qu'il s'est écoulé moins de trois cents ans entre la machine à vapeur et les étoiles. Un jour, nos descendants pourront retourner sur la Terre, Camilla.

– A supposer qu'ils en aient envie », dit-elle en s'asseyant devant son pupitre.

Leicester l'interrogea du regard avec douceur.

« Vous en doutez?

– Je ne doute de rien. J'évite seulement d'avoir la présomption de connaître ce que mes arrière-arrière-arrière-arrière... oh flûte, ce que la neuvième génération de mes petits-enfants, auront envie de faire. Après tout, les Terriens ont vécu pendant des générations sans éprouver le moindre désir d'inventer des choses qui auraient facilement pu l'être à tout moment, dès que l'on eut réussi à fondre le fer pour la première fois. Est-ce que vous croyez sincèrement que la Terre se serait lancée dans l'espace sans la pression démographique et la pollution? Il y a également tant de facteurs sociaux à considérer!

— Et si Moray agit à sa guise, nos descendants seront tous des barbares, dit Leicester. Mais aussi longtemps que nous aurons l'ordinateur et qu'il sera préservé, la connaissance sera LÀ. Prête à être utilisée au moment où ils en éprouveront le besoin.

— S'il est préservé, fit Camilla avec un haussement d'épaules. Après ces quelques mois que nous venons de vivre, je ne suis plus sûre que rien de ce que nous avons apporté ici puisse survivre à notre génération. »

Sciemment, au prix d'un effort, Leicester se remémora quelque chose : *(Elle est enceinte. C'est pour cela qu'on a considéré pendant des années que les femmes n'étaient pas aptes à embrasser des carrières scientifiques... Les femmes enceintes se mettent certaines idées en tête.)* Il la regarda écrire de rapides annotations en utilisant les sténogrammes complexes de l'ordinateur.

« Pourquoi voulez-vous connaître la durée de l'année? »

(Quelle question stupide), se dit la jeune femme. Elle se souvint alors qu'il avait été élevé sur une station spatiale et que le temps ne signifiait rien pour lui. Elle n'était pas sûre qu'il se fût même jamais rendu compte de la relation qui existait entre le temps et le climat, d'un côté, les récoltes et la survie, de l'autre.

« Tout d'abord, expliqua-t-elle gentiment, nous voulons calculer la saison propice à la croissance des plantes et découvrir à quelle date on peut rentrer nos récoltes. C'est plus simple que de procéder par tâtonnements. Si nous avions établi une colonie de la façon habituelle, on aurait observé cette planète durant plusieurs cycles annuels. En outre, Fiona, Judy et... nous toutes, nous aimerions savoir à quelle époque naîtront nos enfants et quel temps il pourra faire à ce moment-là. Je ne confectionne pas les vêtements de mon propre bébé, mais il faut que quelqu'un le fasse... et savoir quel froid nous devons prévoir!

— Vous faites déjà des projets? demanda-t-il avec curiosité. Il n'y a qu'une chance sur deux pour que votre enfant naisse à terme et autant pour qu'il ne meure pas.

— Je ne sais pas. J'ignore pour quelle raison, mais je n'ai jamais douté que mon enfant serait de ceux qui vivraient. Une prémonition, peut-être. De la perception extra-sensorielle, dit-elle lentement en y réfléchissant. J'avais l'impression que Ruth Fontana ferait une fausse couche et c'est arrivé. »

Leicester frissonna.

« Ce n'est pas un don plaisant.

— Non, mais il semble que je ne puisse pas m'en défaire, dit-elle d'un ton prosaïque. Et cela paraît aider Moray et les autres pour les récoltes. Sans parler du puits qu'Heather les a aidés à creuser. Ce n'est évidemment que le réveil d'un pouvoir latent chez l'espèce humaine et cela n'a rien de surnaturel. De toute façon, nous allons apparemment être obligés d'apprendre à nous accommoder de ce pouvoir.

— Quand j'étais étudiant, dit Leicester, tous les éléments d'information positifs que l'on possédait sur les perceptions extra-sensorielles ont été introduits dans un ordinateur. La réponse obtenue fut que les probabilités étaient à mille contre un pour qu'il n'existât rien de semblable... Selon l'ordinateur, les quelques cas qui n'avaient pas été entièrement et définitivement réfutés, étaient dus à l'erreur de l'observateur et non à l'existence de perceptions extra-sensorielles chez les humains. »

Camilla eut un sourire narquois.

« Cela contribue seulement à vous montrer qu'un ordinateur n'est pas Dieu. »

Le capitaine Leicester regarda la jeune femme s'étirer en arrière et soulager son corps engourdi.

« Ces maudits sièges du poste de commandement. Ils n'ont jamais été conçus pour servir dans des conditions de pesanteur totale. J'espère que la fabrication de meubles confortables figure en bonne place sur la liste des priorités. Mon héritier, ici présent, n'apprécie guère que je m'assoie sur des sièges durs, ces temps-ci.

(Seigneur, comme j'aime cette jeune femme, qui l'aurait cru, à mon âge!)

« Est-ce que vous avez l'intention de vous marier avec MacAran, Camilla? » s'enquit brusquement Leicester, pour mieux se rappeler l'abîme qui les séparait.

– Je ne crois pas, dit-elle avec un vague sourire. Nous n'y avons pas réfléchi en ces termes. Je l'aime... Nous sommes devenus si proches, la première fois que le Vent a soufflé. Nous avons partagé tant de choses que nous ferons toujours partie l'un de l'autre. Je vis avec lui quand il est ici – ce qui ne se produit pas très souvent – si c'est là ce que vous désirez vraiment savoir. C'est surtout parce qu'il me désire tellement. Quand on a été aussi proche de quelqu'un, quand on peut... » Elle chercha ses mots. « ...quand on peut sentir à quel point l'autre vous désire, on ne peut pas lui tourner le dos, on ne peut pas le laisser... sur sa faim et malheureux. Mais pour ce qui est de savoir si oui ou non, nous pouvons fonder un foyer ensemble, et si on a envie de vivre ensemble pour le restant de notre vie... en toute sincérité, je n'en sais rien. Je ne crois pas. Nous sommes trop différents. » Elle eut un sourire franc qui fit chavirer le cœur de Leicester. « En réalité, je serais plus heureuse avec vous, à long terme. Nous nous ressemblons tellement plus. Rafe est très doux, adorable, mais vous me comprenez mieux.

– Vous portez son enfant et vous pouvez me dire cela, Camilla?

– Cela vous choque? demanda-t-elle, attristée. Je suis désolée. Pour rien au monde, je ne voudrais vous bouleverser. Oui, c'est l'enfant de Rafe et j'en suis heureuse, curieusement. Il le veut, LUI. Un enfant devrait être désiré par un de ses parents au moins. En ce qui me concerne, c'est indépendant de ma volonté, on m'a fait un lavage de cerveau... Je considère encore cela comme un accident biologique. S'il s'agissait de votre enfant, par exemple... cela aurait pu arriver, on aurait pu avoir ce genre d'accident, tout comme Fiona qui attend votre enfant alors que vous la connaissez à peine de vue... vous l'auriez détesté, vous auriez voulu que je lutte pour ne pas l'avoir.

– Je n'en suis pas si sûr. Peut-être pas. Plus maintenant, en tout cas, dit Harry Leicester à mi-voix. Cela me bouleverse encore de dire cela, pourtant. Cela me choque. Je suis trop vieux, peut-être.

Elle secoua la tête.

« Nous devons apprendre à ne pas nous cacher les uns des autres. Dans une société au sein de laquelle nos enfants grandiront en sachant que leurs sentiments se lisent comme un livre ouvert, à quoi cela nous avancera-t-il de continuer à porter des masques pour nous protéger les uns des autres?

– Effrayant.

– Un peu. Mais ils trouveront probablement cela tout à fait normal. »

Elle se pencha un peu en arrière, pressant son dos contre la poitrine de Leicester. Elle tendit un bras en arrière et lui prit la main.

« Ne soyez pas choqué de ce que je vais dire. Mais... si je vis... si nous vivons tous les deux... J'aimerais que mon prochain enfant soit de vous. »

Il se pencha et l'embrassa sur le front. Il était presque trop ému pour parler. Elle serra la main de l'homme dans la sienne, puis la lâcha.

« J'en ai parlé à MacAran, dit-elle, comme allant de

soi. Pour des raisons génétiques, il sera bon pour les femmes d'avoir des enfants de pères différents. Mais... comme je l'ai dit... mes motifs personnels ne sont pas tout à fait aussi dépourvus de chaleur et d'émotion que cela. »

Son visage prit soudain une expression lointaine... Leicester eut l'impression qu'elle considérait un objet invisible à travers un voile... et pendant un moment une expression de souffrance crispa ses traits. Mais lorsqu'il l'interrogea vivement, avec inquiétude, elle se força à sourire.

« Non. Je vais très bien. Voyons ce qu'on peut faire à propos de ce problème de durée de l'année. Qui sait, ce pourrait être aujourd'hui notre première Fête Nationale! »

On apercevait les moulins à vent à quelques kilomètres du Camp de Base, maintenant. C'était d'énormes constructions aux ailes en bois qui fournissaient l'énergie nécessaire pour moudre la farine et les céréales (certaines noix, cueillies dans la forêt, donnaient une farine fine et légèrement parfumée, qui servirait jusqu'à ce que les premières récoltes de seigle et d'avoine aient été rentrées.) Ils permettaient également d'alimenter un peu le Camp en électricité. Mais cette énergie serait toujours insuffisante sur cette planète, et on la rationnait prudemment. On la réservait à l'éclairage de l'hôpital et à l'alimentation des machines indispensables dans les petits ateliers de métallurgie et dans la nouvelle verrerie. Au-delà du Camp, se trouvait avec son propre pare-feu, ce que les Terriens commençaient à appeler le Nouveau Camp. Mais les membres de la Commune des Hébrides qui y travaillaient, l'appelaient la Nouvelle Skye. C'était une ferme expérimentale où Lewis MacLeod étudiait, aidé d'un groupe d'assistants, les animaux éventuellement domesticables.

Rafe MacAran s'arrêta avec sa petite équipe personnelle d'assistants pour jeter un coup d'œil en arrière, depuis le sommet de la colline la plus proche, avant de s'enfoncer dans la forêt. On distinguait nettement les deux camps. Il y avait autour de chacun d'eux une activité grouillante. Mais un élément indéfinissable les différenciait de tous les camps qu'il avait vus sur la Terre. Pendant un moment, il ne put comprendre pourquoi. Puis il sut ce que c'était : c'était le silence. Mais était-ce vraiment du silence? On percevait, en réalité, une profusion de sons. Les grands moulins à vent grinçaient et peinaient dans le vent violent. Des coups de marteau et des coups de scie résonnaient au loin, très distincts, là où les équipes de construction édifiaient des bâtiments pour l'hiver. La ferme avait ses bruits propres : cris perçants des animaux, mugissements des mammifères à cornes, grognements, piaillements et autres glapissements appartenant à des espèces étranges. Finalement, Rafe comprit ce que c'était. Il n'y avait pas un seul bruit qui ne fût d'origine naturelle. Pas de circulation automobile. Pas de bruits de machines, sauf le ronronnement des tours de potiers et le choc des outils. Derrière chacun de ces sons, il y avait une volonté humaine et immédiate. Il n'y avait presque pas de bruits impersonnels. Chaque son semblait avoir un but et cela provoquait chez Rafe une sensation d'étrangeté et de solitude. Toute sa vie, il avait vécu dans les grandes villes de la Terre, même dans les montagnes où les échos de véhicules tout terrain, de transports motorisés, de lignes de force à haute tension et d'avions à réaction passant au-dessus de votre tête, fournissaient un réconfortant fond sonore. Ici, tout était tranquille, d'une tranquillité effrayante. En effet, chaque fois qu'un son venait rompre le silence du vent, il avait une SIGNIFICATION immédiate. Impossible de l'éliminer. A chaque bruit, il fallait TENDRE l'oreille. Pas question de négliger étourdiment le moindre écho, sachant, comme cela se produisait pour le passage d'un avion à réaction au-dessus de votre tête, ou le moteur d'un astronef, que vous n'étiez nullement concerné. Ici, chaque bruit, dans le paysage, concernait directement l'auditeur et Rafe était presque toujours tendu, tout oreille.

Bah! il espérait qu'il s'y habituerait.

Il commença à donner ses directives aux membres de son groupe.

« Nous allons travailler le long des contreforts rocheux les plus bas, aujourd'hui. Dans le lit des torrents, en particulier. Nous avons besoin d'échantillons de chaque variété de terre... oh! flûte!... de sol, présentant un aspect nouveau. Chaque fois que la couleur de l'argile ou de la glaise changera, prélevez-en un échantillon et repérez l'endroit sur la carte... Vous vous chargez de dresser la carte, Janice? demanda-t-il à la jeune fille qui hocha la tête.

– Je travaille sur du papier carroyé, répondit-elle. On aura un repère pour chaque changement de terrain. »

La matinée de travail fut relativement pauvre en événements marquants, à l'exception d'une découverte près du lit d'un torrent. Rafe en parla lorsqu'ils se réunirent pour allumer un feu et préparer leur repas de midi, des petits pains faits avec de la farine de noix et un « thé » préparé avec une feuille locale dont le goût agréable et parfumé rappelait celui du sassafras. Le feu fut allumé dans un foyer fait avec des pierres rapidement empilées – la loi la plus rigoureuse de la colonie interdisait de préparer le moindre feu à même le sol, sans pare-feu ou sans l'entourer de pierres. Tandis que le bois résineux inflammable commençait à se consumer lentement et à former des braises, un deuxième petit détachement descendit la pente et vint vers eux : trois hommes et deux femmes. Judy les salua aimablement.

« Bonjour! On peut se joindre à vous pour déjeuner? Cela nous évitera de préparer un autre feu, leur dit-elle.

– Heureux de vous avoir avec nous, approuva MacAran. Mais qu'est-ce que tu fais dans les bois, Judy? Je croyais que tu étais exemptée de travail manuel, maintenant.

– En fait, on me traite comme un excédent de bagage, dit-elle en faisant de grands gestes. On ne me laisse pas lever le petit doigt ou effectuer la moindre véritable escalade. Mais si je peux effectuer sur diverses plantes quelques analyses préliminaires sur place, cela permet de ne rapporter que le minimum d'échantillons au camp. C'est comme cela que nous avons découvert l'herbe à corde. Ewen dit que l'exercice me fera du bien si je fais attention à ne pas trop me fatiguer ou à ne pas prendre froid. » Elle apporta son thé et vint s'asseoir à côté de lui. « Tu as eu de la chance, aujourd'hui?

Rafe hocha la tête.

« Il serait temps. Au cours des trois dernières semaines, je n'ai rapporté chaque jour qu'une variété supplémentaire de quartzite ou de calcite. Notre dernière trouvaille a été du graphite.

– Du graphite? A quoi est-ce que cela sert?

– Eh bien, cela constitue, entre autres choses, la mine d'un crayon, répondit MacAran, et nous avons tout le bois qu'il nous faut pour faire des crayons. Cela nous sera bien utile quand toutes les autres fournitures pour écrire, que nous avons en réserve, se feront rares. On peut également utiliser le graphite pour lubrifier les machines, ce qui conservera les réserves de graisse animale et végétale pour les besoins alimentaires.

– C'est drôle, on ne pense jamais à ce genre de choses, dit Judy. Aux MILLIONS de petites choses dont on a besoin et qu'on a toujours considérées comme allant d'elles-mêmes.

– Oui, dit un membre de l'équipe de MacAran. J'ai toujours jugé les produits de beauté comme du superflu, dont on pouvait se passer en cas d'urgence. Marcia Cameron m'a dit l'autre jour qu'elle travaillait à un programme de recherche hautement prioritaire pour l'obtention d'une crème faciale. Quand je lui en ai demandé la raison, elle m'a rappelé que sur une planète où il y avait tant de neige et de glace, il était nécessaire et urgent de conserver une peau douce et d'éviter qu'elle ne gerce et s'infecte. »

Judy éclata de rire.

« Oui, et, à l'heure actuelle, on devient fous à force d'essayer de trouver un succédané d'amidon pour en faire de la poudre pour bébé. Les adultes peuvent utiliser le talc, il y en a autant qu'on veut, alentour, mais si les bébés le respirent, ils risquent d'avoir des ennuis pulmonaires. Impossible de réduire toutes les céréales et toutes les noix locales en une poudre assez fine : la farine obtenue est bonne à manger, mais elle n'est pas assez absorbante pour les délicats petits derrières des bébés.

– Quelle urgence maintenant, Judy? » demanda MacAran.

Elle haussa les épaules.

« Sur Terre, je devrais encore attendre deux mois et demi. Nous nous disputons la première place, Camilla, Alanna, la compagne d'Alastair, et moi. La fournée suivante est attendue un mois après, environ. Mais ici... bah! c'est une devinette. On prévoit que l'hiver va commencer avant cela, ajouta-t-elle calmement. Mais tu allais me parler de ce que tu as trouvé aujourd'hui.

– De la terre à foulon, dit Rafe. Ou alors cela y ressemble tellement que je ne vois pas la différence. » Devant l'air déconcerté de Judy, il apporta quelques éclaircissements. « On s'en sert dans la fabrication des étoffes. On obtient un peu de fibres animales, une sorte de laine, à partir des lapins cornus; ils sont abondants et on peut en élever des quantités à la ferme. Mais la terre à foulon rendra l'étoffe plus facile à manier et à rentrer.

– Jamais on ne penserait à demander à un géologue de quoi fabriquer de l'étoffe, s'écria Janice.

– Quand on y réfléchit, toutes les sciences sont en corrélation étroite, fit Judy. Même si tout était tellement spécialisé sur la Terre que nous perdions cette réalité de vue. » Elle finit de boire son thé. « Tu retournes au Camp de Base, Rafe?

Il secoua la tête.

– Non. C'est direction la forêt, pour nous. On va probablement retourner dans les montagnes où nous sommes allés ensemble, la première fois. Il y a peut-être des rivières qui prennent leur source dans les montagnes éloignées et nous allons les examiner de près. C'est pour cela que le Dr Frazer est avec nous... Il désire retrouver des traces des êtres que nous avons aperçus lors du dernier voyage, pour se faire une idée plus exacte de leur niveau culturel. Nous savons qu'ils construisent des ponts reliant un arbre à l'autre... Nous n'avons pas essayé d'y grimper, ces êtres sont manifestement beaucoup plus légers que nous et nous ne voulons pas rompre les ouvrages façonnés par eux, ni les effrayer. »

Judy inclina la tête.

« J'aimerais y aller, dit-elle avec une certaine envie. Mais j'ai reçu l'ordre de ne jamais m'éloigner à plus de quelques heures du Camp de Base jusqu'à ce que le bébé soit né. »

MacAran surprit une expression de regret profond et ardent dans ses yeux et avec cette nouvelle faculté qu'il avait de capter des émotions, il lui tendit la main.

« Ne t'inquiète pas, Judy. On n'importunera aucun des êtres qu'on découvrira, qu'il s'agisse du petit peuple qui construit les ponts ou... de qui que ce soit d'autre. Si certains habitants de cette planète montraient de l'hostilité envers nous, nous l'aurions découvert à l'heure qu'il est. Nous n'avons nullement l'intention de les gêner. L'une des raisons pour lesquelles on se rend là-bas, c'est que nous voulons veiller à ne pas empiéter par inadvertance sur leur espace vital et à ne pas perturber ce qui est nécessaire à leur survie. Une fois que nous saurons où « ils » sont installés, nous saurons également où nous ne devons pas nous installer nous-mêmes. »

Judy lui sourit.

« Merci, Rafe, dit-elle doucement. C'est bon à savoir. Si nous observons cette attitude, je suppose que je n'ai pas besoin de m'inquiéter. »

Peu après, les deux groupes se séparèrent; l'équipe d'étude des possibilités alimentaires retournant vers le Camp de Base, tandis que l'équipe de MacAran s'enfonçait plus avant dans les profondes collines.

Par deux fois, au cours des dix jours qui suivirent, ils aperçurent des petits étrangers fourrés aux gros yeux. Une fois, au-dessus d'un torrent de montagne, ils découvrirent un pont construit à l'aide de longues boucles de roseaux liées et tressées, soigneusement entrelacées et attachées. Des échelles de corde y menaient depuis le bas des arbres. Sans rien toucher, le Dr Frazer examina les lianes dont elles étaient faites en disant que le besoin de fibres végétales, de cordages et de grosse ficelle à lier allait probablement dépasser les petites quantités d'herbe à corde, comme ils l'appelaient, qu'ils pouvaient se procurer. A près de cent cinquante kilomètres de là, dans les montagnes, ils trouvèrent une sorte de cercle d'arbres plantés parfaitement en rond. D'autres échelles de corde s'élevaient dans les arbres. Mais l'endroit avait l'air abandonné. La plate-forme qui semblait avoir été construite dans l'espace situé entre les arbres, avec des sortes de claies de lianes tressées, était délabrée. On pouvait voir le ciel par les trous du fond.

Frazer leva un regard empli de convoitise.

« Je donnerais cinq ans de ma vie pour aller jeter un coup d'œil là-haut. Est-ce qu'ils utilisent des meubles? Est-ce une maison, un temple? Qui sait quoi? Mais je ne peux pas grimper à ces arbres et les échelles de corde ne supporteraient probablement même pas le poids de Janice. Alors le mien... Si mes souvenirs sont bons, ils ne dépassaient guère la taille d'un enfant de dix ans.

– On a tout le temps, dit MacAran. Cet endroit est abandonné. On peut revenir un jour avec des échelles et vous pourrez explorer tout votre soûl. Personnellement, je pense qu'il s'agit d'une ferme.

– Une ferme? »

MacAran tendit le doigt. Sur les troncs d'arbres, régulièrement espacés, on distinguait des lignes extraordinairement droites. Les délicieux champignons gris que MacLeod avait découverts avant le premier des Vents, y poussaient en rangées aussi nettement espacées que si elles avaient été tracées au cordeau.

« Ils ne pousseraient sûrement pas de façon aussi ordonnée, naturellement, fit MacAran. On a dû les planter ici. Les étrangers reviennent peut-être tous les quelques mois pour faire leur récolte. La plate-forme, là-haut, peut être tout ce que l'on veut... Un refuge, un entrepôt, un camp pour la nuit. Bien entendu, il pourrait s'agir également d'une ferme abandonnée par eux, il y a des années.

– Cela fait plaisir de savoir qu'on peut cultiver ces trucs », dit Frazer.

Il commença à noter soigneusement dans son carnet l'essence précise de l'arbre sur lequel poussaient les champignons, ainsi que l'espacement et la hauteur des rangées.

« Regardez cela! Cela a tout à fait l'air d'un système d'irrigation très simple pour détourner l'eau de l'endroit où poussent les champignons et l'amener directement jusqu'aux racines de l'arbre! »

Tandis qu'ils poursuivaient leur chemin dans les montagnes, l'emplacement de la « ferme » étrangère bien fixé sur la carte de Janice, MacAran se surprit à songer aux étrangers.. Primitifs, certes, mais quel autre type de société pouvait-on envisager sérieusement sur ce monde? Leur niveau d'intelligence devait être comparable à celui de pas mal d'hommes, à en juger par la complexité de leurs dispositifs.

(Le Capitaine parle d'un retour à la barbarie. Mais j'ai idée qu'on ne pourrait pas en revenir à ce stade, même si l'on essayait. Tout d'abord, nous formons un groupe de gens choisis. La moitié d'entre nous a reçu une éducation supérieure et le reste est passé par le processus de sélection pour les colonies. Nous apportons dans nos bagages une connaissance acquise au cours de millions d'années

d'évolution et de quelques centaines d'années de technologie poussée qu'exigeait un monde surpeuplé et pollué. Peut-être serons-nous incapables de transplanter notre civilisation tout entière sur cette planète, elle n'y survivrait pas et ce serait vraisemblablement un suicide d'essayer. Mais Leicester n'a pas à se tourmenter à propos d'un retour au stade primitif. Quels que soient nos rapports avec ce monde, le résultat final, à mon avis, ne sera pas inférieur à ce qu'on avait sur Terre, dans la mesure où la race humaine tire le meilleur parti de ce qu'elle trouve. Ce sera différent... Il est probable que, dans quelques générations, je ne pourrais pas établir moi-même de rapport avec la civilisation terrienne. Mais les humains ne peuvent pas devenir moins qu'humains et l'intelligence ne fonctionne pas en dessous de son propre niveau.)

Ces petits étrangers avaient évolué en fonction des besoins de ce monde. C'était un peuple sylvicole, fourré – MacAran, qui frissonnait sous la pluie glacée d'une nuit d'été, se prit à leur envier ce pelage –, qui vivait en symbiose avec la forêt. Mais autant qu'il pouvait en juger, leurs constructions dénotaient un haut niveau d'élégance et d'adaptabilité.

Comment Judy les avait-elle appelés? : *« les petits frères qui manquent de sagesse »*. Et les AUTRES étrangers, alors? Il était manifeste que DEUX espèces parfaitement intelligentes s'étaient développées sur cette planète et coexistaient dans une certaine mesure. C'était bon signe pour les humains et les autres. Mais l'étranger de Judy – c'était le seul nom dont Rafe disposait et maintenant encore, il se surprenait à douter de l'existence même de ces autres êtres – devait être assez proche d'un homme, pour engendrer un enfant avec une Terrienne. Cette pensée était étrangement perturbatrice.

Le quatorzième jour de leur expédition, ils atteignirent les premières pentes du grand glacier que Camilla avait baptisé la « Muraille autour du Monde ». Il se dressait au-dessus d'eux et cachait la moitié du ciel à leur vue.

MacAran savait que, même avec ce taux d'oxygène, il était impossible d'en faire l'ascension. Il n'y avait guère, au-delà de ces pentes, que de la glace et des rochers nus battus par les éternels vents glacés. Ils n'avaient aucun intérêt à poursuivre leur chemin. Cependant, même lorsque son équipe tourna le dos à l'énorme masse montagneuse, l'esprit de Rafe rejeta cette IMPOSSIBILITÉ de l'ascension : *(Non, rien n'est impossible,* pensa-t-il. *Ce n'est pas possible pour le moment. Et ce ne le sera peut-être pas de mon vivant. Et certainement pas d'ici dix ou vingt ans. Mais il n'est pas naturel chez l'homme d'accepter des limites comme celle-ci. Un jour, je reviendrai faire cette escalade, ou bien ce seront mes enfants. Ou encore* LEURS *enfants.)*

« Voilà donc le terminus dans cette direction, dit Frazer. La prochaine expédition ferait mieux de partir dans l'autre sens. De ce côté, il n'y a que la forêt et encore la forêt.

– Eh bien, on peut utiliser les forêts, dit MacAran. C'est peut-être un désert qu'il y a dans l'autre sens. Ou un océan. Ou, pour autant qu'on sache, des vallées fertiles et même des villes. Le temps, seul, nous le dira. »

Rafe vérifia les cartes qu'ils avaient dressées en considérant les parties complétées avec satisfaction. Mais il se rendait compte qu'il y en avait pour toute une vie. Ils campèrent, cette nuit-là, au pied même du glacier et MacAran s'éveilla avant l'aube. Sans doute parce que la neige nocturne, molle et épaisse, avait cessé de tomber. Il sortit et considéra le ciel sombre, les étoiles nouvelles et trois des quatre lunes, suspendues comme des breloques de pierres précieuses, plus bas que la crête des montagnes qui le dominaient. Ensuite, son regard et ses pensées se portèrent à nouveau sur la vallée. C'était là que se trouvaient son peuple et Camilla qui portait son enfant. Au loin, à l'est, là où le grand soleil rouge allait se lever, on distinguait une vague lueur pourpre. Il fut soudain gagné par un contentement profond et indicible.

Il n'avait jamais été heureux sur la Terre. La Colonie aurait été préférable, mais même là-bas, il se serait accommodé d'un monde conçu par d'autres hommes dont certains n'avaient rien de commun avec lui. Ici, il pouvait prendre part à la création initiale, modeler et créer l'environnement qu'il désirait pour lui-même, pour ses futurs enfants et les enfants de leurs enfants. La tragédie et la catastrophe les avaient conduits jusqu'ici, la folie et la mort les avaient meurtris. Pourtant, MacAran savait qu'il faisait partie des heureux. Il avait trouvé sa place et c'était une bonne chose.

Ils mirent une grande partie de cette journée-là et de celle qui suivit à rebrousser chemin depuis le pied du glacier, par un temps gris et maussade, couvert de nuages lourds qui s'amoncelaient. MacAran, qui commençait à se défier du beau temps sur cette planète, ressentit néanmoins la pointe d'appréhension, désormais familière. Vers la fin de la deuxième journée, la neige se mit à tomber, plus abondante et drue que tout ce qu'il avait encore jamais vu sur cette planète. En dépit de leurs vêtements chauds, les Terriens étaient frigorifiés. En outre, ils perdirent rapidement tout sens de l'orientation dans cet univers qui s'était transformé en un blanc tourbillon insensé, sans couleur, sans forme ni orientation. Ils n'osèrent pas s'arrêter. Il devint bientôt manifeste qu'ils n'allaient pas pouvoir continuer à marcher très longtemps dans cette tourmente de plus en plus intense et dans cette neige molle et poudreuse. Ils avançaient en trébuchant et se cramponnaient les uns aux autres. La seule chose qu'ils pouvaient continuer à faire, c'était DESCENDRE. Toute autre notion de direction n'avait plus de sens. Sous les arbres, cela allait un peu mieux. Mais le vent qui soufflait des cimes en hurlant, le craquement et l'agitation des branches, l'une après l'autre – on eût cru entendre le vent dans les haubans gigantesques d'un voilier d'une taille défiant l'imagination –, emplissaient le crépuscule de voix surnaturelles. Une fois, ils s'efforcèrent de s'abriter sous un arbre et de dresser leur tente, mais un coup de vent la fit claquer furieusement. Ils la perdirent à deux reprises. Il leur fallut poursuivre la toile chassée par le vent, dans la neige. Elle finit par s'entortiller autour d'un arbre et ils purent tant bien que mal la récupérer. Mais comme abri, elle ne leur était d'aucune utilité. Ils eurent de plus en plus froid. Leurs manteaux les protégeaient de l'humidité, à vrai dire, mais ils ne servaient pratiquement à rien contre le froid pénétrant.

Frazer marmonna, en claquant des dents, tandis qu'ils s'agrippaient les uns aux autres, abrités du vent par un arbre plus gros que la normale :

« Si c'est comme ça en été, quelles épouvantables tempêtes va-t-on avoir en hiver?

– J'ai dans l'idée qu'en hiver, nous ferons bien, tous tant que nous sommes, de ne pas mettre les pieds en dehors du Camp de Base », dit MacAran d'un ton lugubre.

Il songea à la tempête qui avait suivi le premier des Vents, lorsqu'il avait cherché Camilla dans la neige fine. Cela lui avait fait l'effet d'une tourmente, à l'époque. Comme il connaissait peu ce monde! Il fut gagné par une peur aiguë et un sentiment de regret. *(Camilla. Elle est en sécurité dans le Camp, mais est-ce qu'aucun de nous y reviendra jamais?)* Il pensa en s'apitoyant sur lui-même, avec un tiraillement douloureux, qu'il ne verrait jamais le visage de son enfant, puis chassa cette pensée avec colère. Pas besoin de renoncer et de se coucher déjà pour mourir. Il devait y avoir un abri quelque part. Sinon, ils ne survivraient pas à cette nuit-là. Leur tente n'avait pas plus d'utilité qu'un morceau de papier, mais il devait y avoir une solution.

(Réfléchis. Tu te glorifiais du groupe de gens triés sur le volet et intelligents que vous formiez. Utilise cette intelligence, sinon tu ne vaux pas mieux qu'un aborigène australien.

Cela vaudrait peut-être mieux. Ces gens-là sont rude-

ment doués pour survivre. Mais toi, tu as été dorloté toute ta vie. Survis, bon sang.)

Il agrippa Janice d'un bras, le Dr Frazer de l'autre, puis lâcha Frazer et allongea le bras devant lui pour atteindre Domenick, le jeune garçon de la Commune qui avait étudié la géologie pour travailler dans la colonie. Il les attira tous contre lui et éleva la voix pour couvrir le hurlement de la tempête.

« Quelqu'un peut-il voir où les arbres sont le plus serrés? Comme il n'y a vraisemblablement pas de grotte par ici, ni aucun abri, nous devons tirer le meilleur parti possible du sous-bois pour couper le vent et rester au sec.

– C'est difficile de voir, fit Janice dont la voix fluette était presque inaudible, mais j'ai eu l'impression qu'il y avait quelque chose de sombre par là. S'il ne s'agit pas d'une masse compacte, alors, les arbres doivent être si serrés que je ne peux pas voir à travers. C'est de cela que tu parles? »

MacAran avait eu la même impression. Maintenant qu'elle était confirmée, il décida de s'y fier. *(Il avait été conduit directement jusqu'à Camilla, l'autre fois.)* Visionnaire? Peut-être. Qu'avait-il à perdre?

« Tenons-nous tous par la main, ordonna-t-il plus par gestes qu'en paroles. Si nous nous perdons, jamais nous ne nous retrouverons. »

Étroitement agrippés l'un à l'autre, ils se mirent à avancer péniblement vers l'endroit en question. Ce n'était qu'une zone plus sombre sur le fond des arbres.

L'étreinte du Dr Frazer se resserra sur le bras de Rafe.

« Je suis peut-être en train de perdre la boule, mais j'ai vu une LUMIÈRE! » cria-t-il en collant son visage contre celui de MacAran.

Ce dernier avait cru qu'il s'agissait d'images rémanentes tournoyant dans ses yeux cinglés par le vent. Ce qu'il crut voir, au-delà, était encore plus invraisemblable : la silhouette d'un homme? Grand, vaguement lumineux et nu, malgré la tempête... Non, c'était parti, ce n'avait été qu'une vision. Mais il croyait avoir vu l'être faire signe dans l'obscurité indistincte... Ils s'y dirigèrent avec peine.

« Tu l'as vu? marmonna Janice.

– Il m'a semblé. »

Ensuite, lorsqu'ils furent à l'abri des arbres étroitement serrés, ils comparèrent leurs impressions. Aucun n'avait vu la même chose. Le Dr Frazer n'avait vu que la lumière. MacAran avait aperçu un homme nu qui leur faisait signe. Janice n'avait distingué qu'un visage nimbé d'une étrange lumière, comme si ce visage, dit-elle, était en réalité dans sa tête et s'était évanoui quand elle ferma à demi les yeux pour mieux voir. Pour Domenick, enfin, il s'était agi d'une silhouette, haute et lumineuse.

« Comme un ange, dit-il, ou une femme... une femme avec de longs cheveux brillants. »

Mais comme ils trébuchaient à sa suite, ils s'étaient heurtés aux arbres poussant si dru qu'ils purent à peine se frayer un chemin entre eux. MacAran se laissa tomber sur le sol et rampa entre les troncs, entraînant les autres à sa suite.

A l'intérieur de l'épais bouquet d'arbres, la neige n'était plus qu'un léger poudroiement et les hurlements du vent ne parvenaient pas jusqu'à eux. Ils se blottirent les uns contre les autres, enveloppés dans les couvertures qu'ils avaient sorties de leurs sacs et partagèrent la chaleur de leur corps, en grignotant les rations froides de leur dîner. Plus tard, Rafe frotta une allumette et distingua, contre le fût de l'arbre, des morceaux de bois plats, soigneusement assujettis. Une échelle qui grimpait au flanc de l'arbre.

Avant même qu'ils aient commencé à monter, Rafe devina qu'il ne s'agissait pas, cette fois, d'une des maisons du petit peuple fourré. Les échelons étaient assez distants pour donner du mal à MacAran lui-même et Janice, qui était petite, dut être hissée. Le Dr Frazer manifesta quelques scrupules, mais Rafe n'hésita pas une seconde.

« Nous avons tous eu une vision différente, mais nous n'en avons pas moins été GUIDÉS jusqu'ici. On s'est adressé directement à nos esprits. On peut dire que nous avons été INVITÉS. Si la créature était nue – or, nous sommes deux à l'avoir vu ou vue ainsi – il est évident que le temps qu'il fait ne tourmente pas ces êtres, quels qu'ils soient. Mais celui ou celle qui nous a fait signe sait qu'il nous met en danger. Je suggère que nous acceptions l'invitation avec tout le respect voulu. »

Ils durent se faufiler par une porte mal fixée et monter sur une plate-forme. Ils se trouvèrent alors dans une maison de bois solidement construite. MacAran faillit frotter une autre allumette, prudemment, et découvrit que ce n'était pas nécessaire. L'intérieur de l'habitation baignait en effet dans une vague lumière. Cela venait d'une substance phosphorescente posée sur les murs, qui répandait une douce lueur rougeâtre. Au dehors, le vent gémissait et les branches des grands arbres se balançaient en craquant. Elles imprimaient au plancher moelleux de l'habitation un léger mouvement qui n'était pas déplaisant, mais pourtant un peu inquiétant. Il n'y avait qu'une seule grande pièce. Le sol était couvert d'une matière molle et spongieuse, comme si de la mousse ou une sorte d'herbe douce d'hiver poussait là d'elle-même. Les voyageurs, épuisés et glacés, s'étendirent avec gratitude, se détendirent dans la chaleur et la sécheresse relatives de leur abri et s'endormirent.

Auparavant, MacAran crut entendre au loin, un son doux et aigu, comme un chant, dans la tempête. Un chant? Aucune créature ne pouvait vivre là-bas, au dehors, dans cette tourmente de neige! Pourtant, l'impression subsista et au seuil du sommeil, des paroles et des images persistèrent dans son esprit.

Bien plus bas, dans les collines, égaré et rendu fou après avoir essuyé le premier des Vents Fantômes, il avait repris ses esprits pour découvrir que la tente avait été soigneusement dressée et leurs sacs bien empilés à l'intérieur avec leur matériel scientifique. Camilla crut que c'était lui qui l'avait fait. Il avait cru, lui, que c'était elle.

(Quelqu'un nous a observés. Nous a protégés.)

Judy disait la vérité.

L'espace d'un instant, un beau visage calme, ni masculin, ni féminin, flotta dans son esprit. « Oui. Nous savons que vous êtes ici. Nous ne vous voulons aucun mal, mais nos chemins sont séparés. Nous vous aiderons quand même du mieux que nous pourrons, même si nous ne pouvons vous joindre que difficilement, à travers les portes closes de vos esprits. Mieux vaut que nous ne nous approchions pas trop. Mais dormez en sécurité cette nuit et partez en paix... »

Dans l'esprit de Rafe, une lumière nimbait les beaux traits, les yeux d'argent. Et jamais, ni sur le moment, ni par la suite, il ne sut s'il avait vraiment vu les yeux de l'étranger et ses traits éclairés, ou si son esprit les avait captés avant de former une image composée des rêves enfantins d'anges, de fées et de saints auréolés... Mais c'est en entendant le chant lointain et la berceuse du vent qu'il s'endormit.

Chapitre XV

« ... C'est vraiment tout ce qu'on peut en dire. Nous sommes restés à l'intérieur pendant environ trente-six heures, jusqu'à ce que la neige ait cessé de tomber et que le vent se soit apaisé. Puis nous sommes repartis. Nous n'avons pas entrevu une seule fois l'être qui pouvait vivre là. A mon avis, il s'est tenu prudemment à l'écart jusqu'à notre départ. Ce n'était pas là qu'il t'avait emmenée, Judy?

– Oh non. Pas si loin. Il s'en faut de beaucoup. Ce n'était pas non plus dans une des maisons de son peuple. Il s'agissait, je crois, d'une ville du petit peuple, les hommes des routes dans les arbres, comme il les appelle. Mais je ne pourrais pas retrouver l'endroit et je ne le voudrais pas.

– Ils sont très bienveillants à notre égard, pourtant. J'en suis sûr, dit MacAran. Je suppose... que ce n'était pas le même étranger que celui que tu as connu?

– Comment pourrais-je le savoir? Il s'agit évidemment d'une race télépathe. Je suppose que n'importe quel fait connu de l'un d'eux l'est également des autres... de ses intimes, de sa famille, au moins... s'ils ont des familles.

– Peut-être, un jour, sauront-ils que nous ne leur voulons aucun mal », dit MacAran.

Judy esquissa un sourire.

« Je suis certaine qu'ils savent que toi... et moi... ne leur voulons aucun mal, dit-elle. Mais ils ne nous connaissent pas tous et j'ai dans l'idée que le temps n'a peut-être pas autant d'importance pour eux que pour nous. Ce n'est même pas une conception tellement étrangère : elle ne l'est que pour nous autres, Européens occidentaux... Les Orientaux, même sur la Terre, ont souvent élaboré des projets et ont souvent pensé en termes de générations, au lieu de mois, ou même d'années. Cet étranger pense peut-être qu'il sera toujours temps de faire notre connaissance d'ici un siècle ou deux. »

MacAran rit tout bas.

« Ma foi, on tourne en rond. Je suppose qu'on a tout le temps. Le Dr Frazer est au septième ciel. Il a pris tellement de notes anthropologiques qu'il est sûr d'avoir de l'occupation pour trois ans, à temps perdu. Il doit avoir consigné par écrit tout ce qu'il a vu dans la maison... J'espère que les Autres ne se sont pas froissés de sa curiosité. Bien entendu, il a également noté ce qui était utilisé comme nourriture... Si nous sommes à peu près de la même espèce, on peut évidemment manger tout ce qu'ils mangent, ajouta Rafe. Nous n'avons pas touché aux provisions, bien sûr, mais Frazer a noté tout ce qu' « il » avait. Je dis « il » pour plus de commodité. Domenick était persuadé que c'était une femme qui nous avait conduits à cet abri. En outre, le seul meuble — important — qui s'y trouvait, ressemblait à un métier à tisser avec une étoffe tendue dessus. Des pelotons d'une sorte de fibre végétale un peu comme le coton sauvage de la Terre trempaient dans le dessein évident de les préparer au filage. Nous trouvâmes des pelotons semblables sur notre chemin, au retour. On les a remis à MacLeod, à la ferme. Il semble qu'on puisse en faire une très belle étoffe.

— Tu te rends compte qu'il y a encore plein de gens dans le camp qui ne croient même pas à l'existence de peuples étrangers sur cette planète? » s'écria Judy au moment où il se levait pour partir.

MacAran croisa son regard songeur.

« Est-ce vraiment important, Judy? demanda-t-il avec une grande douceur. Nous le savons, nous. Peut-être devrons-nous simplement attendre et commencer à penser en termes de générations, nous aussi. Nos enfants le sauront peut-être tous.

L'été s'écoula sur le monde du soleil rouge. L'astre monta chaque jour un peu plus haut dans le ciel, un solstice passa et il commença à décliner un peu. Camilla s'était attelée à la mise à jour d'un calendrier. Elle nota que les changements quotidiens du soleil et du ciel indiquaient que les jours, après s'être allongés pendant les quatre premiers mois de leur séjour sur cette planète, se raccourcissaient à mesure que l'inimaginable hiver approchait. L'ordinateur dans lequel on avait programmé toutes les informations dont on disposait, avait prédit des journées d'obscurité complète, des températures moyennes au voisinage du zéro centigrade et des tempêtes glaciales virtuellement constantes. Mais elle se rappela qu'il ne s'agissait que d'une projection mathématique de probabilités. Cela n'avait rien à voir avec la réalité.

Il y eut des jours, au cours de ce deuxième tiers de sa grossesse, où elle se surprit elle-même. Jamais auparavant, il ne lui était venu à l'idée que la discipline rigoureuse des mathématiques et de la science, qui constituait son univers depuis l'enfance, pût avoir des lacunes. Jamais elle n'avait songé qu'elle pourrait se heurter à des problèmes, en dehors de ceux qui lui étaient strictement personnels, que ces disciplines ne pourraient pas résoudre. Autant qu'elle pouvait juger, les vieilles disciplines tenaient encore bon pour ses compagnons d'équipage. On allait même jusqu'à se moquer et à écarter avec des haussements d'épaules sa faculté de plus en plus évidente de lire les pensées des autres, de prévoir étrangement l'avenir et de faire des prédictions d'une troublante justesse, basées uniquement sur de brefs éclairs de prescience, comme elle était bien forcée d'appeler cela. Elle savait, cependant, que certains des autres éprouvaient à peu près les mêmes choses.

Ce fut Harry Leicester – elle pensait toujours à lui secrètement, comme au Capitaine – qui lui exprima le plus clairement son opinion à ce sujet. Et quand elle se trouvait avec lui, elle partageait presque son point de vue.

« Tenez-vous-en à ce que vous SAVEZ, Camilla. C'est tout ce que vous pouvez faire. C'est ce qu'on appelle la probité intellectuelle. Si une chose est impossible, elle est IMPOSSIBLE.

– Et si l'impossible se produit? Comme les perceptions extra-sensorielles, par exemple?

– Alors, rétorqua-t-il avec vigueur, vous avez dû mal interpréter vos faits, ou bien vous hasardez des hypothèses basées sur des indices subliminaux. Ne cédez pas à l'enthousiasme, parce que vous voulez y croire. Attendez d'avoir des FAITS.

– Qu'est-ce que vous considéreriez comme une preuve, au juste? » demanda-t-elle calmement.

Il secoua la tête.

« En toute franchise, il n'y a RIEN que je considérerais comme une preuve. Si cela m'arrivait, je déclarerais tout simplement que je suis atteint de folie et je nierais par conséquent toute valeur au témoignage de mes sens. »

(Que dire du refus de croire? pensa alors Camilla. *Et comment peut-on faire preuve de probité intellectuelle quand on rejette toute une série de faits en les jugeant impossibles avant même de les avoir vérifiés?)* Mais elle aimait le capitaine et les vieilles habitudes tenaient bon. Un jour, peut-être, il y aurait une mise au point, mais elle espérait, avec un sourd désespoir, que cela n'arriverait pas de sitôt.

La pluie nocturne se prolongeait et les redoutables vents de folie ne soufflaient plus, mais les tragiques statistiques qu'Ewen Ross avait augurées, continuaient à s'avérer exactes, avec une terrible inéluctabilité. Sur les cent quatorze femmes, quatre-vingt ou quatre-vingt-dix environ auraient dû entamer une grossesse au cours des cinq premiers mois. Mais il n'y en avait eu que quarante-huit, en réalité. Et parmi ces dernières, vingt-deux avaient fait une fausse couche dans les deux premiers mois. Camilla savait qu'elle allait être du nombre des fortunées et c'était vrai. Sa grossesse se poursuivait sans l'ombre d'un incident, à tel point qu'il lui arrivait de l'oublier complètement. Judy, elle aussi, avait une grossesse sans problèmes. Mais Alanna, la jeune femme des Hébrides, entra en travail au sixième mois et donna naissance à des jumeaux prématurés qui moururent quelques secondes après l'accouchement. Camilla avait peu de rapports avec les femmes des Hébrides... celles-ci travaillaient pour la plupart à la Nouvelle Skye, sauf celles qui étaient enceintes et qui travaillaient à l'hôpital. Mais lorsqu'elle apprit cela, elle éprouva comme une terrible souffrance. Elle alla trouver MacAran cette nuit-là, et resta longtemps avec lui, en s'accrochant à lui avec une angoisse muette qu'elle ne pouvait ni expliquer ni comprendre.

« Rafe, dit-elle enfin, tu connais une fille du nom de Fiona?

– Oui, assez bien. C'est une belle rousse qui se trouve à la Nouvelle Skye. Mais tu n'as pas à être jalouse, chérie. En fait, je crois qu'elle vit avec Lewis MacLeod en ce moment. Pourquoi?

– Tu connais beaucoup de gens à la Nouvelle Skye, n'est-ce pas?

Oui. J'y suis beaucoup allé, ces derniers temps. Pourquoi? Je croyais que tu les tenais, non sans un certain mépris, pour d'écœurants sauvages, dit Rafe, un peu sur la défensive. En fait, ce sont des gens agréables et j'aime leur façon de vivre. Je ne te demande pas de te joindre à eux. Je sais que tu ne le voudrais pas et ils ne m'admettront pas parmi eux si je n'ai pas une femme. Ils essaient de conserver un équilibre des sexes, même s'ils ne se marient pas. Cependant, ils me traitent comme un des leurs.

— J'en suis très heureuse et je ne suis certainement pas jalouse, dit Camilla avec une douceur inhabituelle. Mais j'aimerais voir Fiona. Je ne peux pas expliquer pourquoi. Tu pourrais m'emmener à une de leurs réunions?

— Tu n'as pas besoin d'expliquer, dit-il. Ils donnent un concert ce soir... oh! sans prétention, mais c'est un concert quand même. Tous ceux qui ont envie de venir sont les bienvenus. Tu pourrais même y participer, si tu te sentais d'humeur à chanter. Je le fais, parfois. Tu connais quelques vieilles chansons espagnoles, n'est-ce pas? Une sorte de projet encourage la conservation de tous les airs de musique dont nous pouvons nous souvenir.

— Une autre fois, ce sera avec plaisir. J'ai le souffle trop court pour chanter, maintenant, dit-elle. Après la naissance du bébé, peut-être. »

Elle étreignit la main de Rafe. Celui-ci ressentit une violente pointe de jalousie. *(Elle sait que Fiona porte l'enfant du capitaine et elle veut la voir. C'est pour cela qu'elle n'est pas jalouse, cela lui est tout à fait égal...*

Je suis jaloux. Mais aurais-je envie qu'elle me mente? Elle m'aime vraiment, elle attend mon enfant. Que me faut-il de plus?)

Ils entendirent les premiers accords de musique avant d'avoir atteint la nouvelle salle de récréation de la ferme de la Nouvelle Skye. Camilla regarda MacAran avec une consternation teintée d'effroi.

« Qu'est-ce que c'est que ce tintamarre de tous les diables?

— J'oubliais que tu n'es pas Écossaise, chérie. Tu n'aimes pas les cornemuses? Moray, Domenick et un ou deux autres types en jouent. Mais tu n'es pas obligée d'entrer avant qu'ils aient fini, à moins que tu ne le veuilles dit-il en riant.

— C'est pire que les hurlements d'une « fée porte-malheur » en liberté, dit fermement Camilla. La musique n'est pas toute comme ça, j'espère?

— Non. Il y a des harpes, des guitares, des luths. Tous

les instruments possibles. Et ils en fabriquent d'autres. » Il lui serra la main lorsque les cornemuses se turent et ils se dirigèrent vers la salle. « C'est une tradition, c'est tout. Les cornemuses. Le costume de cérémonie des Highlands... les kilts et les épées. »

Camilla éprouva, à sa surprise, une brève pointe d'envie lorsqu'ils pénétrèrent dans la salle brillamment illuminée à l'aide de bougies et de torches. Les jeunes femmes portaient leurs kilts [1] et leur plaid [2] en tartans éclatants. Les hommes étaient resplendissants avec leurs kilts, leurs épées et leurs plaids retenus par une agrafe, et rejetés sur leurs épaules. Ils avaient presque tous des cheveux d'un roux ardent. *(C'est une tradition pittoresque. Ils la transmettent et nos traditions à nous... meurent. Oh, allons, zut, quelles traditions? Le défilé annuel de l'Académie Spatiale? La leur s'accorde à ce monde étranger, du moins.*

Deux hommes, Moray et Alastair, le grand roux, exécutaient une danse du sabre, bondissant lestement entre des lames étincelantes au son de la cornemuse. Pendant un instant, Camilla eut une vision insolite d'épées étincelantes — utilisées non pas dans des jeux, mais dans un but mortel — puis la vision vacilla et s'éteignit... Elle se joignit alors aux autres pour applaudir les danseurs.

Il y eut d'autres danses et d'autres chants que Camilla ignorait, pour la plupart. Ils avaient une cadence bizarre et mélancolique, un rythme qui la faisaient songer à la mer. La mer, d'ailleurs, se retrouvait dans de nombreuses paroles. Il faisait sombre dans la salle, malgré la lumière des torches. Elle n'aperçut nulle part la jeune femme aux cheveux cuivrés qu'elle recherchait. Au bout d'un moment, elle oublia la raison pressante qui l'avait amenée là, en écoutant les chansons tristes d'un monde d'îles et de mers qui avait disparu.

1. Kilt : jupe courte et plissée, en tissu écossais.
2. Plaid : couverture écossaise servant de manteau.

O Mhari, oh Mhari, ma belle,
Tes yeux bleus comme la mer, par magie
M'arrachent aux rives sauvages de Mull, vers toi.
Mon cœur a bien mal, pour l'amour de toi.

MacAran resserra son étreinte et Camilla se laissa aller contre lui.

« Comme c'est étrange que sur un monde sans mers, on puisse maintenir vivantes tant de chansons de marins... chuchota-t-elle.

— Laisse-nous le temps, murmura-t-il. On trouvera bien quelques mers que l'on pourra chanter... »

Il s'interrompit, car le chant s'était tu.

« Fiona! Fiona, chante pour nous! » cria quelqu'un.

D'autres personnes se joignirent à ce cri, et un instant après, la mince jeune femme rousse, vêtue d'une ample jupe verte et bleue qui soulignait sa grossesse d'une façon presque ostentatoire, fendit la foule.

« Je ne peux guère chanter, j'ai le souffle court, ces temps-ci, dit-elle d'une voix légère et mélodieuse. Qu'est-ce que vous aimeriez entendre? »

Quelqu'un cria en gaélique. Elle sourit, hocha la tête, emprunta une petite harpe à une autre fille et s'assit sur un banc de bois. Pendant un moment, ses doigts effleurèrent l'instrument, égrenant de doux arpèges, puis elle chanta.

Le vent souffle des îles, porteur des chants de notre peine,
Du cri des mouettes, du soupir des rivières.
Dans tous mes rêves, j'entends les eaux
Qui ruissellent des collines, au pays de nos rêves.

Sa voix était grave et douce. Tandis qu'elle chantait, Camilla eut la vision de collines vertes et basses, paysages familiers de l'enfance, souvenirs d'une Terre que peu d'entre eux connaissaient et que, seuls, des chants comme celui-là maintenaient vivants, souvenirs d'un temps où les collines de la Terre s'étendaient, vertes, sous un soleil jaune d'or et des cieux bleu de mer...

Souffle à l'ouest, ô vent marin, apporte-nous quelque
[murmure,
Venu de notre terre d'honneur et de vérité.
Que je veille ou que je dorme, j'entends les eaux
Qui ruissellent des collines, au pays de notre jeunesse.

La gorge de Camilla se serra avec un demi-sanglot. Le pays perdu, oublié... Pour la première fois, elle fournit un effort lucide pour ouvrir son esprit à cette perception insolite qu'elle éprouvait depuis la première fois où le Vent avait soufflé. Elle concentra son regard et son esprit avec une sorte d'acharnement, submergée par un amour presque passionné, sur la jeune femme qui chantait. Alors elle vit, et se détendit.

(Elle ne mourra pas. Son enfant vivra.

Je n'aurais pu le supporter, qu'il disparaisse comme s'il n'avait jamais été...)

Qu'est-ce qui me prend? Il n'a que quelques années de plus que Moray, il n'y a pas de raison pour qu'il ne survive à beaucoup d'entre nous...) Mais l'angoisse était bien présente et le soulagement intense, tandis que le chant de Fiona s'enflait et touchait à sa fin.

Nous chantons en ce pays lointain les chants de notre
[exil,
Les cornemuses et les harpes sont toujours aussi belles,
Mais jamais la musique ne chantera plus douce que les
[eaux
Qui ruissellent au pays, là-bas, que nous ne reverrons
[jamais plus.

Camilla s'aperçut qu'elle pleurait. Elle n'était pas la seule. Tout autour d'elle, dans la salle assombrie, les exilés pleuraient leur monde perdu. Incapable de le supporter, Camilla se leva et, aveuglée par les larmes, se fraya un chemin à tâtons dans la foule, vers la porte. Quand les gens virent qu'elle était enceinte, ils s'écartèrent poliment pour la laisser passer. MacAran la suivit, mais elle n'y porta pas attention. Ce ne fut qu'une fois dehors qu'elle se retourna et s'accrocha à lui en versant des pleurs éperdus. Quand elle finit par entendre les questions inquiètes qu'il lui posait, elle les éluda. Elle ne savait pas comment répondre.

Rafe essaya de la consoler mais il perçut son inquiétude. Pendant un moment, il n'en comprit pas la raison, puis elle s'imposa brusquement à lui.

Au-dessus d'eux, la nuit était claire, sans nuages, sans signe annonciateur de pluie. Deux grandes lunes, l'une vert tilleul, l'autre bleu paon, flottaient bas dans le mauve de plus en plus sombre du ciel. Et les vents se levaient.

Dans la grande salle de la Commune des Hébrides, la musique se transforma imperceptiblement en une danse collective presque extatique. Tous eurent le sentiment grandissant d'une intimité, d'un amour et d'une communion qui les réunissaient par des liens étroits qui ne devaient jamais être oubliés ni rompus. A un moment, tard dans la nuit, quand les torches vacillèrent et baissèrent, presque mourantes, deux hommes se levèrent précipitamment et s'affrontèrent en une soudaine flambée de violente fureur. Des épées luirent en surgissant du flamboyant costume des Highlands et se croisèrent dans un cliquetis d'acier. Moray, Alastair et Lewis MacLeod, agissant comme les doigts d'une seule main, plongèrent sur les deux hommes en colère. Ils les envoyèrent rouler à terre, firent sauter les épées qu'ils tenaient à la main et s'assirent sur eux... littéralement... jusqu'à ce que la lueur de fureur sanguinaire se fût éteinte chez les deux antagonistes. Ensuite, ils les libérèrent doucement et leur versèrent du whisky dans le gosier. *(Les Écossais s'arrangeront toujours pour fabriquer du whisky au fin fond de l'univers,* pensa Moray, *sans se soucier de ce qui peut leur manquer, à part ça.)* Les deux combattants finirent par s'embrasser comme des ivrognes et se jurèrent une amitié éternelle. Et les agapes se poursuivirent jusqu'au lever du soleil rouge, limpide, dans un ciel sans nuage.

Judy s'éveilla en sentant le souffle du vent la transpercer jusqu'aux os, tel une bise glacée, et l'insolite sensation envahit son cerveau et tout en elle. Elle tâta vivement, comme pour se rassurer, l'endroit où son enfant remuait avec une vie étrangement forte. *(Oui. Elle va bien, mais elle ressent les vents de folie, elle aussi.)*

Il faisait sombre dans la chambre où elle était allongée. Elle prêta l'oreille aux accents d'un chant lointain. *(Cela commence. Mais cette fois... cette fois, savent-ils ce que c'est, peuvent-ils l'affronter sans peur et sans démence?)* Elle se sentait parfaitement calme, elle-même, emplie de silence au plus profond de son être. Elle sut exactement, sans surprise, ce qui avait provoqué cette démence, au début. Elle sut aussi que pour elle du moins, cela ne se reproduirait plus. Il y aurait toujours des phénomènes étranges pendant la saison des vents, ainsi qu'une ouverture d'esprit et une perception accrues. Les pouvoirs latents, depuis si longtemps endormis, auraient toujours plus de force sous l'influence des puissants éléments psychédéliques portés par le vent. Mais elle savait, désormais, comment y faire face. Il n'y aurait plus que cette folie douce qui tranquilliserait l'esprit et soulagerait de toute tension le cerveau agité, le laissant libre d'affronter de nouveau cette tension, une autre fois. Judy se laissa alors aller et tendit son esprit vers un contact à peine sensible qui ressemblait à un souvenir. Elle eut l'impression de tournoyer et de flotter dans les vents qui agitaient ses pensées. Celles-ci étreignirent l'étranger et s'unirent à lui un bref instant... même à présent elle ne savait pas son nom, mais elle n'en avait nul besoin. Ils se connaissaient comme une mère connaît le visage de son enfant, comme un jumeau reconnaît son jumeau. Ils seraient toujours unis, quand bien même Judy ne devrait jamais plus contempler de ses yeux son visage... Ce fut une union brève, à demi extatique. Si bref que fût ce contact, elle ne désirait et n'avait besoin de rien d'autre.

Elle sortit le joyau, gage d'amour de l'étranger. Il lui sembla qu'il luisait d'un feu intérieur dans la pénombre, comme il avait lui dans sa main, au moment où il l'avait mis dans la sienne, dans la forêt, du même étrange éclat bleu argent que ses yeux. *« Essaie de maîtriser ce joyau. »* Elle concentra son regard et ses pensées sur lui, s'efforçant de savoir à l'aide de cette curieuse vision intérieure, ce que cela signifiait.

Il faisait sombre dans sa chambre. A mesure que la nuit s'écoulait, en effet, les lunes s'enfonçaient derrière la fenêtre aux volets clos et les étoiles ne brillaient guère. Le joyau toujours serré dans la main, Judy tendit le bras pour saisir une chandelle de résine. Le sommeil l'avait fuie. Elle tâtonna dans l'obscurité cherchant de quoi l'allumer, manqua le petit bâtonnet à embout chimique et l'entendit tomber à terre. Elle marmonna une vague imprécation avec mauvaise humeur. Maintenant, il lui faudrait sortir du lit pour le trouver. Elle braqua un regard féroce sur la chandelle de résine et, ce faisant, regarda *à travers* le bijou qu'elle avait à la main.

« Allume-toi, sacrebleu! »

La chandelle de résine sur son support de bois taillé s'alluma tout à coup avec une flamme brillante, sans que Judy y eût touché. Le souffle coupé, sentant son cœur battre à coups sourds, celle-ci moucha vivement la flamme et écarta la main. Puis elle concentra à nouveau toutes ses pensées sur le joyau et la flamme, et vit la chandelle s'allumer de nouveau entre ses doigts.

(C'était donc cela...

Cela pourrait être dangereux. Je le cacherai jusqu'au moment opportun.) Elle sut à cet instant qu'elle venait de faire une découverte susceptible de s'insérer, un jour, dans le gouffre qui séparait les connaissances transplantées de la Terre et les connaissances ancestrales de ce monde étranger. Mais elle sut également qu'elle garderait longtemps le silence à ce sujet, sinon à jamais. *(Quand le temps viendra où leurs esprits seront forts et prêts, alors... alors, peut-être pourra-t-on leur confier ce secret. Si je le leur montre maintenant, la moitié d'entre eux ne voudra pas y croire... et les autres se mettront à comploter une manière de s'en servir.)* Non, pas maintenant.

Depuis que l'astronef avait été détruit et qu'il avait admis l'idée qu'ils étaient naufragés sur cette planète *(pour la vie? A perpétuité? A perpétuité pour moi, du moins)* le capitaine Leicester n'avait eu qu'un espoir, l'œuvre de toute sa vie, un but susceptible de donner un sens à son existence et d'apporter une lueur d'optimisme dans son désespoir.

Moray pouvait édifier une société qui allait les clouer au sol de ce monde, fouillant la terre comme des pourceaux afin d'y trouver leur nourriture quotidienne. C'était l'affaire de Moray. Peut-être était-il nécessaire, pour le moment, d'élaborer une société stable, capable d'assurer leur survie. Mais survivre importait peu si ce n'était que survivre. Leicester se rendait compte, à présent, que cela pouvait être davantage. Un jour, leurs enfants pourraient repartir dans les étoiles. Il avait l'ordinateur. Une équipe possédant une formation technique, et toute une vie de savoir. Au cours des trois derniers mois, il avait systématiquement, pièce par pièce, dépouillé l'astronef du moindre élément d'équipement, rassemblé toutes les notions apprises par lui, sa vie durant, et programmé avec l'aide de Camilla et de trois autres techniciens, tout ce qu'il savait dans l'ordinateur. Il y avait introduit, après lecture, le contenu de tous les manuels subsistant dans la bibliothèque, de l'astronomie à la zoologie, de la médecine à l'électronique. Il avait fait venir chaque membre survivant de l'équipage, un par un, et les avait aidés à transférer tout leur savoir dans l'ordinateur. Aucune notion n'était trop futile pour être programmée : depuis la façon de construire ou de réparer un synthétiseur alimentaire, jusqu'à la confection et la réparation des fermetures à glissière sur les uniformes.

Il y a toute une technologie ici, pensait-il, triomphant. Tout un héritage, préservé dans son intégralité pour nos descendants. Cela ne se passera pas de mon vivant, ni de celui de Moray, ni, peut-être, de celui de mes enfants. Mais quand nous aurons dépassé les petits efforts pour survivre au jour le jour, le savoir sera là, en héritage. Il sera présent ici, dorénavant, qu'il s'agisse, pour l'hôpital, de la façon de soigner une tumeur du cerveau ou, pour la cuisine, de l'émaillage d'une casserole. Et quand Moray affrontera des problèmes dans sa société structurée, comme cela se produira inévitablement, il trouvera les réponses ici. Toute l'histoire du monde dont nous sommes venus. On peut éviter toutes les impasses de la société et passer directement à une technologie qui nous remmènera vers les étoiles, un jour... pour rejoindre la vaste communauté de l'humanité civilisée. Non pas en rampant autour d'une seule planète, mais en se répandant, tel un grand arbre branchu, d'étoile en étoile, d'un univers à l'autre.

Nous pouvons tous mourir, mais ce qui faisait de nous des humains survivra... intact... et un jour, nous repartirons. Un jour, nous le recupérerons.

Il resta étendu dans le dôme qui était devenu toute sa vie, prêtant l'oreille à l'écho lointain des chants qui lui parvenaient de La Nouvelle Skye. Il songea vaguement à se lever, à s'habiller. A aller vers les autres, à se joindre à eux. *(Ils avaient quelque chose à préserver, eux aussi.)* Il pensa à la jolie jeune fille rousse qu'il avait connue si brièvement. Et qui, extraordinairement, portait son enfant.

Elle serait heureuse de le voir. Il était sûrement un peu

responsable, même s'il avait engendré cet enfant dans un état semi-conscient, rendu fou comme une bête en rut... Cette pensée le fit sourciller. Pourtant, la jeune femme avait été douce et compréhensive. Il lui devait bien quelque chose, quelque gratitude pour s'être servi d'elle et l'avoir oubliée. Comment s'appelait-elle? Un joli nom étrange. *Fiona?* Un nom gaélique, sûrement. Il quitta son lit, chercha vivement quelques vêtements, puis hésita, debout sur le seuil du dôme à regarder le ciel clair et lumineux au dehors. Les lunes s'étaient couchées et la pâle et fausse aurore commençait à poindre au loin, vers l'est. Une lumière irisée comme une aurore boréale, réfléchie, selon lui, à partir du glacier lointain qu'il n'avait jamais vu. Qu'il ne verrait jamais. Il n'y avait jamais tenu.

Il flaira le vent. Tandis qu'il l'aspirait dans ses poumons, une suspicion bizarre et coléreuse s'empara de lui. La dernière fois, ils avaient détruit l'astronef. Cette fois-ci, ils les détruiraient, lui et son œuvre. Il claqua la porte, la ferma à clef, et mit de plus le cadenas qu'il avait demandé à Moray. Cette fois, personne ne pourrait approcher de l'ordinateur, pas même ceux auxquels il se fiait le plus. Pas même Patrick. Pas même Camilla.

« Reste tranquillement allongée, chérie. Regarde, les lunes se sont couchées. Ça va bientôt être le matin, murmura Rafe. Comme il fait chaud, sous les étoiles, dans le vent. Pourquoi pleures-tu, Camilla? »

Elle lui sourit dans l'obscurité.

« Je ne pleure pas, dit-elle doucement. Je me dis qu'un jour, nous trouverons un océan... et des îles... pour les chansons que nous avons entendues ce soir et qu'un jour, nos enfants les chanteront là-bas.

— As-tu fini par aimer ce monde comme moi, Camilla?

— Aimer? Je ne sais pas, répondit-elle, paisible. C'est NOTRE monde. Nous ne sommes pas obligés de l'aimer. Nous devons seulement apprendre à y vivre, tant bien que mal. Sans lui imposer nos conditions, mais en nous soumettant aux siennes.

Partout, dans le Camp de Base, les esprits des Terriens sombrèrent en vacillant dans une folie, une joie ou une peur inexpliquées. Les femmes se mirent à pleurer sans savoir pourquoi ou éclatèrent de rire dans une gaieté soudaine et sans raison. Le père Valentin, qui dormait dans son abri isolé, se réveilla, descendit paisiblement la montagne et pénétra sans attirer l'attention dans la grande salle de La Nouvelle Skye où il se mêla aux autres avec amour et totalement accepté. Lorsque les vents tomberaient, il retournerait à sa solitude, mais il savait que plus jamais, il ne serait complètement seul.

Heather et Ewen étaient tous deux de garde de nuit à l'hôpital. Ils regardèrent, enlacés, le soleil rouge se lever dans un ciel vide de nuages. Ils furent tirés brutalement de leur contemplation silencieuse et extatique du ciel (un millier d'étincelles couleur rubis et l'assaut éclatant de la lumière refoulant les ténèbres...) par un cri, derrière eux. Un gémissement aigu et plaintif de douleur et d'épouvante.

Une jeune fille bondit hors de son lit et se précipita vers eux, affolée par la douleur brutale et le flot de sang. Ewen la prit dans ses bras et la recoucha, rassemblant toutes ses forces et tout son calme. Il essayait de se concentrer pour garder sa raison. *(Tu peux surmonter cela! Lutte! Essaie!)* Il s'interrompit net, cependant, retenu par ce qu'il lut dans les yeux effrayés de la jeune fille. Heather le toucha avec compassion.

« Non, dit-elle. Inutile d'essayer.

– Oh, Mon Dieu, Heather, je ne peux pas, pas comme ça, je ne peux pas le supporter... »

Les yeux de la jeune malade étaient dilatés, terrifiés.

« Vous ne pouvez pas m'aider? supplia-t-elle. Oh, aidez-moi, aidez-moi... »

Heather s'agenouilla et la prit dans ses bras.

« Non, ma chérie, dit-elle doucement. Non, on ne peut pas t'aider, tu vas mourir. N'aie pas peur, Laura chérie, ce sera très rapide et nous serons avec toi. Ne pleure pas, chérie, ne pleure pas, il n'y a rien dont tu doives avoir peur. »

Elle tint la jeune fille serrée contre elle, lui murmurant des paroles de réconfort, percevant chaque bribe de sa peur et s'efforçant de l'apaiser, grâce à l'intensité de leur rapport. La mourante finit pas reposer, paisible et silencieuse contre son épaule. Ils la tinrent ainsi contre eux, pleurant avec elle, jusqu'à son dernier souffle... Ils l'étendirent alors doucement sur le lit, la recouvrirent d'un drap, sortirent tristement, main dans la main, sous le soleil levant et pleurèrent pour elle.

Le capitaine vit le soleil se lever. Il frotta ses yeux fatigués. Il n'avait pas détaché son regard du pupitre de l'ordinateur, veillant sur l'unique espoir de sauver ce monde de la barbarie. Une fois, peu avant l'aube, il avait cru entendre la voix de Camilla qui l'appelait sur le seuil, mais c'était sûrement une illusion. *(Une fois, elle avait partagé son rêve. Que s'était-il passé?)*

Alors, dans un état bizarre et pénible, à mi-chemin entre le sommeil et la transe, il vit passer dans son esprit une procession de créatures insolites, pas tout à fait humaines, qui faisaient décoller d'étranges astronefs dans le ciel pourpre de ce monde et revenaient, des siècles après. *(Qu'avaient-ils été chercher dans le monde au-delà des étoiles? Pourquoi ne l'avaient-ils pas trouvé?)* Se pouvait-il, après tout, que cette quête fût sans fin ou même qu'elle bouclât un cercle fermé et s'achevât à son point de départ?

Mais nous disposons d'une base sur laquelle nous pouvons construire quelque chose : l'histoire d'un monde.

(Un autre monde. Pas celui-ci.

Les solutions d'un autre monde sont-elles valables pour celui-ci?)

Furieux, il se dit que la connaissance, c'était la

connaissance, que c'était aussi le pouvoir et que cela pouvait les sauver...

... OU LES DÉTRUIRE. Après avoir lutté longtemps pour survivre, ne chercheront-ils pas de vieilles réponses, toutes faites, venues du passé? N'essaieront-ils pas de recréer ici l'histoire désespérée de la Terre, sur un monde ayant une chaîne de vie plus fragile? Supposons, un jour, qu'ils en viennent à croire, comme j'ai paru le faire pendant un certain temps, que l'ordinateur possède réellement toutes les réponses?

(Et alors? N'est-ce pas vrai?)

Il se leva, alla jusqu'au seuil du dôme. La fenêtre aux volets clos, petite pour lutter contre le froid cinglant, et haute, s'ouvrit toute grande sous sa poussée. Il regarda l'aube et l'étrange soleil. *(Ce n'est pas le mien. Mais le leur.)* Un jour, ils déchiffreront ses secrets.

Avec mon aide. Ma lutte solitaire pour leur conserver un héritage de réel savoir, toute une technologie pour les remmener dans les étoiles.

Il respira profondément et se mit à écouter en silence les bruits de ce monde. Le vent dans les arbres et dans les forêts, l'écoulement des rivières, les bêtes et les oiseaux qui menaient leur étonnante et secrète existence, au plus profond des bois, les étrangers inconnus que ses descendants connaîtraient un jour.

Ils ne seraient pas des barbares. Ils SAURAIENT. S'ils étaient tentés d'explorer une quelconque impasse de la science, la solution se trouverait là, attendant leur question, prête à fournir la réponse.

Pourquoi la voix de Camilla répéta-t-elle dans son esprit : « Voilà qui prouve seulement qu'un ordinateur n'est pas Dieu? »

La Vérité n'est-elle pas une forme de Dieu? se demanda Leicester, éperdu, interrogeant aussi l'univers. TU CONNAÎTRAS LA VÉRITÉ ET LA VÉRITÉ T'AFFRANCHIRA.

(Ou t'asservira? Une vérité peut-elle en cacher une autre?)

Soudain, une vision horrible se présenta à son esprit, tandis que ses pensées échappaient subitement au temps et s'insinuaient dans l'avenir qui s'étendait devant lui, frémissant. Une race qui aurait appris à venir chercher toutes ses réponses en ce lieu, en ce sanctuaire qui possédait toutes les réponses EXACTES. Un monde où nulle question ne pourrait jamais rester en suspens, car l'ordinateur possédait TOUTES les réponses, et qu'il était impossible d'explorer ce qu'il ne contenait pas.

Un monde barbare où l'ordinateur serait vénéré à l'égal d'un dieu.

Un dieu. Un dieu. Un dieu.

Et c'était lui qui créait ce dieu.

(Seigneur! Suis-je insensé?)

Et la réponse vint, nette et froide. Non. J'ai été insensé depuis que l'astronef s'est écrasé, mais à présent, je suis sensé. Moray avait raison depuis le début. On ne peut pas utiliser ici les réponses d'un autre monde. LA technologie, LA science ne sont qu'une technologie, qu'une science valables pour la Terre. Si nous essayons de les transplanter ici, toutes entières, nous détruirons cette planète. Un jour, pas aussi tôt que je le souhaiterais peut-être, mais en temps voulu, les nôtres acquerront une technologie enracinée dans le sol, les pierres, le soleil, les ressources de ce monde. Peut-être les conduira-t-elle jusqu'aux étoiles, s'ils veulent y aller. Peut-être les entraînera-t-elle dans le temps ou dans les sphères intérieures de leurs cœurs. Mais ce sera leur propre technologie, pas la mienne. Je ne suis pas un dieu. Je ne veux pas façonner un monde à mon image.

Il avait apporté tout le matériel de l'astronef du poste de commandement jusqu'à ce dôme. Alors, il se retourna calmement et commença à confectionner ce qu'il cherchait, tandis que de vieilles paroles, venues d'un autre monde, résonnaient dans sa tête :

Éternelle la rotation du monde, éternelle la révolution du soleil,
Éternelle la quête.
Je fais demi-tour. Je reviens à mon commencement.
Et trouve ici le repos.

Avec des gestes sûrs, Leicester alluma une chandelle de résine et, délibérément, mit le feu à la longue mèche.

Camilla et MacAran entendirent la détonation et s'élancèrent vers le dôme, juste à temps pour le voir exploser en l'air dans une averse de débris, avec une flamme grandissante.

Tout en tripotant le cadenas, Harry Leicester commença à se rendre compte qu'il n'allait pas s'en sortir. Cette fois, il ne s'en tirerait pas. Chancelant du choc de l'explosion et de la commotion, mais avec une lucidité froide et joyeuse, il considéra le sinistre. *Je vous ai donné un départ franc et net,* pensa-t-il confusément. Peut-être suis-je Dieu, après tout, celui qui a chassé Adam et Ève de l'Éden. Qui a cessé de leur donner toutes les réponses et les a laissés trouver leur voie et évoluer... Pas de lignes de sauvetage, pas de coussins, laissons-les trouver leur voie, vivre ou mourir...

Quand ils enfoncèrent la porte et le relevèrent doucement, il s'en rendit à peine compte. Mais il sentit l'esprit de Camilla effleurer son esprit moribond. Il ouvrit les yeux et plongea son regard dans les yeux bleus qui le considéraient avec compassion.

« Je suis un vieil homme tendre et très naïf... » murmura-t-il, confus.

Les larmes de Camilla mouillèrent son visage.

« N'essayez pas de parler. Je sais pourquoi vous l'avez fait. Nous avons commencé à le faire ensemble, la dernière fois et puis... Oh, Capitaine, Capitaine... »

Il ferma les yeux.

« Capitaine de QUOI? chuchota-t-il. On ne peut pas mettre un capitaine à la retraite, ajouta-t-il dans son dernier souffle. Il faut l'abattre... et c'est ce que j'ai fait... »

Puis le soleil rouge disparut, à jamais, et se fondit, flamboyant, en de lumineuses galaxies de lumière.

Épilogue

Même la carcasse de l'astronef avait disparu, emportée en morceaux dans les précieuses réserves de métal. L'exploitation des mines serait toujours lente sur cette planète et pendant maintes et maintes générations, les métaux seraient rares. Camilla jeta, par habitude, un regard sur cet endroit, sans plus, tandis qu'elle traversait la vallée. Elle marchait d'un pas léger, grande, les cheveux à peine grisonnants, suivant une intuition à demi perçue. Au-delà de son champ de vision, elle voyait le grand monument de pierre élevé à la mémoire des victimes de la catastrophe de l'astronef, le cimetière où tous les morts qui avaient succombé au premier et terrible hiver étaient couchés aux côtés de ceux qui avaient été victimes du premier été et des vents de folie. Elle resserra son manteau de fourrure autour d'elle et regarda l'un des monticules verts, avec un regret si ancien qu'il n'était plus aucune tristesse.

MacAran descendait dans la vallée, venant de la route de la montagne. Il la vit, emmitouflée dans ses fourrures, avec sa jupe de tartan, et leva la main pour lui adresser un salut. Les battements de son cœur s'accéléraient encore quand il la voyait, au bout de tant d'années. Et quand il la rejoignit, il lui prit les deux mains et les tint serrées un moment avant de parler.

« Les enfants vont bien, dit-elle. Je suis passée voir

Mhari, ce matin. Et toi, inutile de te poser la question. Je vois que ton voyage s'est bien passé. »

Elle laissa sa main dans celle de Rafe. Ils revinrent ensemble à travers les rues de La Nouvelle Skye. Ils habitaient à l'extrémité de la rue. De là, on apercevait le Grand Pic de l'Est, derrière lequel le soleil rouge se levait chaque matin, voilé de nuages. Au bout, s'élevait le petit bâtiment de la station météorologique : Camilla en assumait personnellement la responsabilité.

Lorsqu'ils pénétrèrent dans la pièce principale de la maison qu'ils partageaient avec six autres familles, MacAran se débarrassa de sa veste de fourrure et se dirigea vers le feu. Comme la plupart des hommes de la colonie qui ne portaient pas le kilt, il était vêtu d'une culotte de cuir et d'une tunique de tartan.

« Tout le monde est sorti?

– Ewen est à l'hôpital. Judy à l'école. MacLeod est parti avec les autres conduire le troupeau, répondit Camilla. Et si tu meurs d'envie de voir les enfants, je crois qu'ils sont tous dans la cour de l'école, sauf Alastair. Il est avec Heather, ce matin. »

MacAran alla jusqu'à la fenêtre et considéra le toit en pente de l'école. Comme ils grandissent vite, pensa-t-il, et comme ces quatorze années de grossesses et d'accouchements pèsent peu sur les épaules de leur mère. Les sept enfants qui avaient survécu au terrible hiver de famine, d'il y avait cinq ans, grandissaient. Ils avaient résisté, ensemble, aux premières tempêtes de ce monde. Et si Camilla avait eu des enfants d'Ewen, de Lewis MacLeod et d'autres dont lui-même n'avait jamais su le nom – il soupçonnait, d'ailleurs, Camilla de ne pas le savoir non plus – les deux aînés et les deux plus jeunes étaient de lui. La dernière, Mhari, ne vivait pas avec eux. Heather avait perdu un enfant trois jours avant sa naissance et Camilla, qui ne s'était jamais souciée de nourrir ses propres enfants s'il y avait une nourrice pour le faire, avait confié le bébé à Heather pour qu'elle le nourrisse.

Et quand Heather s'était montrée réticente pour le rendre quand il avait été sevré, Camilla avait accepté de le lui laisser. Mais elle allait voir sa fille presque tous les jours. Heather faisait partie des malchanceuses. Elle avait porté sept enfants, mais un seul avait survécu plus d'un mois après sa naissance. Les liens d'adoption, au sein de la communauté, étaient plus forts que ceux du sang. La mère d'un enfant était celle qui s'en occupait, et son père était celui qui l'éduquait. MacAran avait eu également des enfants de trois autres femmes, et il s'occupait de tous, indifféremment. Mais sa préférée était la fille de Judy, la jeune Lori. A quatorze ans, elle était plus grande que sa mère et pourtant enfantine et étrangement différente des autres adolescentes. La moitié des habitants de La Nouvelle Skye l'appelaient une enfant des fées. Mais rares étaient encore ceux qui connaissaient l'existence de son père inconnu.

« Maintenant que tu es de retour, quand vas-tu repartir? » demanda Camilla.

Il lui glissa un bras autour des épaules.

« Je vais d'abord passer quelques jours à la maison, et puis... on repartira à la découverte de la mer. Il doit y en avoir une, quelque part sur cette planète. Mais... j'ai quelque chose pour toi. On a exploré une grotte, il y a quelques jours... et on a trouvé ces pierres, dans la roche. On n'a guère besoin de bijoux, je sais, et c'était vraiment une perte de temps que de les extraire du rocher, mais elles nous ont plu, à Alastair et à moi. Alors, on en a rapporté quelques-unes pour toi et les filles. J'avais une sorte de sympathie pour elles. »

Il sortit de sa poche une poignée de pierres bleues et les versa dans les mains de Camilla, attentif à la surprise et au plaisir qu'il lisait dans ses yeux. Puis les enfants firent irruption et MacAran se trouva submergé de baisers, d'étreintes, de questions, de demandes.

« Papa, est-ce que je peux aller dans les montagnes

avec toi, la prochaine fois? Harry y va et il n'a que quatorze ans!

– Papa, Alanna a pris mes gâteaux, dis-lui de me les rendre!

– Papa, Papa, regarde, regarde! Regarde-moi grimper! »

Camilla, comme à son habitude, ignora le tohu-bohu et les calma d'un geste.

« Une question à la fois... Qu'y a-t-il, Lori? »

L'enfant aux cheveux d'argent et aux yeux gris prit une des pierres bleues et considéra les motifs étoilés qui serpentaient à l'intérieur.

« Ma mère en a une comme celle-là. Est-ce que je peux en avoir une, moi aussi? Je crois que j'arriverai peut-être à m'en servir comme elle.

– Prends-en une », dit MacAran.

Il échangea, par-dessus la tête de l'adolescente, un regard avec Camilla. Un jour, quand le moment serait venu pour Lori, ils sauraient exactement ce qu'elle voulait dire, car leur étrange fille adoptive n'agissait jamais sans raison.

« Tu sais, dit Camilla, je crois qu'un jour, ces pierres deviendront très, très importantes pour nous tous. »

MacAran inclina la tête. L'intuition de sa femme s'était prouvée exacte tant de fois que maintenant, il s'y attendait. Mais il pouvait attendre. Il alla jusqu'à la fenêtre et leva les yeux vers l'horizon familier des hautes montagnes. Et son regard, dans un rêve éveillé, se porta, au-delà, sur des plaines, des collines et des mers inconnues. Une lune bleu pâle, semblable à la pierre que Lori contemplait toujours fixement, comme en transe, s'éleva doucement et flotta au-dessus des nuages qui encerclaient la montagne. Et très doucement, la pluie se mit à tomber.

« Un jour, dit-il brusquement d'un air distrait, je suppose qu'on donnera un nom à ces lunes... et à ce monde.

– Un jour, dit Camilla. Mais nous ne le saurons jamais. »

Un siècle plus tard, leurs descendants nommèrent la planète TÉNÉBREUSE.

Mais la Terre ne sut rien d'eux durant deux mille ans.

Achevé d'imprimer en avril 1989
sur les presses de l'Imprimerie Bussière
à Saint-Amand (Cher)

PRESSES POCKET - 8, rue Garancière - 75285 Paris
Tél. : 46-34-12-80

— N° d'imp. 7705. —
Dépôt légal : 1er trimestre 1977.

Imprimé en France